Arno Surminski

Gewitter im Januar

Erzählungen

Hoffmann und Campe

CIP-Kurztitelaufnahme der Deutschen Bibliothek

Surminski, Arno:
Gewitter im Januar: Erzählungen / Arno Surminski.
2. Aufl. 11.–20. Tsd. – Hamburg: Hoffmann und Campe, 1986.
ISBN 3-455-17508-8

Copyright © 1986 by Hoffmann und Campe Verlag, Hamburg
Schutzumschlag und Einbandgestaltung: Werner Rebhuhn
Gesetzt aus Garamond
Satzherstellung: Fotosatz Otto Gutfreund, Darmstadt
Druck und Bindung: Ebner Ulm
Printed in Germany

Inhalt

Arno Surminski
Gewitter im Januar

Gewitter im Januar

»Wo liegt eigentlich Tarrenbude?«

»Auf dem Lande, Fräulein Erika«, sagte der Uniformierte. »Erst mit dem D-Zug, dann per Kleinbahn oder Pferdeschlitten. Das Nachbardorf soll eine Bedarfshaltestelle für Kartoffeln und Zuckerrüben haben.«

Am ersten Weihnachtstag hatte Erika Domin noch ein Konzert besucht, Mozart für die Verwundeten tief unten im Keller, eine Kleine Nachtmusik bei flackernden Kerzen und feuchten Augen. Wenn wieder Weihnachten ist, haben wir längst Frieden, hatte einer gesagt, als er sich im Namen der Verwundeten bei den Musikern bedankte. Am zweiten Weihnachtstag Schlittschuhlaufen auf dem Schloßteich, umgeben von Einarmigen und jungen Männern mit umwickelten Köpfen, die so sonderbar ausschauten, weil sie nicht lachen konnten. Am Tage nach Weihnachten brachte die Briefträgerin die Vorladung. Mutter war mit dem amtlichen Schreiben in ihr Zimmer gekommen. Es ist bestimmt etwas Wichtiges, hatte Mutter gesagt.

Sie fahren nach Tarrenbude!, stand in dem Brief. Nun saß sie dem Uniformierten gegenüber, der vergeblich versuchte, Tarrenbude auf der Provinzkarte zu finden. Es sei wohl zu klein. Jedenfalls liege es in östlicher Richtung, behauptete er. Von Insterburg mit der Kleinbahn südlich. Schlittschuhe solle sie mitnehmen, in den kleinen Dörfern sei Schlittschuhlaufen das einzige Wintervergnügen.

Er stellte ihre Reisepapiere aus. Sondermarken gab es für unterwegs und ein Dokument, in dem sie den Satz entdeckte: Die Reise der Erika Domin nach Tarrenbude ist kriegswichtig.

»Sind Sie schon mal mit dem Pferdeschlitten über verschneites Land gefahren, Fräulein Erika?« Während sie den Empfang der Papiere quittierte, versuchte er ihr einzureden, daß Schlittenpartien ein großartiges Erlebnis seien. Es kämen Leute aus dem Reich in den Osten, nur um eine richtige Schlittenpartie zu erleben.

Er stand auf, hob grüßend den rechten Arm. Als sie die Tür erreichte, rief er ihr nach: »Niemand kann sich den Ort seiner Pflichterfüllung aussuchen! In schwerer Zeit hat jeder auf seinem Posten zu stehen.«

Sie erschrak, weil es so pathetisch klang. Auf dem Posten stehen wie ein Soldat... Eine kriegswichtige Reise... Dabei war sie nur ein junges Mädchen, das zur Aushilfe aufs Land geschickt wurde.

Benommen fuhr sie zurück nach Maraunenhof. Es kam doch viel zu früh. Im Herbst erst sollte ihre Ausbildung enden, aber schon für Januar riefen sie Erika Domin zum Dienst.

»In Kriegszeiten geht alles schneller, auch die Ausbildung«, sagte die Mutter, die den ganzen Abend Tarrenbude auf der Landkarte suchte, aber nicht finden konnte.

»In der Gegend sind früher die Wölfe von Litauen über die Grenze gekommen«, meinte sie besorgt. Sie wollte ins Amt fahren und die Herren bitten, ihrer Tochter eine angenehmere Anstellung zu geben, im Reich, wenn es ginge, aber wenigstens ein bißchen weiter westlich. Elbing wäre eine schöne Gegend. Am liebsten hätte sie Erika natürlich bei sich behalten. Es lebten doch genug Kinder in der Stadt, auch waren die Schulen längst nicht alle zerstört, und sicher war es, wenn irgend etwas sicher war, dann ihr Königsberg. Im August vierzehn waren sie auch nicht bis Königsberg gekommen... So redete sie den ganzen Abend. Am nächsten Morgen fuhr sie tatsächlich mit der Elektrischen in die Stadt, aber das Amt hatte geschlossen... aus kriegswichtigen Gründen.

»Krank könntest du werden! Steck dich doch an, Kind! Husten, Schnupfen, Heiserkeit wären möglich. Oder brich dir ein Bein beim Schlittschuhlaufen! Wie wäre es, wenn du in ein Eisloch fällst? Dann bringen sie dich unterkühlt ins Krankenhaus!«

Mutter erwog, sie zur Tante nach Schwerin zu schicken.

»Da bist du weitab vom Schuß«, sagte sie immer wieder.

»Du weißt doch, daß schon lange niemand mehr fahren darf, wohin er will«, erwiderte Erika.

Außerdem wäre da noch die Sache mit der Pflichterfüllung und das Auf-dem-Posten-Stehen. Aber davon sagte sie der Mutter nichts, weil das ein Punkt war, den die Mutter nicht verstehen konnte. »Einer muß sich schließlich um die Kinder kümmern«, meinte sie nur, und damit war entschieden, daß sie fahren würde.

Zwei Wochen blieben ihr, um die Stadt zu genießen wie ein verspätetes Weihnachtsgeschenk. Bis in den letzten Sommer hinein hatte der Krieg die östlichste Großstadt Deutschlands verschont, durfte Reichssender Königsberg

Musik spielen, wenn die anderen deutschen Sender wegen der einfliegenden Bomberverbände verstummen mußten. Erst im August 1944 ging das Licht aus. Aber Königsberg blieb trotz der Trümmer eine schöne Stadt, beherrscht von der Ruine des ausgebrannten Schlosses, eine Stadt für Schlittschuhläufer und Wanderer am verschneiten Pregelufer. Noch spielte ein Theater, im Kino lief »Der weiße Traum«, eine Liebesgeschichte für Schlittschuhläufer und Schlittschuhläuferinnen. Vor den Toren aber wuchs der weiße Traum, schneiten Eisenbahnen ein, türmten sich Schneewehen an den Alleen und begruben den Krieg unter weißen Tüchern.

Am Silvesterabend kam ein Verwundeter zu ihnen. Es hatte einen Aufruf gegeben, sich der Verwundeten während der Festtage anzunehmen, mit ihnen bei Rotweinpunsch und Pfannkuchen die letzten Stunden des Jahres zu verleben. Die Straßenbahn Linie 7 brachte ihn nach Maraunenhof. Er trug den linken Arm in der Schlinge und einen Verband um den Kopf wie jene bandagierten Schlittschuhläufer auf dem Schloßteich, die das Lachen verlernt hatten. Erika half ihm aus dem Mantel. Da erst sah sie, wie schlank er war und wie jung, eigentlich kein Soldat, sondern ein Junge, der von der Schule fortgelaufen war. Erst siebzehn Jahre alt, aber schon verwundet. Er hieß Manfred. Den Nachnamen vergaß er zu erwähnen, hielt ihn nicht für wichtig. Mutter fragte nach seiner Verwundung, erhielt aber nur widerwillig Auskunft. Während der Herbstschlacht von Ebenrode habe es ihn getroffen, Näheres wollte er nicht erzählen. Anfang Januar, das habe der Arzt ihm versprochen, werde er zum Genesungsurlaub in den Thüringer Wald fahren. Dort sei er zu Hause. Sein Dorf liege mitten in Deutschland, im grünen Herzen Deutschlands, im Winter aber sei es das weiße Herz und ganz besonders schön. Skilaufen werde er, den langen Monat Januar nur Skilaufen.

Sie gossen Blei wie immer in der Nacht des Jahreswechsels, doch es kam nichts Gescheites dabei heraus, keine Reise in ferne, friedliche Länder, weder Glück in der Liebe noch unverhoffter Reichtum. Nur Vorsicht mit Krankheiten, sagte das Blei. Noch immer drohten Kopfverletzungen und Armdurchschüsse.

Um Mitternacht hörten sie die Rede des Führers.

»Es wird das letzte Kriegsjahr sein«, sagte Manfred. »So oder so, es geht nicht mehr lange.«

Die Mutter packte ihm den von Weihnachten übriggebliebenen Pfefferkuchen ein, auch die angebrochene Flasche Rotwein sollte er mitnehmen. Er mache sich nichts aus Rotwein, sagte er.

Die Gehbehinderten sammelte nach Mitternacht ein Mannschaftswagen des Lazaretts auf, aber Manfred konnte ja laufen, hatte nur den Kopf verbunden und den Arm in der Schlinge. Während sie seinen Mantel zuknöpfte, dachte Erika, ob es ihm vielleicht die Ohren abgerissen oder das Gesicht verbrannt habe. Da hatte sie nun einen ganzen Abend mit einem Menschen zusammengesessen, ohne zu wissen, wie er aussah. Sie kannte nur die dunklen Augen, den dünnen Mund und die Nasenspitze, alles andere war weiß wie die Landschaft draußen. Sie begleitete ihn zur Straßenbahn, ging rechts, weil sein linker Arm in der Schlinge hing. In der lautlosen Stadt knatterten weder Knallfrösche, noch dröhnten Böllerschläge. Keine Tannenbäume hingen über dem verdunkelten Königsberg, auch keine Sterne. Sie gingen wortlos nebeneinander. Erst kurz vor der Haltestelle hängte sie sich an seinen gesunden Arm. Er ließ es schweigend geschehen, und sie dachte, daß sie vielleicht die erste war, die ihn so berührte. An der Haltestelle fragte sie ihn, ob er am Neujahrsmorgen zum Schlittschuhlaufen auf den Schloßteich komme.

»Ich kann nicht Schlittschuh laufen.«

»Ich bring es dir bei.«

»Aber ich darf nicht auf den verwundeten Arm fallen, sonst gibt es keinen Winterurlaub im Thüringer Wald.«

Die Bahn hielt, überfüllt wie immer. Bevor er einstieg, versuchte er, sie zu küssen, aber der Kopfverband hinderte ihn daran. Mit dem nassen Finger strich er über ihre Lippen und versprach, ein Bild zu schicken, damit sie wisse, wie er aussehe, denn der verdammte Verband...!

Im Wegfahren rief er, daß er wohl doch zum Schloßteich kommen werde, um ihr zuzuschauen beim Schlittschuhlaufen.

Sie wunderte sich, daß sie einen Menschen mochte, dessen Gesicht sie nicht kannte, der einem Schneemann glich mit zwei schwarzen Löchern als Augen und einem dunklen Streifen als Mund. Vielleicht hat er sein Gesicht verloren, trägt den Verband als Maske, damit niemand bei seinem Anblick erschrickt.

Auf dem Schloßteich drängten sich am Neujahrsmorgen die Schlittschuhläufer. Verwundete mit Kopfverbänden waren dabei, Armlose und Steifbeinige drehten ihre Runden, während am Ufer die Mädchen flanierten und lachten, als sei es irgendein Neujahrsmorgen im Frieden. Manfred kam nicht. Vielleicht hatte er keinen Ausgang, entschuldigte sie ihn. Verwundete dürfen nicht beliebig das Lazarett verlassen, aufs Eis läßt man sie gar nicht. Oder ein Rückfall. Die Kopfwunde mußte neu genäht werden, war über Nacht aufgebrochen bei dem Versuch, sie zu küssen.

Sie ging nun jeden Morgen aufs Eis, bis es zur Gewißheit wurde: Er war längst in den Thüringer Wald gefahren. Das Bild, das ihn kenntlich machen sollte, hatte er vergessen zu schicken, wie er sie überhaupt vergessen hatte.

Die Mutter hoffte auf Schneestürme, hielt Ausschau nach dem Wetter, während Erika packte.

»Wenn es richtig stiemt, kommst du erst Ostern nach Tarrenbude«, meinte sie zuversichtlich.

Erika packte ihre Schlittschuhe ein, wie der Mann im Amt ihr geraten hatte, dazu reichlich Bücher, um den einsamen Winter in Tarrenbude zu überlesen.

»Kind, Kind, Bücher sind doch so schwer!« jammerte die Mutter. Sie dachte mehr an warme Kleidung und alles, was gesund hält.

Die Abreise rückte näher, aber der Himmel blieb klar. In den Nächten fiel der Frost auf die Dächer, ließ den alten Schnee in den Brandruinen glitzern; am Tage zogen Aufklärer weiße Kondensstreifen durchs Blau. Vereinzelt fielen Bomben, aber kein Schnee.

Die Mutter begleitete sie zum Hauptbahnhof, half ihr die schweren Bücher zu tragen. Auf dem großen Platz vor dem Bahnhofsportal verabschiedeten sie sich.

»In drei Monaten sind ja schon Osterferien«, sagte Erika, während die Mutter noch einmal aufzählte, was ihr wichtig erschien: »Zwei Paar warme Handschuhe und die Pelzstiefel. Mehr Kleidung hättest du mitnehmen sollen statt der schweren Bücher. Was willst du mit Knut Hamsun in Tarrenbude?«

»Im Sommer fahren wir nach Cranz zum Baden, Mutter.«

13

»Ach, ich hätte dich zur Tante nach Schwerin schicken sollen. Was wollen sie machen, wenn du nicht da bist? Du bist fortgefahren, hätte ich gesagt... Ich weiß nicht, wohin, hätte ich gesagt... Schwerin, das liegt doch mindestens fünfhundert Kilometer westlich...«

Noch immer rollten Räder für den Sieg, stank der Bahnhof nach verbrannter Kohle und desinfizierendem Lysol. Schwestern und Kettenhunde bevölkerten die Bahnhofshalle, und neben den überholten Fahrplänen hing drohend der schwarze Mann. Zweimal wurde sie kontrolliert, bevor sie den Zug nach Insterburg erreichte, der pünktlich abfuhr um zehn Uhr dreißig.

Insterburg glich einer Frontstadt. In der Straße vor dem Bahnhof mehr Militär als Zivilisten. Kaum hielt der Zug, gab es Fliegeralarm. Eine Stunde verbrachte Erika Domin im Bunker, danach ging sie zur Bahnhofsauskunft.

Die Kleinbahn nach Tarrenbude fuhr noch. Drei leere Güterwagen und ein Personenwagen standen abseits auf schmaler Spur. Die Fenster hoch befroren, auf dem offenen Perron lag Schnee.

Ja, das ist der Zug nach Tarrenbude. Keine Lokomotive in Sicht. Die kam erst später, am Nachmittag, kurz vor der Abfahrt, ein kleines schnaubendes Ungeheuer, aus dem zischend Dampf entwich, der den Schnee schmelzen ließ. Als sie angekoppelt hatte und heißer Dampf durch die Heizungsrohre strömte, taute das Eis von den Fenstern. Aber es dauerte eine Viertelstunde, bis die Scheiben den Blick freigaben auf die grauen Telefonmasten neben dem Bahndamm und die weiße Landschaft, durch die die Bahn fuhr. Fern am Horizont Baumreihen wie schwarze Adern in weißer Haut. Krähenschwärme flogen vor dem herannahenden Zug auf und gingen hinter ihm nieder. Ein Pulk

Rehe setzte auf verharschtem Schnee davon, als die Kleinbahn Laut gab.

Ein Soldat, wohl ein Urlauber, saß mit ihr im Abteil und
rauchte stinkenden Kanaster. Zwei Bauern mit Glüh-
weinnasen sprachen über die Hasenjagd, die seit Dezember auf ihren Feldern lief. Eine Frau mit Kleinkind berichtete, daß sie zum Arzt in die Stadt müßte, und das
mitten im Winter.

Eine Station Tarrenbude gab es nicht, aber jene Bedarfs-
haltestelle für Kartoffeln und Zuckerrüben auf freiem
Feld, von der der Uniformierte im Amt gesprochen hatte.
Der Schaffner ließ den Zug halten, kam zu ihr und sagte:
»Wenn Sie nach Tarrenbude wollen, Fräulein, müssen Sie
hier aussteigen.«

Eine Wellblechhütte als Unterstand, das war dieser Bahnhof. Neben den Gleisen türmte sich ein schmutziger Wall
aus grauem, altem, hartem Schnee, aufgeschippt im vorigen Jahr. Danach mußten Kohlen entladen worden sein,
jedenfalls bedeckte feiner Kohlenstaub den Schneewall,
machte den Bahnhof noch häßlicher.

Sie wartete, bis die Bahn verschwunden war und jene Stille eintrat, die Herzschläge hörbar werden läßt. Es fehlte
eine Bank. Einen vergilbten Fahrplan für den Sommer
1944 fand sie an der Wellblechhütte, daneben das Plakat
des schwarzen Mannes, der seinen gefährlichen Schatten
auch in diesen erbärmlichen Behelfsbahnhof geworfen
hatte. Jemand hatte mit Kohle »Deutschland erwache!«
auf das Blech gekritzelt, sich gewiß etwas anderes dabei
gedacht als vor zwölf Jahren, als dieser Spruch in aller
Munde war. Kyrillische Buchstaben fand sie, wohl von
Gefangenen hinterlassen, die die Kleinbahn freigeschau-
felt oder Kohlen entladen hatten.

Ein Pferd prustete. Also doch nicht allein. Neben der Hütte hielt ein Schlitten. Zwei Pferdeköpfe schauten hinter dem Wellblech hervor, dampften aus ihren Nüstern. Jemand machte sich an den Pferden zu schaffen, sprach auf sie ein, klopfte ihren Hals, wärmte seine Hände an den Tieren. Ein Junge, kräftig untersetzt, eine Pelzmütze und graue Ohrenschoner auf dem Kopf, die Hände in Fäustlingen vergraben, wandte ihr den Rücken zu. Sie ging zu ihm. Da drehte er sich um, ein sommersprossiges Gesicht, gerötet von der Kälte, grinste sie an.

»Der Bürgermeister schickt mich, ich soll unsere Lehrerin abholen.«

Der Junge taxierte die kleine Person, die aus dem Zug gestiegen war und so sonderbar städtisch aussah, die Fingerhandschuhe trug und Stiefel mit hohen Absätzen und erschreckend rote Haare hatte. Er nahm ihr den Koffer aus der Hand und warf ihn hinten auf den Schlitten.

»Hast du schon lange gewartet?« fragte sie.

»Unsere Kleinbahn kommt, wann sie will«, erwiderte er. »Damit das Fräulein nicht im Schnee herumsteht, schickte mich der Bürgermeister schon mittags los. Und jetzt ist Vesperzeit.«

Sie fragte nach seinem Namen. Bernhard Kischko hieß er und ging in die siebente Klasse, war aber nicht dreizehn, sondern schon vierzehn, weil er beim Lehrer Subkus, den sie vor Weihnachten zum Volkssturm geholt hatten, einmal huckenbleiben mußte.

Er zeigte auf die hintere Bank. Dort solle sie Platz nehmen. Den Pferden nahm er die schützenden Decken vom Rücken. Eine Decke brachte er ihr, wickelte sie dem Fräulein Lehrer um die Füße.

»Damit die Knie nicht so klappern«, bemerkte Bernhard

Kischko. Es roch penetrant nach Pferd, aber warm war sie, die Decke.

Sie fragte, wann er zuletzt die Schule besucht habe.

Das sei um Nikolaus herum gewesen, bevor sie den Lehrer Subkus einzogen.

Der Schlitten ruckte an, die Kufen kratzten über Kohlenstücke. Als der Junge nach der Peitsche griff, fielen die Pferde in leichten Trab. Die Hufe warfen Schneeplacken gegen das Schlittenholz, eine Glocke, die zwischen den Pferden hing, begann zu schlagen, kein lustiges Schellengeläute, sondern ein einsames, trauriges Bimmeln.

Ab und zu blickte er sich um, wollte sehen, ob sie Angst habe, die neue Lehrerin. Wenn er sie in den Schnee kippte, wäre er der Held von Tarrenbude, aber es gäbe wohl morgen als erste Amtshandlung im Schulhaus eine Tracht mit dem Rohrstock. Deshalb verzichtete er auf die Heldentat.

Drei Dutzend Häuser, überwiegend Bauernhöfe mit den dazugehörigen Insthäusern, das war Tarrenbude. Einige Anwesen lagen weit ausgebaut, nur über Feldwege erreichbar. Gleich am Dorfeingang ein kleines Sägewerk, dessen Schornstein beharrlich Funken in den Abendhimmel pustete. Im Trab hielten sie Einzug, überholten Gespanne, die in der Dämmerung mit Buschholz heimkehrten. Ein Hund lief kläffend hinterher. Auf dem Dorfteich bewegten sich schwarze Punkte, die Schlittschuhläufer und Schienenfahrer von Tarrenbude. In den Häusern brannte trübes Petroleumlicht. Das hatte ihr der Uniformierte nicht gesagt, daß sie in ein Dorf kam, in dem das elektrische Licht noch nicht erfunden war. Gestern mit der Elektrischen durch die Großstadt gefahren, heute nur noch Kerzenlicht und Petroleumfunzeln.

Am Schulgebäude fielen ihr als erstes die meterlangen Eiszapfen auf, die von der Dachrinne des düsteren Hauses hingen. Auf dem Schulhof lag unberührter Schnee. Kein überlebensgroßer Schneemann, dem einberufenen Lehrer Subkus ähnlich sehend, bewachte die Tarrenbuder Schule. Aber eine Pumpe, in Eis erstarrt, wartete vor dem Eingang auf den Frühling.

> Der Winter ist ein rechter Mann
> kernfest und auf die Dauer...

Damit würde sie morgen beginnen. Ein Wintergedicht sollten die Kinder auswendig lernen, der dunklen Jahreszeit angemessen.

> Sein Schloß von Eis liegt weit hinaus
> am Nordpol an dem Strande.
> Doch hat er auch ein Sommerhaus
> im lieben Schweizerlande.

Und nicht so leiern, Kinder!
Sie entdeckte, während Bernhard Kischko ihren Koffer vom Schlitten hievte, einen Fahnenmast ohne Fahne. Am 20. April mußte sie flaggen lassen, vielleicht auch am 30. Januar. Darauf hatten alle Lehrer in Deutschland zu achten, auf die rechtzeitige und angemessene Beflaggung der öffentlichen Schulgebäude.
Der Junge stellte den Koffer in den Schnee. Sie wollte ihm ein Geldstück schenken, aber er verweigerte die Annahme.
»Den Dittchen behalten Sie lieber, Fräulein Lehrer. Aber wenn in der Schule mal wieder Senge dran ist, möcht' ich gern die Hälfte erlassen haben.«
Im hinteren Teil des Gebäudes brannte Licht. Obwohl die

Fenster entsprechend der Vorschrift verdunkelt waren, fiel ein heller Streifen in den schneegefüllten Garten. Als sie an die Scheibe klopfte, schlug ein Hund an. Die Verdunkelung wurde zur Seite geschoben, auf der Fensterbank erschien der massige Schädel eines Bernhardiners, daneben das Gesicht einer älteren Frau. Eine Stallaterne in der Hand, so trat die Alte vor die Tür. Der Hund sprang an ihr vorbei in den Schnee und rannte den Koffer um, den Erika Domin vor der Haustür abgesetzt hatte.

»Kommen Sie! Kommen Sie! Sie werden schon sehnsüchtig erwartet!« sagte die Alte.

Wärme strömte aus dem dunklen Haus in die frostige Nacht, dazu ein Geruch von Majoran und Geräuchertem.

»Boras!« rief die Alte. »Boras, du wirst ganz naß!«

Der Bernhardiner sprang in den Flur, schüttelte sich, warf den Schnee ab und stürmte an ihnen vorbei in die Stube.

»Boras freut sich, daß wieder Leben ins Schulhaus kommt. Na, und erst die Kinder. Im Oktober hatten sie schon lange schulfrei, weil Krieg war in dieser Gegend. Die Tarrenbuder Kinder haben Schule bitter nötig, Fräulein Erika.«

Sie leuchtete ihr voraus. Erika Domin betrat einen niedrigen Raum, Küche und Wohnstube in einem, an dessen schwarzen Holzbalken getrocknete Kräuter hingen. In einer Ecke stand ein Spinnrad, daneben ein Korb, angefüllt mit strohfarbener Wolle. An den Wänden Fotografien mehrerer Schulklassen.

»In jedem Jahr zur Einschulung hat mein Sohn die Kinder knipsen lassen«, erklärte die Frau. »Nun hängen sie an der Wand, die Schulanfänger der letzten zwanzig Jahre.

Einige Mädchen sind verheiratet und haben schon Kinder, von den Jungs sind mehrere gefallen.«

Sie ging zu den Bildern, tippte mit dem Finger auf die Kinderköpfe und sagte: »Der ist tot... der ist tot... der ist tot.«

Danach deckte sie auf, rückte Stühle, klapperte mit dem Geschirr und bestand darauf, daß Erika Domin neben dem Kachelofen Platz nehme, denn sie müsse ja durchgefroren sein. »Wer so lange unterwegs ist im Winter, der hat Wärme nötig.«

Erika Domin sah ihr zu. Das schwarze Kleid, die graue Schürze, das zu einem Knoten zusammengesteckte weiße Haar ließen die Frau älter erscheinen, der leicht gekrümmte Rücken machte sie kleiner. Ja, der einberufene Lehrer Subkus sei ihr Sohn, erzählte sie. Eine Schwiegertochter und zwei kleine Kinder gehörten auch ins Lehrerhaus, seien aber gerade im Reich. Im Herbst, als der Krieg an die Grenze kam, habe ihr Sohn die Familie zu Verwandten nach Anhalt geschickt. Dort sei die Schwiegertochter erkrankt und geblieben, was bestimmt sein Gutes habe, denn Anhalt liege weit von der Grenze entfernt.

»Ich aber werde im Schulhaus bleiben, was auch geschieht. Ich werde mich um das Fräulein Erika kümmern, damit es sich eingewöhnt und nicht bangt nach der großen Stadt. Bis mein Sohn aus dem Krieg kommt, werden wir es uns im Schulhaus gemütlich machen. Noch sind ja die dunklen Tage, aber warten Sie nur ab, Fräulein Erika. Ab Mitte Januar wächst der lichte Tag, und im Februar gibt es manchmal schon Tauwetter. Richtig schön aber wird es im Sommer, es gibt keinen schöneren Flecken in Gottes weiter Welt als Tarrenbude im Sommer.«

So redete sie und redete, schenkte Pfefferminztee ein, holte Bratäpfel aus der Ofenröhre und bestrich sie dick mit Bergamottenmarmelade.

Von ihrer Weihnachtsration habe sie noch Rum, der ja helfen solle, wenn ein Mensch durchgefroren sei. Milch gebe es auch, frisch gemolken von der eigenen Kuh, die zur Lehrerstelle in Tarrenbude gehörte nebst zwölf Morgen Schulland und einem großen Obst- und Gemüsegarten.

»Aber um die Wirtschaft brauchen Sie sich nicht zu kümmern, Fräulein Erika. Sie sind allein für die Kinder da. Sechsundvierzig werden morgen kommen, groß und klein zusammen in einem Raum. Tarrenbude hat noch nie eine Lehrerin gehabt. Sie müssen sich gleich Respekt verschaffen, Fräulein Erika.«

Nach dem Essen brachte die Alte sie in einen Raum im ersten Stock, den sie Fremdenzimmer nannte.

»Von hier ist die schönste Aussicht über den Dorfteich, und die liebe Morgensonne scheint hier zuerst.«

Der Raum war schon überheizt, aber die Alte warf weitere Holzscheite in den Kachelofen. Nichts sei so schlimm, wie neu anzukommen und eine kalte Stube vorzufinden, meinte sie. Die Schule werde sie morgen zeitig einheizen, damit die Fenster abtauten, sonst bekämen die Kinder klamme Hände und könnten nicht schreiben.

Sie bezog das Bett, erzählte, während sie die Daunen schüttelte, wie die Tarrenbuder Schule beim Russeneinfall 1914 niedergebrannt und ein Jahr später mit Spenden aus dem Reich wieder aufgebaut worden sei. Damals seien sie nicht geflüchtet, was ihren Mann, der auch schon Lehrer in Tarrenbude gewesen sei, das Leben gekostet habe. Ein betrunkener Kosak habe ihn, der im Schulgarten hinter den

Bienenkörben arbeitete, für einen feindlichen Späher gehalten und totgeschossen. Seitdem sei sie Witwe. Ihr Sohn habe Frau und Kinder nach Anhalt geschickt, damit sich nicht wiederhole, was seinem Vater zugestoßen sei.

Zum Einschlafen brachte sie den versprochenen Rum. Sie mache sich nichts aus Rum, und bis ihr Sohn auf Urlaub komme, gebe es schon die Osterration.

»Trinken Sie, Fräulein Erika! Das macht schöne Träume. Und erschrecken Sie nicht, wenn Boras sich gegen die Tür wirft, das macht er gern. Unseren Boras müssen Sie mit übernehmen wie die sechsundvierzig Kinder, der gehört zur Lehrerstelle. Als mein Sohn einberufen wurde, hat der Hund drei Tage im Kuhstall gelegen und geheult, das ganze Dorf hörte, wie traurig der Boras war.«

Eigentlich müßte sie sich vorbereiten auf ihren ersten Schultag, aber sie lag im Bett neben der blakenden Petroleumlampe und hörte die Fichtenscheite knacken, stellte sich die sechsundvierzig Kinder vor, auf dem Schulhof wartend auf ihre neue Lehrerin. Sie wird einfach die Tür aufschließen, die Kinder werden eintreten und das Wintergedicht lernen oder ein Lied singen. Wie still diese Dörfer sind! Kein Wind in den Bäumen, kein Hundegebell, keine Wölfe. Auch Städte können still sein, aber sie sind es auf eine andere Weise. Wo verlief nun eigentlich die Front, jenseits der Grenze oder schon in den deutschen Dörfern? Die Zeitungen haben es nie deutlich ausgesprochen. Im Herbst berichteten sie nur von der großen Grenzschlacht und von gewaltigen Befestigungsanlagen, die den Feind daran hindern werden, deutschen Boden zu betreten. Schon am ersten Abend verspürte sie Heimweh nach Königsberg, seinen elektrischen Lampen und Straßenbahnen. Auf dem Schloßteich waren jetzt noch die Schlittschuhläufer unterwegs, standen die Paare in der Dunkelheit und knutschten sich warm, während Erika Domin weit entfernt im überheizten Fremdenzimmer des Schulhauses von Tarrenbude lag, einen Bernhardiner vor der Tür, eine alte Frau unten am Spinnrad. Sechsundvierzig Kinder gehörten ihr. Morgen werden sie in Zweierreihe auf dem Schulhof stehen, ein Lied singen und das Wintergedicht lernen... Wo liegt eigentlich das liebe Schweizerland, Kinder?

In der Frühe warf Boras seine Pranke auf den Türdrücker, spazierte in die Stube, legte den Kopf auf die Bettkante und starrte die Schlafende an, bis sie aufwachte. Danach rannte er in die Küche.

Sie spürte, wie kalt es geworden war. Auf der Straße Stimmen. Ein Fuhrwerk mit scheppernden Milchkannen rumpelte vorüber. Neuer Schnee war gefallen, sie hörte das kratzende Geräusch der Schaufeln. Jemand schlug seine Arme am Körper warm. Die alte Frau rumorte in den unteren Räumen, rüttelte den Ofenrost im Klassenzimmer. Als sie Wasser holte, kreischte das Metall der Pumpe. Wo wäscht man sich in Tarrenbude?

Als Erika Domin die Küche betrat, holte die Frau den Kessel vom Herd und goß warmes Wasser in eine Emailleschüssel, die auf einem Hocker stand.

»Junge Mädchen brauchen noch Wärme«, meinte sie lachend, legte ihr ein Handtuch über die Stuhllehne und zeigte auf einen Topf voller Schmierseife. Als Erika sich gewaschen hatte, trug die alte Frau die Schüssel vor die Tür, entleerte sie in den frisch gefallenen Schnee.

Frühstücken mußte sie allein. Sie habe schon gefrühstückt, sagte die Alte, sie frühstücke immer vor dem Melken. Aber sie werde dem Fräulein Gesellschaft leisten und es bedienen. »Essen Sie, essen Sie, es ist alles da, in Tarrenbude gibt es noch keine Not!«

Allmählich tauten die Fenster ab, gaben den Blick frei in den verschneiten Schulgarten. Schmelzwasser tropfte von der Fensterbank auf die Steinfliesen.

Noch vor Schulbeginn kam der Bürgermeister, ein einfacher Mann, mehr Bauer als Amtsperson. Es sei doch ein gutes Zeichen, meinte er, daß die Führung eine Lehrerin nach Tarrenbude geschickt habe. Nun sehe jeder, daß die Front gehalten werde.

Sie wollte fragen, wie weit die Front entfernt sei, unterließ es aber. Der Mann sollte nicht denken, daß sie Angst habe. Es gab keinen Grund zur Besorgnis, denn im Osten, wo die Front liegen mußte, herrschte vollkommener Friede.

Erika Domin solle sich an ihn wenden, wenn sie Sorgen habe. Wenn sie etwa die großen Jungs nicht schaffe, werde er jemand schicken, der ihnen eine Tracht Prügel verabreiche. Er verabschiedete sich mit Handschlag, nicht mit deutschem Gruß, worüber sie sich wunderte, weil er schließlich eine Amtsperson war.

Sie stand am Fenster ihres Zimmers und sah sie kommen, im Sternmarsch strebten sie der Schule zu, die kleinen, schwarzen Strichmännchen in der verschneiten Landschaft. Auf dem Rücken trugen sie ihre Tornister, an der Seite baumelten Schwamm und Putzlappen. Auf dem Schulhof versammelten sie sich, die Mädchen vor der Eingangstür, die Jungs neben der Pumpe, Bernhard Kischko im Mittelpunkt, weil er zu erzählen wußte, wie die neue Lehrerin aussah: Man ziemlich klein mit rothaarigem Bubikopf. So zierlich, die hebt keinen halben Sack Kartoffeln. Schwarze Fingerhandschuhe trägt sie und eine Brosche um den Hals, auch wohl Ringe in den Ohren.

Als sie die Tür öffnete, verstummte das Geschnatter auf dem Schulhof. Erika Domin stand fröstelnd da und winkte. Sie formierten sich in Zweierreihe, vorn die Mädchen. Die Reihe schlängelte sich um die vereiste Pumpe und endete am leeren Fahnenmast. Als sie die Tür frei gab, setzte sich die Reihe in Bewegung, auf der Treppe trampelten sie den Schnee von den Schuhen, die Mädchen knicksten, die Jungs zogen die Mütze. In ihren Bänken blieben sie stehen, grüßten laut »Guten Morgen« und nahmen geräuschvoll Platz. Sie ließ singen.

Danach das Wintergedicht.

Wo liegt es denn, das liebe Schweizerland? Ach, die Tarrenbuder Kinder kannten Narvik und Tobruk, Calais und Dünkirchen, die Halbinsel Kertsch und den Finnischen Meerbusen, aber nichts vom lieben Schweizerland. Bruchrechnen ließ sie und die Schlacht von Sedan schlagen. Heimatkunde mit den Quellflüssen des Pregel und einem weiten Blick von den Kernsdorfer Höhen. Um zwölf Uhr mittags endete ihr erster Schultag. Nachmittags schrieb sie an die Mutter, es sei doch ein erhebendes Gefühl, so vielen unschuldigen Kindern die Welt zu erklären und sie vorzubereiten auf das große Leben, sie zu guten Deutschen zu machen und ihrem Lande so zu dienen.

Bald kamen neugierige Mütter, um die Lehrerin anzuschauen. Während der schulfreien Zeit hatten sich ein paar Unregelmäßigkeiten ergeben, die mit der Lehrerin zu besprechen waren. Aber vor allem wollten sie sehen, was denn das für eine ist, diese Erika Domin aus Königsberg, ob sie Kraft genug hat und gescheit aussieht. Eine bat darum, ihren Gerhard recht bald mit einer ordentlichen Tracht Prügel zu versorgen, denn er sei längst überfällig, zumal der Weihnachtsmann recht milde ausgefallen sei. Wer soll denn die Kinder schlagen? Die Männer sind im Felde, und die Kriegsgefangenen kann man nicht bitten, deutsche Kinder zu verhauen.

Eine brachte ein Ringelchen Blutwurst mit und versprach eine Kanne Wurstsuppe, wenn das nächste Schwein geschlachtet wird. Im Frühling werden die Mädchen Veilchensträuße für die Lehrerin pflücken, zur Sommerzeit, wenn der Honig aus den Waben tropft, werden die Kinder ein Gläschen Honig mitbringen und im Herbst rotbackige Äpfel für die Bratröhre...

Aber es wird keinen Herbst geben, auch keinen Sommer, nicht einmal Frühling. Denn am vierten Tag wachte sie früher auf. War das Gewitter im Januar, oder brach schon das Eis? Jedenfalls vibrierten die Scheiben von einem fernen Grollen.

Die Alte kam vor dem Melken zu ihr.

»Hoffentlich stößt dem Lehrer Subkus nichts zu«, sprach sie. »Im Oktober fing es auch so an.«

Es grummelte den ganzen Morgen, auch als die Kinder kamen. Sie standen auf der Straße, Erika Domin mußte sie rufen. Mit Verspätung begann die Schule und mit Bruchrechnen. In der großen Pause immer noch fernes Trommelfeuer. Die Gespanne fuhren später ins Holz, weil die Männer zusammenstanden und sich besprachen. Eine Kreissäge sang gegen den fernen Lärm an, ein Schwein, das noch vor dem Krieg in die Wurst sollte, quiekte schrill.

Als sie mittags die Kinder nach Hause schickte, war es still. Sie blieb im Klassenraum, korrigierte Hefte, bis die Alte kam und sagte, sie habe Mehlflinsen und Blaubeersuppe auf dem Tisch. Ihrem Sohn, dem Lehrer Subkus, sei das immer ein Festessen gewesen.

An den nächsten Tagen hörten sie kein Trommelfeuer mehr, aber vereinzelte Abschüsse, auch gab es einen Luftkampf über den Feldern von Tarrenbude.

»Sie hätten lieber in Königsberg bleiben sollen«, sagte die alte Frau eines Abends, als sich im Osten der Himmel rötete. »In Königsberg ist der Mensch sicher, aber in Tarrenbude, so nahe an der Grenze, kann man nie wissen.

An jenem Abend kam auch der Bürgermeister.

»Schloßberg soll gefallen sein«, sagte er. »Wir haben gedacht, das Fräulein Domin wieder zur Bahn zu bringen. Nicht, daß wir unzufrieden wären, es ist nur wegen der unsicheren Zeiten. Wir aus Tarrenbude werden nicht flüchten, aber eine junge Lehrerin können wir nicht dem Krieg überlassen.«

Er bat sie, ihre Sachen zu packen. In einer Stunde werde ein Schlitten kommen, um sie zur Bahn zu bringen.

Sie wollte bis zum nächsten Tag bleiben.

»In der Dunkelheit reisen ist sicherer«, erwiderte der Mann. »Wer weiß auch, ob morgen noch ein Zug fährt?«

Die Alte schmierte reichlich Wurstbrote für die Reise, denn niemand wisse, wie lange so ein Zug fahre, weil auf Fahrpläne kein Verlaß mehr sei. Wenigstens gut verpflegt solle sie in Königsberg ankommen.

Erika Domin schämte sich. Eine Woche Lehrerin in Tarrenbude und schon fahnenflüchtig. Sechsundvierzig Kinder zurücklassen und einen Bernhardiner, der darauf dressiert war, die Tarrenbuder Lehrer rechtzeitig zum Schulbeginn zu wecken. Jeder hat auf seinem Posten zu stehen und auszuharren, kann sich nicht aussuchen, wo er seine Pflicht zu erfüllen hat.

Und wieder saß Bernhard Kischko auf dem Pferdeschlitten.

»Du gehörst doch längst ins Bett«, sagte sie.

»Morgen kann ich ausschlafen, morgen fällt die Schule aus«, antwortete er.

Die Alte brachte sie zum Schlitten. Als Erika Domin sich in die Pferdedecke gewickelt hatte, reichte ihr die Frau einen Bratapfel.

»Das gibt warme Hände«, sagte sie lachend.

Der Bernhardiner verfolgte den Schlitten. Am Dorfende blieb er stehen, verschwand augenblicklich in der Dunkelheit wie das ganze Tarrenbude mit seinem Schulgebäude und den funkenspeienden Schornsteinen. Im Osten brannte der Schnee. Wird die Schule wieder abbrennen wie im August vierzehn? Wie lange wird Boras noch leben und die alte Frau? Was soll aus den sechsundvierzig Kindern werden, wenn sie weiter nichts als Ferien haben?

»Warum fährst du nicht zur Kleinbahn?« fragte sie den Jungen.

»Die geht nicht mehr. Unser Bürgermeister hat gesagt, ich soll Sie gleich nach Insterburg bringen, die Großbahn geht noch.«

Nachts mit dem Pferdeschlitten nach Insterburg. Ohne Mond und Sterne, nur begleitet vom Feuerschein am östlichen Himmel.

»Kennst du überhaupt den Weg nach Insterburg?« fragte sie.

»Ich fahre der Kleinbahn nach, die endet doch in Insterburg!« rief er.

Sie fror nun doch, und sie hatte auch ein wenig Angst, zum erstenmal eigentlich. Am Himmel brannten Tannenbäume, von Flugzeugen abgeworfen, die eine Stadt erst beleuchten, bevor sie sie zerstören. Und es war nun auch ganz deutlich Maschinengewehrfeuer zu hören.

Insterburg empfing sie ohne Licht, aber die Stadt lebte noch. Militärkolonnen kamen ihnen entgegen, vor einem Panzer scheuten die Pferde. Bernhard Kischko sprang vom Schlitten, hielt sie an den Köpfen fest und redete beruhigend auf sie ein. Das letzte Stück wollte sie gehen, aber er brachte sie zum Bahnhof, wie es der Bürgermeister befohlen hatte.

»Wenn kein Zug mehr geht, fahre ich Sie gleich nach Königsberg«, sagte er lachend.

Auch der Bahnhof in Dunkelheit. Ein Bahnbeamter wußte nichts Kriegswichtigeres zu tun, als im Schein einer Taschenlampe den Warteraum auszufegen.

»Es fahren keine Züge mehr. Der letzte ging nachmittags und wurde unterwegs von Flugzeugen beschossen.«

Das sagte der Mann und fegte weiter. Sie stand hinter ihm und rührte sich nicht. Als er merkte, daß sie nicht gehen wollte, leuchtete er mit der Taschenlampe in ihr Gesicht.

»Vielleicht kommt morgen früh noch ein Militärzug mit Soldaten aus Königsberg«, flüsterte er, als verrate er ein Geheimnis. »Wenn er kommt, nimmt er auf dem Rückweg Verwundete und Zivilpersonen mit. Aber es ist ungewiß.«

Sie ging hinaus.

»Morgen früh fährt ein Zug«, sagte sie zu dem Jungen. »Du mußt jetzt nach Hause fahren, Bernhard Kischko. Ihr Kinder in Tarrenbude werdet lange Ferien haben.«

»Auch der Krieg hat sein Gutes«, meinte er und lachte wieder.

»Wenn du mal nach Königsberg kommst, mußt du mich besuchen.«

Nein, das werde er nicht tun. Die Tarrenbuder seien in diesen Dingen ein wenig abergläubisch. »Eine Lehrerin besuchen bringt Unglück.«

Er zog die Fausthandschuhe über, griff nach Zügel und Peitsche. Daß sie gute Reise wünschte, hörte er nicht mehr. Heil in Tarrenbude ankommen und überleben, das wünschte sie ihm. Lange Ferien sollte er haben und irgendwann Königsberg besuchen, aber nicht im Winter.

Die Nacht verbrachte sie im Warteraum mit anderen, die sich einfanden, um auf den letzten Zug nach Königsberg zu warten. Immer mehr kamen, trugen schmutzigen Schnee in den Warteraum und leuchteten mit ihren Taschenlampen, nach freien Plätzen Ausschau haltend, die Bänke ab. Von der Tür her wehte beständig ein kalter Luftzug. Kinder wimmerten, wenn aus der Ferne die Bombeneinschläge herüberdröhnten.

Er kam tatsächlich, der letzte Zug. In der Dunkelheit des Morgens lief er ein, voll besetzt mit Soldaten, die in Königsberg zusammengezogen worden waren, um diesen Krieg zu retten und diese Front. Ohne Eile stiegen sie aus, drängten sich auf dem Bahnsteig um bereitstehende Suppenkübel. Plötzlich sah sie, ja, sie sah deutlich ein lachendes Gesicht. Es galt ihr, das Lachen. Ohne Zweifel, es galt ihr. Ein junger Soldat, überaus groß und schlank, lachte sie an, hob die Hand und winkte. Wir kennen uns doch, schien das Gesicht zu sagen, aber sie erinnerte sich nicht, es jemals gesehen zu haben. Er nahm einen Schal und wickelte ihn so um den Kopf, daß es aussah wie ein

Verband, und den linken Arm hielt er, als hinge er in einer Schlinge.

Mein Gott, du bist in den verkehrten Zug gestiegen! Genesungsurlaub im Thüringer Wald hatten sie dir versprochen, aber du bist in der Frontstadt Insterburg. Sie haben noch einmal die Lazarette durchkämmt nach kriegsfähigen Männern und Kindern, sie haben die Schlittschuhläufer von den Eisflächen geholt und die Träumenden aus den Kinos. Von wegen Ski laufen im Thüringer Wald! Niemand kann sich aussuchen, wo er seine Pflicht zu erfüllen hat.

Sie wollte zu ihm eilen, als ein Offizier ein Kommando rief und die Soldaten Aufstellung nahmen. Da blieb sie stehen, denn man kann Soldaten nicht begrüßen, die gerade Aufstellung nehmen, die das Gewehr schultern, um im Gleichschritt abzumarschieren. Erika Domin war mit den Soldaten allein auf dem Bahnsteig. Die ganze Kolonne starrte sie an, aber nur einer lachte. Sie marschierten an ihr vorbei, aus dem Bahnhofsgebäude hinaus in den grauen Wintermorgen. Sie erkannte, während er vorbeimarschierte, welch ein hübsches Gesicht er hatte, ein kindliches Gesicht ohne Verband und ohne entstellende Narben.

Kaum waren die Soldaten fort, stürmten die Zivilisten den leeren Zug. Erika Domin schämte sich ein wenig, in den Zug einzusteigen, den er soeben hatte verlassen müssen, diesen letzten Zug nach Königsberg. Sie kam an dem Tag in Königsberg an, als die Stadt zur Festung erklärt und damit endgültig sicher wurde.

Kalnikow und das Fahrrad

Denkst du noch an Kalnikow, dieses Milchgesicht? Statt hinter der Kolonne zu marschieren, ging er voraus, wollte die Zigarettenkippen finden, bevor die Gefangenen sie aufhoben. Ja, es gab sie noch. Auch in jenen Wochen, in denen es nichts mehr gab, fanden sich Zigarettenreste auf Deutschlands elenden Straßen. Fand er eine Kippe, drehte er sich um, zeigte sie triumphierend den Gefangenen.

Seht her, das ist das Vorrecht der Bewacher, sie finden die Zigarettenkippen vor allen anderen!

Wenn er nicht rauchte, sang er. Sämtliche Strophen von »Stenka Rasin«. Ein Milchgesicht noch, aber schon mit tiefer Baßstimme, denn sie lassen keine Kinder vor dem Stimmbruch in den Krieg.

Manchmal schoß er Krähen. Traf sogar. Mit offenem Munde stand er auf der Chaussee, sah zu, wie der schwarze Vogel zur Erde trudelte, im blühenden Hahnenfuß der Frühlingswiese aufschlug. Wieder hatte Kalnikow ein feindliches Flugzeug vom Himmel geholt. Oh, Kalnikow war stark. Er tippte mit dem Finger auf seine Maschinenpistole und lachte. Ihr seid alle Krähen! Es wird euch so gehen wie dieser! Kalnikow kann alles. Er schickte einen Gefangenen, den Vogel zu holen. Der legte ihn Kalnikow zu Füßen. Noch einmal schoß er in das schwarze Gefieder. Dann hängte er die Krähe in einen Dornbusch. Zur Abschreckung und als Zeichen: Kalnikow war hier, das große Kind, dem sie eine Maschinenpistole gegeben hatten und zwanzig Gefangene.

Mit Kalnikow sind wir durch das halbe Deutschland und das ganze Polen marschiert. Damals hielten sie weite Fußmärsche noch für menschlich. Autos und Eisenbahnen blieben für wichtigere Fracht reserviert.

Weißt du noch, mit Kalnikow schien immer die Sonne. Während des langen Marsches durch Mitteleuropa nur schönes Wetter. An einem See ließ Kalnikow halten. Er sammelte Steine, warf sie flach über das Wasser, zählte die Hüpfer. Zehn Sprünge schaffte Kalnikow. Jeder Gefangene mußte sich einen Stein suchen und damit über den See werfen. Einer schaffte neun Sprünge.

»Karascho«, sagte Kalnikow und klopfte ihm auf die Schulter. Dann kam der Wassergraben. Mit voller Ausrüstung, Maschinenpistole auf dem Rücken, sprang Kalnikow über den Sumpf. Drüben angekommen, hob er die Faust, stand wie einer, der das Brandenburger Tor erstürmt hat. Hoffentlich fällt er nicht in das dreckige Wasser, dachten wir. Wenn Kalnikow in den Graben fällt, wird er wütend und schießt auf Krähen und Kippensammler. Hoffentlich fällt er nicht rein.

Erinnerst du dich noch an den Jungen mit dem Fahrrad? Eine Fata Morgana am Ende der Chaussee. Im Mai 45 fuhr einer mit einem dunkelblauen Herrenfahrrad spazieren, ein deutscher Junge oder ein polnischer oder ein russischer oder einer jener herrenlosen Jungen, die der Krieg auf die Straße geschickt hatte. Kalnikow sah die kullernden Räder und breitete die Arme aus. »Stoi!«

Der wollte wohl nach Hause. Auf dem Gepäckträger hing ein Rucksack aus grauer Zeltplane, am Lenker baumelte eine Feldflasche. Der Junge hielt vor Kalnikow, fummelte in seiner Joppentasche herum. Trotz des warmen Frühlingswetters trug er Winterkleidung, denn du mußt, was du besitzt, am Leibe tragen, sonst geht es verloren. Und bald ist wieder Winter. Er entfaltete ein Stück Papier, das ihn legitimieren sollte, das ihm das Recht gab, mit dem Fahrrad nach Hause zu fahren. Ein amerikanisches Dokument oder ein russisches. Der Junge konnte es nicht lesen, hatte aber volles Zutrauen zu diesem Papier voller Stempel. Ein hoher Offizier wird seinen menschlichen Tag gehabt haben. Jawohl, mein Junge, wird er gesagt haben, du sollst unbehelligt mit deinem Fahrrad durchs zerschundene Europa nach Hause radeln. Dafür gab er ihm das Dokument. Das galt so lange, bis er zu Kalnikow kam. Ich glaube, Kalnikow konnte gar nicht lesen. Er versuchte es jedenfalls nicht. Er sah nur das bunte Fahrrad, packte es rechts am Lenker, der Junge hielt es fest. Beide zogen. Kalnikow war stärker, wie immer, Kalnikow war überhaupt der stärkste. Plötzlich ließ der Junge los. Kalnikow fiel auf den Asphalt, das Fahrrad auf ihn. Hinten in der Kolonne lachte einer, aber so, daß Kalnikow es nicht hörte. Der Junge griff das Fahrrad, schwang sich auf den Sattel, kam gut und gern fünfzig Meter weit, bis Kalnikow seine Maschinenpistole entsichert hatte. Keiner lachte, als Kalnikow in die Baumkronen schoß. Gegen eine Maschinenpistole ist mit einem Fahrrad nichts auszurichten. Der Junge stieg ab und wartete auf der Chaussee.

Weißt du noch, wie Kalnikow sich lässig die Hose abklopfte? Danach streckte er gebieterisch den Arm aus, befahl dem Jungen zurückzukehren. Er ging wie einer dieser Helden aus Westernfilmen, die bedeutungsschwer die staubige Straße abschreiten, dem Jungen entgegen. Vielleicht will er nur eine Runde drehen, dachten wir. Ein Spielzeug für unser Milchgesicht.

Kalnikow riß den Rucksack vom Gepäckträger und warf ihn in den Graben. Den kannst du haben, hieß es wohl, aber dein Fahrrad bleibt hier. Der Junge wollte es so schnell nicht preisgeben, zeigte wieder auf sein wichtiges Dokument, das ihm erlaubte, per Fahrrad zu reisen.

Kalnikow bedeutete ihm, er solle abhauen. Mit dem Lauf der Maschinenpistole zeigte er ihm den Weg. Der Junge entfernte zuvor die Feldflasche vom Lenker, holte den Rucksack aus dem Graben und ging, nicht sehr schnell, von einer Straßenseite zur anderen bummelnd und immer wieder zurückschauend. Außerhalb der Reichweite der Maschinenpistole setzte er sich auf einen gekalkten Kilometerstein, sah aus der Ferne zu, wie Kalnikow das Beutegut inspizierte. Mit dem Daumen drückte er die Pneus, tätschelte das blaue Blech, entdeckte die Luftpumpe, führte sie zum Ohr und pumpte Frischluft an sein Trommelfell. Er steckte die Pumpe in den Mund und machte dicke Backen. Hinten in der Kolonne lachte wieder einer. Er wagte nicht, aufzusteigen. Hilfesuchend schaute er sich um, sah den Jungen auf dem Stein sitzen und herüberschauen. Schadenfroh, wie ihm schien. Kalnikow drohte mit der Faust. Der Junge nahm den Rucksack und schlenderte weiter.

Weißt du noch, wie Kalnikow radfahren lernte? Er ließ die Kolonne vorausmarschieren, führte das Rad wie ein wildes Pferd, das sich erst an seinen Reiter gewöhnen soll. Plötzlich schepperte Blech. Er wird wohl wieder unter dem Fahrrad liegen, dachten wir. Keiner blickte sich um.

»Stoi!« brüllte Kalnikow. Die Kolonne hielt. Noch immer schaute keiner zurück.

Immer noch das Fahrrad führend, überholte er fluchend die Kolonne. Versuchte es noch einmal, nun von der linken Seite. Links rauf, rechts runter. Es war ja nur das verdammte Aufsteigen, das ihm so schwerfiel. Kalnikow hatte die Idee, seinen Körper unter der Querstange durchzuzwängen. Ein Fragezeichen auf einem Fahrrad. Zehn Meter ging es gut, bis das Rad in die Schieflage geriet. Kalnikow wieder auf der Straße, das Blech über ihm. Er bekam einen roten Kopf und griff nach der Maschinenpistole. Um Himmels willen, nur nicht die herrlichen Ballonreifen in Fetzen schießen! Es gibt doch keine Fahrradbereifung mehr. Ruf den Jungen zurück und gib ihm das Fahrrad! Der Junge war nur noch als kleiner Strich hinter uns zu erkennen. Es ist anzunehmen, daß er, sobald er allein war, ein wenig geweint hat. Außerdem wünschte er sich eine Maschinenpistole, denn die macht stark, sie besiegt alle Dokumente und Stempel.

Kalnikow umkreiste wütend das auf der Straße liegende Rad. Er vermutete Sabotage. Die Inschrift des Rahmens verriet ihm, daß es ein deutsches Rad war. Diese verdammten Deutschen! Die hatten es so eingerichtet, daß ihre Fahrräder nur ihresgleichen trugen und die Feinde abwarfen. Kalnikow holte einen aus der Kolonne und befahl ihm, das Rad zu besteigen. Als auch der nach wenigen Metern vom Weg abkam und in den Brennesseln verschwand, war das Milchgesicht zufrieden. Doch nur ein störrisches Fahrrad und keine Sabotage. Kalnikow lachte. Zwei Mann mußten festhalten, er kletterte hinauf, saß

steif mit durchgedrücktem Kreuz auf dem Sattel, ein Kö-
nig der Landstraße. Vorsichtig begann er zu trampeln,
wurde schneller, die beiden Männer, die ihn hielten, kamen nicht mehr mit. Der eine ließ los, der andere. Kalnikow allein auf dem Fahrrad. Wie ein lahmes Segelflug-
zeug glitt er über Sauerampfer und Löwenzahn die Böschung hinunter. Als er auftauchte, ging er auf den zu,
der ihm am nächsten stand. Der mußte das Fahrrad aus
dem Graben holen. Danach befahl er ihm, damit zu fahren. Mühelos stieg er auf, fuhr der Kolonne voraus, Kalnikow sah ihm staunend nach. Plötzlich bekam er Angst,
der könnte mit dem Fahrrad davonfahren. Er pfiff auf den
Fingern, schrie, fuchtelte mit der Maschinenpistole. Der
Mann kehrte um, steuerte auf die Kolonne zu, und nun
sah Kalnikow das Wunder. Die Lampe leuchtete, wurde
mit jedem Tritt in die Pedale heller, dann wieder schwä-
cher. Kalnikow befahl, anzuhalten. Er forderte den Mann
auf, das Licht anzuzünden.
»Das brennt nur während der Fahrt«, sagte der.
Kalnikow verstand ihn nicht. Er wurde böse, wollte das
Licht haben, sofort. Da hob der Mann das Vorderrad und
drehte. Wieder leuchtete die Lampe. Kalnikow lief aufgeregt um das Rad, entdeckte hinten das rote Rücklicht,
wollte eine Zigarette daran anzünden.
Ja, Kalnikow und das Fahrrad! Wir hatten einen gemütli-
chen Nachmittag, weil er sich mit dem Fahrrad abmühte.
Anfangs fuhr er, wie alle Anfänger, zu schnell. Er geriet
ins Taumeln, wenn er langsam fuhr. War er weit voraus,
fiel ihm ein, die Gefangenen könnten weglaufen. Anhalten konnte er nicht. Er raste zur nächsten Wegeinmün-
dung, fand dort Platz für einen großen Bogen. Wie ein
Rennfahrer kam er auf die Kolonne zu, mit wehenden

Haaren, die hinderliche Mütze auf den Gepäckträger ge-
klemmt. Er sauste vorbei, kam kurze Zeit später wieder,
schrie und winkte aus der Ferne.

Wir sollten ihn anhalten.

Wir bildeten eine Kette. Als Kalnikow kam, liefen wir
mit, hielten ihn fest, drosselten sein Tempo und brachten
ihn heil auf die Füße.

Ja, wir Gefangenen haben Kalnikow das Radfahren beige-
bracht. Als er endlich ohne Hilfe auf- und absteigen
konnte, fuhr er stolz vor der Kolonne, sang vom Fahrrad
herab die Chausseebäume an, hatte keinen Blick mehr für
die schäbigen Zigarettenkippen am Wege. Als letztes entdeckte er die Klingel. Nun sang er nicht mehr, sondern
radelte klingelnd über die Landstraße, mit Lerchen und
Buchfinken im Wettstreit.

In Brest-Litowsk hatte unser Marsch ein Ende, stand ein
Güterzug bereit für den noch längeren Marsch nach
Swerdlowsk. Als die Kolonne zum Bahnhof einbog, riß
jemand ein Fenster auf. Ein Offizier erschien und schrie
Kalnikow einen Befehl zu. Der sprang vom Fahrrad und
grüßte militärisch. Die Kolonne hielt. Der Offizier trat
aus der Baracke, ging auf Kalnikow zu. Ohne ein Wort zu
sagen, nahm der Offizier das Fahrrad, schwang sich hinauf und radelte jene Straße hinab, auf der wir mit Kalnikow gekommen waren.

Die weiße Flagge

Es geschah auf dem Vormarsch. So nannten wir das damals. Heiß und staubig, auf den Lippen feiner Sand und längst keine Lieder mehr. Am Horizont Rauchsäulen, dem Krieg vorausziehend, im Rücken die brennende Sonne. Jeschke, der kleine Marathonläufer aus Berlin – um ein Haar hätte er an der Olympiade '36 teilgenommen –, Jeschke versprach, fünfundzwanzig Ehrenrunden um den Grunewald zu laufen, wenn er mit heiler Lunge aus der Staubwüste vor Schitomir nach Charlottenburg zurückkäme.

Warum fünfundzwanzig?

Für jedes seiner Jahre eine Runde, das hielt er für angemessen.

Vom Feind nichts zu sehen vor lauter Sommerstaub und Rauchsäulen. »Ein Krieg für Marathonläufer«, sagte Jeschke. Die nächste Olympiade findet in Wladiwostok statt. »Also laufen wir nach Wladiwostok«, sagte Jeschke.

Was ist eigentlich aus Leutnant Pauli geworden?

Der war nicht älter als Jeschke, aber schon Leutnant. Ein zarter Mensch, der eigentlich Lehrer werden wollte, nun aber besonderer Umstände wegen Leutnant war. Und kein Marathonläufer.

Beim ersten Einsatz gleich eine dumme Geschichte mit

39

Jeschke und Pauli. Feuertaufe heißt es in heroischen Büchern, in Wahrheit ist es eine ziemliche Scheiße, bei der sich der Magen umdreht, wenn nicht Schlimmeres. Pauli hatte keine Schuld. An Jeschke lag es, an ihm allein. Diese Marathonläufer wollen ja immer die ersten sein.

Aus einer Bunkerstellung am Waldrand schoß ein Maschinengewehr. Zehn Minuten lag die Kompanie im Graben, bis Leutnant Pauli entschied: »Wir umgehen den Bunker.«

»Ausräuchern!« sagte Jeschke, auch so ein Wort, das gern vorkam: ausräuchern.

Die Kompanie kroch durch den Wald, umzingelte das Widerstandsnest. Als die im Bunker merkten, daß sie eingeschlossen waren, hörten sie auf zu schießen.

Jeschke sagte wieder: »Ausräuchern!«

Über dem Bunker tauchte eine weiße Fahne auf, ein Stück Unterhemd, von einer Bajonettspitze in die Kiefern gehängt.

Keiner wußte recht, was eigentlich geschehen sollte. Er fing ja erst an, der Krieg. Einen Bunker mit weißer Fahne hatte die Kompanie noch nicht erlebt.

Bevor Pauli etwas sagen konnte, kroch unser Marathonläufer aus der Deckung. Er erhob sich wie einer, der vom Picknick im Grünen kommt, und spazierte auf den Bunker zu. In diesem Augenblick ratterte das Maschinengewehr noch einmal los, erfüllte den lichten Wald mit seinem Lärm. Jeschke fiel rückwärts, fiel wie ein gefällter Baum in Zeitlupe. Ein paarmal wälzte er sich um die eigenen Eingeweide, danach blieb er ruhig liegen.

Sie hatten unseren Jeschke totgeschossen. Das weiße Tuch hing in den Kiefern, aber sie hatten geschossen. Es war plötzlich beklemmend still in dem Wald. Pauli sagte kein Wort, aber jeder dachte, wir müßten nun eigentlich hingehen und ein Dutzend Handgranaten in den verdammten Bunker werfen. Weiße Fahnen raushängen, aber unseren Jeschke totschießen.

Da kamen sie schon raus, einer nach dem anderen mit erhobenen Händen. Pauli brüllte, auf keinen zu schießen, auch nicht aus Versehen. Dem toten Marathonläufer täte niemand einen Gefallen damit. Auf keinen Fall also schießen!

Siebzehn Mann ohne Waffen. Die meisten jung, nur zwei bärtig. Pauli ließ sie mit erhobenen Händen im Wald stehen und befahl das, worauf wir warteten. Er befahl, ein halbes Dutzend Handgranaten in den Bunker zu werfen. Der Erdwall hob sich und fiel zusammen. Holzsplitter wirbelten durchs Unterholz. Wieder einmal staubte es in Rußland.

Es wäre nun ein Grab für Jeschke zu schaufeln. Zwei Mann von der Kompanie müßten die siebzehn Gefangenen nach hinten bringen. Aber Pauli zögerte. Er fürchtete, die siebzehn kämen nicht beim Stab an, weil in der ersten Wut und Hitze... Einer von denen hatte unseren Jeschke umgebracht, den Liebling der Kompanie, das Maskottchen, das bis Wladiwostok laufen wollte und vor Schitomir schon in die Knie gegangen war.

Wir blickten Pauli an. Der spürte, was wir wollten. So kann das hier nicht ausgehen, Leutnant Pauli! Weiße Fahnen raushängen und unseren Jeschke erschießen. Das muß bestraft werden.

Wer weiß, was aus Leutnant Pauli geworden ist? Der war ein so feiner, zarter Mensch, wollte wohl Lehrer werden, mußte aber Leutnant sein in einem Waldstück vor Schitomir.

Pauli ging zu den Gefangenen und fragte, wer Jeschke erschossen hat.

Sie verstanden ihn nicht.

Pauli zeigte auf den leblosen Körper.

Jetzt verstanden sie ihn, sagten aber nichts. Sie blickten nicht einmal auf, weil schon Blicke verraten können, sie starrten mit gesenkten Köpfen auf den Waldboden.

Da wurde Pauli wütend. Er werde alle erschießen lassen, wenn sie nicht die Wahrheit sagten, schrie er.

Das verstanden sie nicht.

Aber als er zwanzig Schritte entfernt ein Maschinengewehr aufstellen ließ, verstanden sie ihn.

Trotzdem sprach keiner. Kein Fingerzeig, kein Blick verriet den, der unseren Jeschke umgebracht hatte.

Was mag in Leutnant Pauli vorgegangen sein?

Die Kompanie befand sich noch in der Stimmung, alle siebzehn über den Haufen zu schießen, aber Pauli war ein studierter Kopf. Der las vor dem Einschlafen Rilke und konnte den Lisztschen Liebestraum auf der Mundharmonika spielen.

Es muß möglich sein, den wahren Schuldigen unter den siebzehn herauszufinden, wird er gedacht haben. Der Mann wird sich durch ein Flackern der Augen, ein Zucken der Mundwinkel verraten. Pauli ging die Reihe entlang, blickte jedem prüfend ins Gesicht, suchte nach verräterischen Zeichen, denn die Gesichter sind es, die den Menschen widerspiegeln, sie sagen alles, nur können wir ihre Schrift so selten lesen.

Noch einmal die Reihe zurück. Dann aus der Distanz des Maschinengewehrs ein letzter prüfender Blick auf die Gruppe. Gab es keinen Offizier, den er verantwortlich machen konnte? Nein, sie hatten ihre Rangabzeichen entfernt, sich unkenntlich gemacht. Sie waren alle gleich. Was sollte nun geschehen? Wir blickten auf Pauli, und die Gefangenen taten es auch. Alle erwarteten eine Entscheidung. Pauli konnte nicht mehr zurück. Er mußte wenigstens einen opfern. Er entschied sich für einen jungen Burschen, noch jünger als Jeschke, aber kein Marathonläufer, sonst wäre er davongelaufen bis Wladiwostok. Den holte er aus der Reihe, ließ ihn an einen Baum stellen und erschießen. Aus und vorbei.

Zwei Soldaten brachten die sechzehn Gefangenen zum Stab, die anderen marschierten weiter, denn es geschah auf dem Vormarsch, als wir noch sehr in Eile waren. So sah unsere Feuertaufe aus, eine Feuertaufe mit zwei Toten, einem deutschen Marathonläufer namens Jeschke und einem unbekannten russischen Soldaten. Außerdem hinterließ die Kompanie einen zertrümmerten Bunker.

Am Abend las Leutnant Pauli keine Gedichte. Er schrieb an Jeschkes Eltern in Charlottenburg. Danach betrank er sich an einer halben Flasche Aquavit. Auch sollen ihm die Tränen gekommen sein.

»Er hat doch nur gelacht!« schrie Pauli immer wieder.

Bald wußte die ganze Kompanie, wonach Pauli seinen Todeskandidaten ausgesucht hatte. Der junge Bursche hatte den Leutnant Pauli, als der die Reihe abschritt, angelacht. Als einziger der siebzehn wagte er es, seinen Feind anzulachen. Lachen in so einem harten Krieg, das ist doch nicht normal. Wer lacht, zeigt sein schlechtes Gewissen, der will ablenken und um gut Wetter bitten. Als Pauli mit dem Aquavit im Zelt saß, kamen ihm Bedenken. Mußte Lächeln so grausam bestraft werden?

»Denken Sie nicht nur an den einen, den Sie erschießen ließen«, sagte der Feldwebel. »Denken Sie an die sechzehn, die Sie gerettet haben. Die Kompanie war in der Stimmung, alle umzulegen, aber Sie haben eine große, weise Entscheidung getroffen.«

Er betrank sich trotzdem.

Was ist eigentlich aus Leutnant Pauli geworden?

Am nächsten Morgen war er nüchtern, fühlte sich aber elend. Nach einer halben Stunde Vormarsch brach er zusammen. Der Feldwebel ließ ihn im Kübelwagen ins Feldlazarett bringen und schickte einen halben Tag später einen Unteroffizier ans Krankenlager. Der meldete, was die Befragung der sechzehn Gefangenen ergeben hatte. Der junge Bursche, der ihn so frech angelacht hatte, sei tatsächlich Jeschkes Mörder gewesen. Pauli habe den Richtigen erschießen lassen. Die ganze Kompanie bewunderte Leutnant Paulis Menschenkenntnis.

Jeder glaubte, Pauli werde nun gesund wiederkehren. Der Krieg könnte weitergehen mit seinem Vormarsch. Aber dem kranken Leutnant genügte es nicht. Er wünschte, im Beisein eines Dolmetschers mit den sechzehn Gefangenen zu sprechen. Für die Leiden eines jungen Leutnants haben diese Kriege doch kaum noch Zeit. Schon gar nicht die Vormärsche, wenn sich die Entfernungen zwischen die Menschen schieben und die Toten davoneilen wie die Marathonläufer. Aber Pauli schaffte es. Sie fuhren ins Gefangenenlager, das des großen Andrangs wegen auf freiem Feld lag. Die sechzehn saßen vor ihm im Halbkreis auf der warmen Erde. Pauli lehnte an einem Baum, musterte sie wie damals im Wald vor Schitomir. Zwischen ihnen der Dolmetscher.

In Wahrheit seien achtzehn Mann in dem Bunker gewesen. Der eine sei nicht rausgekommen, weil er wußte, was ihm bevorstand. Auch wollte er seine Kameraden nicht in

Versuchung führen, ihn verraten zu müssen, um die eigene Haut zu retten.

Warum sie das nicht im Wald gesagt hätten? ließ Pauli fragen.

Weil wir den deutschen Offizier nicht verstanden haben, ließen die Gefangenen antworten.

Wie hieß der junge Bursche, der im Wald erschossen wurde?

Das sei Micha aus Bjelgorod gewesen, der Liebling der Brigade, er habe immer nur gelacht.

Was ist eigentlich aus Leutnant Pauli geworden?

Man sagt, für eine kurze Zeit habe er den Verstand verloren und immer nur gelacht. Seine Vorgesetzten, seine Untergebenen, die Ärzte und Schwestern habe er angelacht. Aber sie kurierten ihn. Sie schickten ihn zur Erholung auf die schöne Insel Norderney. Dort rezitierte er Rilke-Gedichte und spielte auf der Mundharmonika. Auch das Lachen haben sie ihm abgewöhnt. Gefallen ist er viel später im großen Krieg. Während des planmäßigen Rückzugs. Er fiel bei Bjelgorod, das nördlich von Charkow liegt.

Warten auf Renard

Die elektrische Leitung machte ihm wieder Sorgen. Täglich diese Kurzschlüsse. Irgendwo kam Feuchtigkeit in die Leitung, es elektrisierten die Wände, das Türschloß teilte leichte Stromschläge aus.

Renard wird kommen. Renard besitzt gute alte Kabel aus der Zeit vor dem Krieg. Wenn einer helfen kann, ist es Renard.

Marchons saß mit seiner Frau am Frühstückstisch und sprach über die defekte Elektrizität, sprach mehr zu sich als zu der Frau, die von diesen Dingen nichts verstand, aber sich neuerdings fürchtete, den Wasserhahn zu berühren. Glücklicherweise sei es hellster Juni, meinte Marchons. Im Dezember wäre es bedeutend unangenehmer. Deshalb habe er Renard gebeten, die Leitung zu reparieren, bevor die dunkle Jahreszeit beginne. »Sei unbesorgt«, sagte er, »Renard wird kommen. Er hat es versprochen.« Madame Renard hat es auf einen Zettel geschrieben. »Am 10. Juni wird er kommen. Auf Renard ist Verlaß. Du solltest ein gutes Essen zubereiten«, sagte Marchons, »denn es versteht sich, daß wir Renard nach getaner Arbeit zu Tisch bitten müssen.«

Nach dem Frühstück ging Marchons, wie es seine Gewohnheit war, vor die Tür, um zu hören, was im Dorf geschehen war. Er stand gern am Wege, grüßte die Vorbeikommenden und sprach mit ihnen über die Arbeit auf den Feldern.

»Renard wird kommen«, sagte er jedem. »Renard wird meine elektrische Leitung reparieren, Renard ist ein guter Mann, der versteht etwas von Elektrizität.«

Um die Mittagszeit kamen Soldaten. Eine Autokolonne durchfuhr das Dorf von Süd nach Nord. Auf den Wagen saßen junge Soldaten. Ihre Gesichter unter den Stahlhelmen sahen grimmig und entschlossen aus, als ginge es in den Krieg, der nicht Tagesreisen entfernt am Meer stattfand, sondern im nächsten Dorf. Vor der Kreuzung hielt die Kolonne. Ein Offizier breitete eine Karte auf der Kühlerhaube seines Fahrzeugs aus, fragte eine Frau, die mit ihrem Kind an der Straße stand, nach dem Weg. Die Frau streckte den Arm aus und zeigte in die Richtung, aus der Renard kommen sollte. Der Offizier legte die Hand an die Mütze, neigte leicht den Kopf vor der Frau und dem Kind, sprang ins Auto und ließ die Kolonne in jene Richtung fahren, aus der Renard kommen sollte. Monate später sagte die Frau aus, der Offizier habe sie nach Oradour gefragt.

Renard kam nicht. Marchons wunderte sich, denn er war mit Renard im Kriege 14/18 zusammen gewesen und wußte um seine Zuverlässigkeit, aber am 10. Juni 44 kam er nicht.

»Er wird erst die Mahlzeit einnehmen«, sagte Marchons zu seiner Frau. »Oder Madame Renard hat vergessen, ihm den Zettel zu geben.« Marchons wartete noch ein Stündchen, dann setzte er sich aufs Fahrrad, um zu Renard zu fahren. Vielleicht ist er krank, dachte er. Wenn es so wäre, würde er Madame Renard bitten, ihm ein Stück Kabel mitzugeben. Marchons könnte den Schaden selbst beheben, provisorisch jedenfalls, bis Renard endlich käme. Er hatte eine bestimmte Vermutung, wo der Defekt sein könnte. Da wollte er die Wand aufstemmen und das alte Kabel durch ein neues Stück ersetzen.

Mit offenem Mund, die Mütze in die Stirn gedrückt, saß Marchons auf dem Fahrrad, fuhr beharrlich dem Wind entgegen, der über die Hänge strich und das rote Meer der Mohnblumen am Straßenrand bewegte. Aus seinem Mund hing ein Grashalm. Seitdem der Doktor ihm das Rauchen verboten hatte, hielt Marchons es mit der Gewohnheit, auf Grashalmen zu kauen.

Auf halbem Wege begegnete ihm Clermont mit seinen Pferden. »Ich muß ein elektrisches Kabel von Renard holen!« rief er ihm zu.

»Ja, es wird Zeit, daß der Krieg zu Ende geht und es wieder ordentliche Kabel gibt«, antwortete Clermont.

»Renard hat noch gute Stücke«, sagte Marchons.

Der Mann auf dem Pferdewagen zeigte mit der Peitsche in die Richtung, in die Marchons fahren wollte. Da sei was los, meinte er. Er habe Soldaten auf den Feldern gesehen. Die suchten etwas. Er habe es für besser gehalten, nach Hause zu fahren und nicht mit ihnen zusammenzutreffen.

Die Weiterfahrt bereitete Marchons einige Mühe, weil der Wind von vorn drückte, auch stieg die Straße langsam an. Noch sah er das Dorf nicht, als er die Schüsse hörte. Wie Treibjagd im Herbst, dachte Marchons. Doch dann wurde es schneller und heftiger. Maschinengewehre, so hämmern nur Maschinengewehre. Marchons kannte ihr heftiges Bellen aus dem großen Krieg, den er mit Renard zusammen überlebt hatte.

Von der Anhöhe sah er die ersten Häuser. Auf dem Platz vor der Kirche eine Menschenmenge. Soldaten gingen von Haus zu Haus, überquerten in kleinen Gruppen die Straße, brachten immer mehr Menschen. Auch in den Gärten und auf den Feldern um das Dorf überall Soldaten. Eine ganze Armee hatte den armen Renard umzingelt, hinderte ihn daran, elektrische Kabel auszubessern.

Der Soldat hielt sich hinter einem Baum versteckt. Als Marchons auf das Dorf zuradelte, trat er aus dem Schatten des Baumes und stellte sich mit gesenktem Gewehr mitten auf die Straße. Marchons verlangsamte die Fahrt, hielt zehn Schritte vor dem drohenden Gewehrlauf und vergewisserte sich durch einen Griff in die Jackentasche seiner Ausweispapiere.

Ein junger Bursche war es, dieser fremde Soldat. Einer von denen, die sich nicht zu rasieren brauchen, weil in ihrem Milchgesicht nur Flaumhaare wachsen. Die Stirn voller Pickel, blaue Augen, das blonde Haar verschwand fast völlig unter dem martialischen Stahlhelm. So jung noch, aber ausgerüstet, als wolle er Fort Douaumont erstürmen. Ein Gurt Munition um den Leib, Handgranaten am Koppel, unter dem Stahlhelm ein Gesicht voller Pickel.

Vom Dorf her wieder Schüsse, nun deutlicher, weil der Wind den Lärm herübertrug. Vor der Kirche sang ein Chor, dazwischen Schreie und lautes Rufen. Marchons schlug seine Brieftasche auf, fingerte in den Papieren und wunderte sich, daß seine Hände zitterten. Irgend etwas lag in der Luft, das seine Hände zittern machte.

Der Soldat schüttelte den Kopf. Er hob die linke Hand, winkte, Marchons solle gehen. Der aber suchte nach

Worten in der Sprache des Soldaten. Er wolle nur kurz zu Renard, sagte er stockend. Nur ein Kabel holen für die elektrische Leitung. In zehn Minuten käme er wieder, weiter sei es nichts, nur ebendieses Kabel.

Der Soldat antwortete nicht. Marchons zweifelte, ob er ihn verstanden hatte. Er wiederholte in französisch, daß er nur eines elektrischen Kabels wegen zu Renard wolle, es dauere keine zehn Minuten.

Hinter dem Soldaten hing eine Rauchsäule über den Häusern, eine der Scheunen am Dorfrand brannte. Frauen und Kinder drängten in die Kirche, dem letzten Zufluchtsort bei Kriegen und Feuersbrünsten, weil in Kirchen – wo denn sonst? – immerhin noch Gott ist.

Marchons trat näher, um dem Soldaten den Ausweis zu zeigen. Der weigerte sich, in das Papier zu blicken, winkte nur heftiger, doch endlich zu gehen, umzukehren, zu verschwinden. Er will dich nicht durchlassen, dachte Marchons verzweifelt.

Es gehe nur um drei Meter elektrisches Kabel, versuchte er es noch einmal. Im Dorf lebe ein gewisser Renard, der sei Elektriker von Beruf und habe gutes Material aus der Zeit vor dem Krieg…

Als Marchons den Soldaten aus der Nähe anschaute, sah er seine feuchten Augen. Hat man so etwas schon erlebt, Tränen unter einem Stahlhelm? Ein entsichertes Gewehr in der Hand eines weinenden Soldaten?

Es liegt an seiner Jugend, dachte Marchons. Sie haben ihm befohlen, die Straße abzusperren, ein langweiliger Befehl an dieser einsamen Straße. An einem Baum lehnend, ist er ins Träumen geraten. Von der Mutter wird er geträumt haben oder der Geliebten, der er, wäre sie hier, rote Mohnblumen pflücken wollte. Während des Träumens sind ihm die Augen naß geworden. Ja, das kann vorkommen, wenn einer so jung ist wie der da.

Es brannte an mehreren Stellen. Der Rauch wälzte sich auf einer breiten, schwarzen Spur über die Felder, umhüllte die Bäume und die Häuser. Auch Renards Haus war in dem dunklen Qualm verschwunden. Unversehrt stand allein die Kirche über dieser Finsternis am hellen Tage.

»Nun verschwinden Sie endlich!« schrie der Soldat in seiner Sprache. »Sie sehen doch, was hier los ist!«

Marchons riß sein Fahrrad herum, schwang sich auf den Sattel, wäre um ein Haar in den Graben gestürzt, weil er die Balance nicht finden konnte. Ja, er begriff, was vorging. Sie brannten Renards Dorf nieder. Auf holpriger Straße, Wind und Rauchwolken im Rücken, fuhr Marchons davon, plötzlich voller Angst, der junge Soldat könnte anderen Sinnes werden, ihm einen Befehl zum Halten nachschicken oder eine Kugel.

In ausreichender Entfernung am Fuße des Hügels blieb er stehen. Nun brannte auch die Kirche. Mein Gott, sie lassen nichts übrig, nicht einmal die Kirche. Der junge Soldat war verschwunden. Die Rauchwolke, die sich über die Straße wälzte und Marchons einzuholen drohte, hatte ihn verschluckt. Für einen Augenblick kamen ihm Zweifel, ob es ihn überhaupt gegeben hatte, den blonden Engel, der Marchons vor dem Sturz in die Hölle bewahrt hatte und der danach aufgefahren war gen Himmel in dieser stinkenden düsteren Rauchwolke. Renard wird nicht mehr kommen. Das war gewiß. Heute nicht und morgen auch nicht.

Er saß an der Böschung und versuchte, seine Gedanken zu ordnen. Konnte es sein, daß der Krieg, der seit vier Tagen am Meer tobte, schon in ihre Nähe gekommen war? Soldaten hielten den Eisenbahnzug auf freier Strecke an. Sie trieben die Reisenden dem brennenden Dorf zu. Als ein Windstoß die Straße vom Rauch befreite, sah Marchons seinen blonden Engel auf der Fahrbahn stehen. Aus dem Dorf kam ein Auto. Der junge Soldat nahm Haltung an, grüßte militärisch, stieg ein, fuhr dem Feuer entgegen, um auf Befehl zu schießen wie die anderen oder zu träumen von roten Mohnblumen an sandigen Feldwegen, von Sonnenwendfeuern und Lagerfeuern in stillen Nächten oder um die Tränen zu trocknen im Ofen des Elends.

Letzter Zug nach Ammersby

Da war noch etwas gutzumachen, eine Kleinigkeit wiederherzustellen, die der Lauf der Weltgeschichte verrückt hatte. Der Mutter einen Gefallen tun, bevor sie stirbt. Zum 75. Geburtstag oder zum nächsten Weihnachtsfest. Fritz Broschek erinnerte sich nur, wie sie abends immer das Besteck zählte. Bei Kerzenlicht, meistens gab es Stromsperre, glitten ihr die Messer, Gabeln und Teelöffel durch die Hand, manchmal klirrte es leise. Sie dachte wohl, er schliefe, doch lag er nur unbeweglich auf dem Strohsack. Die Zudecke über den Kopf gezogen, blickte er durch einen schmalen Spalt zum Kerzenlicht und wunderte sich, daß sie weinte. Warum muß ein Mensch weinen, wenn er Löffel und Gabeln zählt? Er hatte es damals nicht begriffen, aber es war etwas zurückgeblieben. Ein halbes Menschenleben später beschäftigte ihn noch der Gedanke, daß da ein paar unverständliche Tränen zu trocknen seien.

Im Frühling fuhr Fritz Broschek hinauf in jene Gegend, die die Ortsnamen mit by enden läßt, wo Deutschland anfängt, sich dänisch zu verfärben. Mutter hatte Angeln für einen Glücksfall gehalten. Sie kamen damals in einen der letzten Winkel Deutschlands mit gefüllten Speisekammern. »Ach, und so nahe der dänischen Butter. Glück im

Unglück«, sagte Mutter, als der Zug in Schleswig endgültig hielt. Glück im Unglück auch, daß die Eisenbahn bei Stettin über die noch unversehrte Oderbrücke gerollt war. Glück im Unglück, daß Mutter als Kriegerwitwe mit zwei kleinen Kindern bevorzugt in jenen Personenzug gesetzt worden war, der als letzter fahrplanmäßig die Stadt Danzig verließ und tatsächlich fahrplanmäßig ankam.

Von Schleswig wanderten sie zu Fuß nach Angeln, in den beginnenden Frühling hinein. Mutter einen Rucksack auf der Schulter, an jeder Hand ein Kind. Fritz trug den Schultornister, der entsetzlich schwer war, nicht von Schreibheften und Lesebüchern, sondern von den Wertsachen der Familie Broschek. In unsicheren Zeiten sollte man Wertvolles den Kindern anvertrauen, es in die Windeln stecken oder in den Kinderwagen. Fritz Broschek sah damals aus wie ein Achtjähriger auf dem Schulweg, in Wahrheit schleppte er das wertvolle Silber im Schulranzen von Danzig nach Ammersby in Angeln.

Fast vierzig Jahre später fuhr er zurück in das Dorf mit der dänischen Endung, das sie 1950 verlassen hatten. Im Rübenwagen hatte sie der Bauer – wie hieß er noch? – zur nächsten Bahnstation gefahren, jetzt kehrte Fritz Broschek im grauen Mercedes wieder. Es war Frühling wie 1945, als sie ankamen. Die hohen Pappeln, die die Straße nach Ammersby säumten, neigten sich noch stärker nach Osten als damals, in den Knicks blühte wie damals der wilde Flieder.

Mutter wollte nicht mehr nach Ammersby. Oft waren sie auf ihren Urlaubsreisen nach Dänemark oder Sylt an Angeln vorbeigefahren, aber für einen Abstecher nach Ammersby hatte es nie gereicht. Mutter mochte den Namen nicht mehr hören. Erwähnte ihn jemand, blickte sie abwesend aus dem Fenster. Ja, über Danzig, da sprach sie stundenlang; nach Danzig wollte sie noch einmal reisen im schönen Sommer bei gutem Wetter und bester Gesundheit. Aber nie mehr Ammersby.

Vor dem Dorf pflanzten sie gerade die gute gelbe Grata in jene Erde, die er als Kind kartoffelsammelnd auf Knien abgerutscht hatte. Ammersby war mächtig in die Breite gewachsen. Am Dorfeingang traf er auf eine Neubausiedlung für jene, die nicht wie die Broscheks nach Westdeutschland gezogen waren. Eine Mittelpunktschule mit großem Sportplatz. Mehrere Bauernhäuser hatten ihr graues Reetdach mit leuchtendem Ziegelrot vertauscht. Die Dorfstraße asphaltiert, ein Schwimmbad in Arbeit, ein Supermarkt schon eröffnet. Unverändert nur die Kirche mit ihrem Grünspandach mitten im Dorf.

Broschek parkte vor der Gastwirtschaft, die immer noch »Dänischkrug« hieß und Flensburger Bier ausschenkte. Noch immer wußte er nicht den Namen des Bauern, doch als er am Tresen stand, sein Bier trank, die alten Balken, Kränze, Schleifen und Fotografien wiedererkannte, fiel ihm der Name ein: Kröger.

»Der Krögerhof heißt jetzt Petersen«, sagte der Gastwirt. »Das ist so, weil die Krögertochter einen gewissen Petersen aus Kappeln geheiratet hat. Was aber der alte Kröger ist, der lebt noch sein Altenteil. Der fährt manchen Tag noch mit dem Trecker in der Feldmark spazieren.«

Broschek ließ sich den Weg zum Krögerhof zeigen, denn er kannte ihn nicht mehr. Zuviel hatte sich geändert. Die Bäume waren längst über alle Dächer hinausgewachsen und warfen Schatten in die doppelverglasten Fenster. Früher hatte es eine Scheune gegeben, nun stand da eine Reithalle. Holunderbüsche statt der Wagenremise, die den

Broscheks viereinhalb Jahre als menschliche Behausung gedient hatte. Drei Autos auf dem Hofplatz und ein roter Trecker. In einer Hofecke mit viel Sand lag Kinderspielzeug herum. Ein Hofhund, längst des Verbellens fremder Besucher entwöhnt und nicht mehr an der Kette, kam angelaufen und ließ sich kraulen.

Ja, das war der Krögerhof. Im Garten sah er einen alten Mann. Wie er sich bewegte, wie er das blanke Eisen in die Erde stieß und umgrub, wie er die Mütze in den Nacken schob und wieder nach vorn drückte, wie er sich den Kopf kratzte und ausspuckte, das alles kam ihm vertraut vor. Das Gesicht immer noch rot, die Nase eine Kartoffelknolle mit tiefen Poren.

Der alte Kröger würde ihn nicht mehr erkennen. Broschek war damals ein Schuljunge gewesen, kleines Fritzchen riefen sie ihn auf dem Krögerhof, weil die Sache mit dem großen Fritzen schon anderweitig vergeben war, auch kaum Aussicht bestand, daß aus Fritz Broschek etwas Großes werden könnte. Kröger hatte ihn niemals richtig wahrgenommen.

»Ach, die aus der Wagenremise«, pflegte er zu sagen. »Das sind unsere Flüchtlinge aus Danzig. Bei denen mußt du aufpassen, daß nichts wegkommt. Die räubern die unreifen Äpfel vom Baum und fressen den Kühen die Steckrüben vom Futtertisch.«

Der alte Kröger rammte den Spaten ins Wurzelbeet, wischte die Hände an der Manchesterhose ab und trat an den Gartenzaun.

»Na, was spionieren Sie hier rum, junger Mann?« rief er.

»Ich schau mir ein bißchen die Gegend an, weil ich Land kaufen möchte.«

»Kommen Sie aus Hamburg, junger Mann?«

»Nein, aus dem Rheinland.«

»Donnerwetter!« wunderte sich Kröger. »Nun reisen die Leute schon vom schönen Rhein zu uns nach Angeln, um Land zu kaufen. Wie sind Sie denn auf Ammersby gekommen?«

»Einfach durchgefahren und angehalten. Ist doch 'ne schöne Gegend und gar nicht weit von der Ostsee.«

»Ja, so ist das«, meinte Kröger.

»In letzter Zeit kommen manchmal reiche Leute, um Land zu kaufen. Die wollen einen Reiterhof einrichten oder eine Jagd pachten. Sie sind nicht zufällig Immobilienmakler, der mit Land handelt?«

Broschek schüttelte den Kopf und sagte, daß er Rechtsanwalt sei.

»Sieh mal an, ein Advokat! Darauf wär' ich nicht gekommen. So sehen Sie gar nicht aus, junger Mann.«

Wie vertraut doch der Tonfall. Broschek fielen Sätze ein, die vor mehr als drei Jahrzehnten gesprochen worden waren, aber immer noch nachhallten, denn alles Gesprochene kehrt wieder, zieht um die Erde und bleibt hörbar für den, der Ohren hat, nichts geht verloren... Also, so geht das nicht, Frau Broschek! Unsere Wäscheleine ist unsere Wäscheleine. Da dürfen Sie Ihren Plunder nicht aufhängen... Was ich noch sagen wollte, Frau Broschek, wenn ich nun im Winter Knickholz auf den Hof fahre, möcht' ich doch drum bitten, mir das Zeug nicht über Nacht zu klauen und in Ihrem Kanonenofen zu verfeuern. Wenn Sie am Buschhacker arbeiten, kriegen Sie ein paar Kiepen gehacktes Holz ab... Gestern hat der kleine Fritz unseren Hühnern wieder Eier unter dem Hintern geklaut und ausgetrunken. Wenn ich den Bengel noch einmal er-

wisch', kriegt er was mit dem Forkenstiel, Frau Broschek…
Der alte Kröger musterte den Besucher mit seinen listigen kleinen Augen.
»Nee«, sagte er, »ich hab' kein Land mehr. Der Hof gehört jetzt den Kindern, und die kaufen eher zu, als daß sie was abgeben. Aber ich kenn' mich aus in der Gegend und weiß, welche Bauern verkaufen wollen oder verkaufen müssen. Ich kann mich ein bißchen umhören und für Sie makeln, wenn Sie wollen. Das kostet längst nicht so viel wie beim richtigen Makler.«
Geschäftstüchtig war er noch immer, der alte Kröger. Mehr Händler als Bauer. Damals handelte er nebenbei mit Pferden und Ochsen. Als es mit den Tieren zu Ende ging, handelte er mit Melkmaschinen. Und Bauplätze hat er damals auch an die Flüchtlinge verkauft und damit viel Geld verdient.
Sie gingen ins Haus.
»Grete, bring mal Kaffee!« schrie der Alte in die Küche. »Wir beide haben was zu verhandeln.«
Noch das alte Mobiliar. Schränke und Truhen aus dem vorigen Jahrhundert, dunkelbraun und düster. Der mächtige Kachelofen stand noch, aber nur zur Zierde, wie der alte Kröger betonte, in der guten Stube. An der Wand, mehr Rahmen als Bild, die Beschießung Kopenhagens in napoleonischer Zeit. Für Fritz Broschek hatte die gute Stube im Krögerhof mit dem knarrenden Holz und der vorherrschenden Düsternis immer etwas Unheimliches an sich gehabt. Im Winter 49/50 hatte er diesen Raum zum letztenmal betreten. Da lag Krögers Mutter aufgebahrt in der guten Stube. Die Trauernden gingen vorbei und verabschiedeten sich von ihr, auch die Flüchtlinge aus der

Wagenremise. Sich fest an Mutters Hand klammernd, hatte er den ersten toten Menschen gesehen. Heute bewunderte er die hölzernen Kostbarkeiten, die Bilder und Schränke, die eigentlich in Sicherheit gebracht werden müßten, weil Bauernhöfe, so heißt es in den Dörfern, im guten Durchschnitt alle fünfzig Jahre abbrennen.

Grete Kröger, verheiratete Petersen, brachte den Kaffee. Mit der war er in die Dorfschule Ammersby gegangen, jeden Morgen und Mittag den gleichen Weg. Er hatte mit ihr in der Scheune und auf dem Hofplatz gespielt, nur ins Haus durfte Grete die Flüchtlingskinder nicht bringen, weil das doch nur Dreck gab.

Sie grüßte flüchtig, schenkte ein, fragte nach Zucker und Sahne, nahm keine Notiz von dem Besucher, schien sich seiner nicht zu erinnern.

Als die Frau gegangen war, nahm Broschek den silbernen Kaffeelöffel, den sie neben die Untertasse gelegt hatte. Er wollte umrühren, stockte aber, betrachtete das zierliche Silberstück, das ihm bekannt vorkam. Einen Löffel wie diesen hatte er doch schon einmal in der Hand gehabt. Auf der Rückseite ein Wappen. Zwei Kreuze unter einer Krone.

In diesem Augenblick fiel der Löffel in die heiße Flüssigkeit. Es gab eine kleine Fontäne und brauner Kaffee schwappte auf die Untertasse, ein Spritzer erreichte das Tischtuch.

Der alte Kröger lachte.

»Bißchen heiß, was?«

Broschek zwang sich zur Ruhe. Er nahm den Silberlöffel zwischen Daumen und Zeigefinger der linken Hand, rührte in der braunen Kaffeebrühe, trank nicht, rührte nur und rührte.

»Das kaufe ich übrigens auch«, sagte Broschek nach einer Weile und hielt den Löffel hoch.

»Der ist doch man bloß zum Umrühren«, meinte der alte Mann und lachte.

»Haben Sie noch mehr davon?« fragte Broschek.

»Da muß ein ganzes Besteck sein, zwölf Messer, zwölf Löffel, zwölf Gabeln und zwölf von den kleinen zum Umrühren.«

Die Frau brachte eine Schale mit Keksen.

»Sag mal Grete, woher haben wir diesen Silberkrams?«

»In der schlechten Zeit auf dem Schwarzmarkt gekauft«, antwortete sie.

Broschek tippte auf das Wappen auf der Rückseite des Löffels.

»Was mag das sein?« fragte er.

»Sieht meist aus wie dänisch«, meinte der alte Kröger.

»Das ist das Stadtwappen von Danzig«, erklärte die Frau.

Sie erinnerte sich jetzt genau. Das Silberbesteck hätten die Flüchtlinge aus der Wagenremise mitgebracht.

Broschek trank nicht. Als sie ihm Kekse anboten, schüttelte er den Kopf, ohne danke zu sagen. Er starrte auf den zierlichen Silberlöffel mit dem Danziger Wappen.

»Hol mal den ganzen Klöterkram rein, Grete«, sagte der alte Kröger. »Der Herr aus dem Rheinland interessiert sich dafür.«

Sie holte den Besteckkasten. Als sie den Deckel öffnete, schloß Broschek die Augen... Schnell aufstehen und anziehen, Kinder! Im Zug könnt ihr weiterschlafen. Hört ihr nicht, wie es donnert? Das ist der Krieg, Kinder. Wo ist dein Schultornister, Fritzchen? Die Mutter hatte Lesebuch, Schreibhefte und Malkasten auf den Tisch geschüttet und ihm den leeren Tornister auf die Schulter geschnallt. Dann war sie zum Vertiko gegangen, hatte die Besteckschublade herausgezogen und den Inhalt in den Schultornister geworfen. Es klirrte schrecklich, und es wurde immer schwerer. Nur bis zum Bahnhof, Fritzchen. Nachher fahren wir schön mit der Eisenbahn. Draußen dunkle Nacht, und doch der Himmel im Süden und Osten der Stadt hell. Das ist der Krieg, sagte Mutter und nahm beide Kinder an die Hand. Wir dürfen uns jetzt nicht loslassen, sagte sie. Nur bis zum Bahnhof, Fritzchen, dann trägt die liebe, gute, alte Eisenbahn den schweren Tornister...

»Ist das Silber verkäuflich?« fragte Broschek, nachdem er endlich einen Schluck Kaffee getrunken hatte.

»Was wollen Sie denn ausgeben, junger Mann?« erkundigte sich der alte Kröger.

Broschek zögerte, sagte schließlich tausend Mark, fügte nach einer Pause hinzu, daß das Besteck für diesen Preis natürlich vollständig sein müsse.

»Leider hat unser Christian einen Kaffeelöffel verbummelt«, erklärte die Frau.

»Dieser Bengel!« schimpfte Kröger und war doch stolz auf seinen Enkel. »Kaum konnte er laufen, holte er einen Teelöffel aus der Schublade und buddelte in der Sandkiste rum. Seitdem fehlt ein Löffel.«

Wegen des verbummelten Kaffeelöffels ermäßigte Broschek sein Angebot um zweihundertfünfzig Mark. Dabei wußte er um den wahren Wert des Bestecks. Das reine Silber käme schon über tausend Mark, das Danziger Wappen mit den alten Verzierungen gar nicht gerechnet, von den inneren Werten, den die Messer und Gabeln für ihn und seine Mutter hatten, einmal ganz zu schweigen. Er hielt es für einen Akt ausgleichender Gerechtigkeit, dem alten Kröger das Silber so billig wie möglich abzukaufen. Nur so käme wieder in Ordnung, was damals durcheinander geraten war. Diese düsteren Stromsperrenabende! Schlaft nur Kinder, schlaft, es gibt ja doch kein Licht. Wenn Mutter glaubte, sie schliefen, holte sie den Kopfkissenbezug aus dem Schrank, in dem sie das Danziger Silber aufbewahrte. Sie griff wahllos hinein, hielt das Stück, das sie gepackt hatte, prüfend gegen das Kerzenlicht, huschte, es unter der Schürze versteckend, leise hinaus. Um kein Geräusch zu verursachen, ließ sie die Tür angelehnt. Mutter ging über den matschigen Hof. Wir hörten ihre Schritte. Der Hund schlug an. Mutter redete beruhigend auf ihn ein. Dann Stimmen im Bauernhaus. Eine Tür fiel ins Schloß.

Nach einer Viertelstunde kam sie wieder, zog behutsam die Tür hinter sich zu, setzte sich an den Tisch, auf dem die Kerze heftig flackerte. Mit der Schürze wischte sie die Augen aus, um sich danach ganz dem Mitgebrachten zu widmen. Meistens war es ein Stück Speck, dessen rauchiger Duft den Raum erfüllte. Manchmal waren es Eier, schöne große, weiße Eier, die in der Stromsperrendunkelheit leuchteten.

Über ihre demütigenden Spaziergänge von der Wagenremise ins Bauernhaus hat sie nie gesprochen. Zum Frühstück war es eben da, ein Ei für jeden, als wäre über Nacht eine gute Fee an der Wagenremise vorübergegangen.

Erst Jahre danach, Fritz Broschek studierte noch in Bonn, fing Mutter an, davon zu erzählen. Jemand sprach davon, daß er seine Eier von einem Bauernhof im Westfälischen beziehe, der frei laufende Hühner halte. Da sagte Mutter, sie habe in der schlechten Zeit die Eier auch direkt vom

Bauern geholt. Im Flur habe sie warten müssen. Die Magd, die es damals noch auf dem Krögerhof gab, habe die Bäuerin gerufen.

»Kann ich ein paar Eier kaufen, Frau Kröger?«
»Was haben Sie denn zu bieten, Frau Broschek?«
Immer die gleiche Frage und immer die gleiche Antwort. Mutter holte einen Silberlöffel unter der Schürze hervor. Die Bäuerin nahm ihn wortlos an sich, verschwand in der Speisekammer. Ein Stück Speck brachte sie oder ein halbes Pfund Butter oder sechs Eier, was sie gerade zur Hand hatte. So geriet Mutters Silber von Danzig nach Ammersby in Bauer Krögers Schublade, um dort zu liegen, mehr als dreißig Jahre.

Bauer Kröger saß während des stillen Tauschgeschäfts der Frauen in der Küche. Er sog zufrieden an seiner Pfeife und sagte jedesmal, wenn Mutter kam, das gleiche: Sie wissen ja, Frau Broschek, alles hat seinen Preis, umsonst ist nur der Tod.

»Na gut«, sagte der alte Kröger, »für siebenhundertfünfzig können Sie den Plunder haben.«

Broschek holte sieben Hunderter und einen Fünfziger aus der Brieftasche, zählte das Geld auf den Tisch.

»Der Bengel ist mir fix teuer geworden«, lachte Kröger. »Zweihundertfünfzig Mark Verlust, weil er einen Teelöffel im Sand verbuddelt hat.«

»Soll ich das Silber abwischen?« fragte die Frau.

Broschek schüttelte den Kopf. Da nahm sie die beiden Kaffeelöffel, die zum Umrühren auf dem Tisch lagen, und ging mit ihnen hinaus, um wenigstens sie zu säubern. Als sie fort war, fragte Broschek:

»Was ist eigentlich aus der alten Wagenremise geworden?«

Kröger stutzte. »Die ist vor zwanzig Jahren abgebrannt. Aber woher kennen Sie unsere Wagenremise? Sie kommen doch aus dem Rheinland.«

»In der schlechten Zeit habe ich mal in Ihrer Wagenremise gewohnt.«

Broschek nannte seinen Namen. Da schlug der alte Kröger sich mit beiden Fäusten auf die Schenkel.

»Donnerwetter! Das hab' ich nie und nimmer gedacht, daß du so lange leben wirst, kleiner Fritz. Du warst doch ziemlich mickerig und schwach auf der Brust, und jetzt bist du ein richtiger Advokat geworden. Na, ist das denn zu glauben?«

Er riß die Tür auf.

»Grete, bring die Buddel und zwei Gläser! Der junge Herr hier, weißt du, wer das ist? Das ist der kleine Fritz Broschek aus unserer Wagenremise.«

Als die Frau mit der Schnapsflasche und den Gläsern kam, reichte sie Broschek die Hand. »Dann haben wir ja zusammen gespielt«, sagte sie scheu. »Und zur Schule sind wir auch gemeinsam gegangen, bis Sie sich schämten, neben einem Mädchen auf der Straße zu gehen. Sie waren immer hundert Meter voraus, und ich lief hinterher.«

Kröger schenkte ein. Als er das Glas hob, sagte Broschek:

»Das Silber gehörte meiner Mutter. Sie hat es Stück für Stück zu Ihnen ins Bauernhaus getragen, um Eier und Speck einzutauschen.«

»Ich weiß, ich weiß«, winkte der alte Kröger ab. »Es waren lausige Zeiten damals, alles hatte seinen Preis, umsonst war nur der Tod.«

Sie stießen an auf das Wiedersehen nach so vielen Jahren. Der alte Kröger konnte sich gar nicht beruhigen.

Nein, wie es bloß wunderlich zugeht in der Welt! Da lebt einer viereinhalb Jahre in der Wagenremise, stirbt fast an Schwindsucht, wird Advokat am Rhein und kommt eines schönen Tages nach Angeln, um Silber zu kaufen, das er von Danzig nach Ammersby getragen hat. Nein, so eine Geschichte kannst du dir nicht ausdenken, die muß so wahr sein.

Als sie getrunken hatten, fragte Kröger, ob sie noch zum Landkaufen in die Gegend fahren wollten. Broschek schüttelte den Kopf.

»Um ehrlich zu sein, ich bin nur des Silbers wegen gekommen. Meine Mutter wird bald fünfundsiebzig. Ich will ihr das Silber zum Geburtstag schenken.«

»Ach, sie lebt noch, die Frau Broschek aus Danzig! Warum haben Sie sie denn nicht mitgebracht? Wir hätten uns über die schlechten Zeiten unterhalten können, und ich hätte ihr gezeigt, was aus dem alten Ammersby geworden ist.«

»Meine Mutter kann nicht mehr reisen«, antwortete Broschek. »Und nach Ammersby möchte sie nie wieder.«

Schlesisches Tor

Gegen zehn Uhr rollte das Taxi dem Ende der Straße zu, überholte den Doppeldeckerbus, der vor der Brücke wartete, hielt auf der Brücke neben Büschen und hohem welkem Gras vor einer Mauer. Weiter ging es nicht. Schlesisches Tor war Endstation. Wer sollte hier kommen? Am Schlesischen Tor schalteten sie den Motor ab, die Busfahrer und Taxifahrer, und warteten. Aber es kommt keiner. Da verstummt die Stadt, gluckert das Wasser im Flutgraben, fließt hörbar unter der Brücke zu größeren Strömen und größeren Brücken. Richtiger Straßenverkehr findet in dieser Gegend nicht statt. Auf der Brücke wenden die BVG-Busse, mehr nicht.
Zuviel Mauern, zuwenig Brücken! stand schwarz und in Druckschrift auf der Wand.
Der Busfahrer saß draußen. Gegen zehn Uhr frühstückte er immer. Er pellte Eier ab, trug die weißen Schalen zu dem Mülleimer und blickte zu dem Taxi, das auf der Brücke hielt. Der Taxifahrer, ein junger Mann mit Bart, hob grüßend die Hand. Der Busfahrer grüßte zurück, grüßte, wie er es vom Militär her kannte, mit Hand-an-die-Mütze-Legen. Er sah zu, wie der Taxifahrer die hintere Wagentür öffnete, sich hineinbeugte und zu sprechen anfing, als müsse er jemanden zum Aussteigen überreden.

Immer denkt man, sie ist nicht da. Weil es eine kleine Person ist, die tief in der Polsterung sitzt, kaum erkennbar von draußen. Ja, sie wird immer kleiner.

Als er gegessen hatte, ging er bedächtig zur Brücke, blieb neben dem grünen Häuschen stehen, denn nun mußte sie bald kommen. Weißes Haar wurde sichtbar, eine schwarze Schulter, ein schwarzer Arm, ein weiter schwarzer Pelzmantel, viel zu schwer für die Person. Der junge Mann hielt ihren Arm. Er geleitete sie zum Brückengeländer, ein elendig verrostetes Brückengeländer, wie es in dieser Gegend vorkommt. Neben dem Eisen krallten sich verkrüppelte Birken ins Mauerwerk. Eines Tages wird das rostige Eisen nachgeben, wird das Wurzelwerk siegen über die Mauer. Das Geländer wird in den Flutgraben stürzen, der hier reißend strömt wie Wildwasser.

Die alte Dame griff mit beiden Händen nach dem Geländer, blickte in das quirlende Wasser zu den vertäuten Kähnen, die in der Strömung rissen und ächzten.

»Schön festhalten«, sagte der junge Mann. Er ließ sie allein, weil sie es so wollte. Im Hinüberschlendern zur anderen Seite, als sie es nicht mehr hören konnte, sagte er, mehr zu dem Busfahrer als zu der Frau: »Rutsch mir bloß nicht wieder durchs Gitter.«

»Eine Woche warst du nicht da«, empfing ihn der Busfahrer.

»Weil sie die Grippe hatte«, antwortete der junge Mann.

Der Busfahrer hielt ihm die Zigarettenschachtel hin.

»Die ist bald achtzig, da kann Grippe schon mal vorkommen«, meinte der junge Mann.

Sie rauchten beide. Der Busfahrer warf das Streichholz zu den Fischen. Sie stippten die Asche in das fließende Wasser. Die Frau ließ ein Papiertaschentuch fallen. Es taumelte wie ein abgeschossener Vogel in die Tiefe, wurde augenblicklich fortgerissen von der Strömung und tauchte auf der anderen Seite der Brücke nicht mehr auf.

Die beiden Männer rauchten neben dem grünen Häuschen, das einsam am Flutgraben stand und nicht einmal stank.

> Zweckfremde Benutzung, unberechtigter Aufenthalt und Beschädigungen werden nach §§ 123, 303 ff. StGB verfolgt.
> Berliner Stadtreinigungs-Betriebe.

»Nun stehen wir hier schon ein paar Jahre und wissen immer noch nicht, was unberechtigter Aufenthalt in einem Pissoir ist«, sagte der junge Mann.

»Na, Übernachten zum Beispiel«, meinte der Busfahrer.

»Das Ding steht seit Wilhelms Zeiten und wird bald unter Denkmalschutz gestellt. Ich kenn' die Gegend aus Vorkriegszeiten, als noch niemand dachte, daß das hier mal Endstation werden sollte. Mehr ist nicht übriggeblieben vom Schlesischen Tor, nur ein Pissoir.«

Auch während sie sprachen, ließen sie die Frau nicht aus den Augen.

»Wenn die noch einmal baden geht, ist es aus mit ihr«, sagte der Busfahrer.

Gitti hat Peterle lieb! stand auf dem Bauwerk in Knallrot. Einen Meter darunter: Ende der Freiheit.

Zwei Penner bevölkerten den riesigen Spielplatz, den die Stadt für die Türkenkinder nahe am Flutgraben gebaut hatte. Die beiden tranken Bier aus Dosen, warfen das leergetrunkene Blech in die Strömung, die es unter die Brücke riß und hörbar gegen das Holz der Kähne schlagen ließ.

68

»Von denen fällt keiner rein«, meinte der Busfahrer.

»Früher spazierte sie am Wasser entlang bis zum Spielplatz und zurück«, sagte der junge Mann. »Jetzt schafft sie nur die fünf Schritte zum Geländer. Einmal ist sie mir abhanden gekommen und fünfzig Meter weit getrieben.«

»Dabei könnte sie über die Brücke rüber, brauchte nur einen Antrag zu stellen.«

»Nein, sie will auf dem Wasserweg.«

»Wie oft war sie schon im Flutgraben?« fragte der Busfahrer.

»Dreimal zu meiner Zeit, aber im Sommer. Wenn die jetzt im November reinfällt, ist es wirklich aus mit ihr.«

»Dann hast du einen Kunden weniger«, lachte der Busfahrer.

»Früher ist sie mit mir gefahren, jeden Morgen mit dem Neun-Uhr-Vierunddreißiger von Wilmersdorf. Wie andere Leute ihren Hund ausführen, so fuhr die Tag für Tag zum Schlesischen Tor. Bis es ihr zu beschwerlich wurde mit dem Bus. Aber ins Wasser ist sie damals nie gefallen, das macht sie erst, seitdem sie mit dir fährt.«

Sie überschlugen die Jahre. Seit 1979 kam sie mit dem Taxi, davor mindestens zehn Jahre mit dem Bus.

»Nee, die kommt schon länger«, sagte der junge Mann. »Seit dem Tag, an dem sie mit dem Bauwerk da drüben anfingen, kommt die.«

»Mensch, das wären ja über zwanzig Jahre!« wunderte sich der Busfahrer.

»Hat sie mir selbst gesagt«, erklärte der junge Mann. »Die hat hier gleich um die Ecke gewohnt. Über die Hälfte ihres Lebens sah die von ihrer Wohnstube in den

Flutgraben. Zum Schlesischen Tor fahren ist für die so wie nach Hause kommen, wenigstens einmal jeden Tag.«

Er nahm einen Stein, wollte zu der Stelle werfen, an der sie gewohnt hatte, traf aber nur das Eternitrohr auf der Mauer an der Stelle, an der stand: Hier endet der türkische Sektor. Sie warfen die Kippen ins Wasser. Nur eine Zigarettenlänge. Der junge Mann schlenderte zum Taxi, öffnete die hintere Tür. Die Frau schaute sich um.

»Halbe Minute noch, Oma.«

Als sie das Geländer losließ, ging er ihr entgegen und berührte ihren Arm. Er half ihr beim Einsteigen, drückte sie sanft in die Polsterung.

Hinter ihnen sprang der Motor des Doppeldeckerbusses an. Das Taxi fuhr die weite Kehre bis an die Mauer, wie sonst nur die BVG-Busse fahren.

Komm doch mal rüber! stand da.

Als das Taxi an dem Doppeldeckerbus vorbeikam, hupte der junge Mann und hob grüßend die Hand.

Ein paar Minuten wartete der Bus mit laufendem Motor. Aber es kam niemand, am Schlesischen Tor stieg schon lange niemand mehr ein. Danach fuhr auch der Bus die große Kehre über die Brücke des Flutgrabens bis nahe an die Mauer.

Im Garten des Schönen

In einem Flecken der norddeutschen Tiefebene, unweit der großen Weltstadt, die nach Kabeljau und indischem Pfeffer riecht, lebte einmal ein Mensch namens Rughase. Kessin hieß der Ort, nicht groß genug, um in den Büchern und Karten vermerkt, nicht klein genug, um gänzlich vergessen zu werden. Einige Wegweiser zeigten nach Kessin, und neben aufgewühlten Matsch- und Feldwegen führte eine passable Pflasterstraße ins Dorf, die zwischen den beiden Dänenkriegen gebaut worden war und immer noch hielt. Das Schönste am Dorf war der Kessiner See, ein von Schilf und Wald umstandenes tiefes Gewässer, in dem – darauf hielten sich die Kessiner einiges zugute – wohl gelegentlich junge Katzen ersäuft wurden, aber noch nie ein Mensch zu Schaden gekommen war.

Walter Rughase wurde in jenem Jahr geboren, als der Halleysche Komet mit seinem Schweif die gute Erde verdüsterte und einiges Unglück brachte, so auch die abgrundtiefe Häßlichkeit dieses Menschen. Seine Eltern, einfache Handwerksleute, waren mit wohltuender Blindheit geschlagen wie alle Eltern und bemerkten das sonderbare Aussehen ihres Sohnes anfangs nicht. Später, als die Häßlichkeit für jeden offenbar wurde, beschuldigten sie die Hebamme, sich bei der Geburt versehen zu haben,

und hofften, der Anblick werde sich mit den Jahren zurechtwachsen. Gewiß, er wuchs ein wenig, der Junge,
aber er blieb doch klein von Statur, dazu dick und kurz-
beinig. Auf einem untersetzten Körper ruhte ein massiger
Schädel, der, kaum daß Walter Rughase ins Mannesalter
kam, kahl zu werden begann. Das Gesicht leuchtete blau-
rot, als wäre er schon als Trinker auf die Welt gekommen,
unter der Haut schimmerten dunkle Adern, die Wangen
hingen wie Taschen über dem Unterkiefer, auf der Nasen-
wurzel leuchtete eine rote Warze. Auch schleppte er zwischen Kinn und Hals ein Hautsäckchen herum, das sich
später zu einem Kropf auswuchs. Männer, die Walter
Rughase in der Kriegszeit bei militärischen Musterungen
nackt zu Gesicht bekommen hatten, wußten in vorge-
rückter Stunde zum Schauder der Frauen zu erzählen,
daß er behaart sei wie der biblische Esau. Sogar auf dem
Rücken bis hinab zum Hinterteil wachse ein Wald ge-
kräuselter dunkler Haare. Rughase brauchte, was zu jener
Zeit viel bedeutete, nicht zu den Soldaten, obwohl er or-
ganisch gesund war. Die Herren im Rekrutierungsbüro
wußten nicht, ob sein Anblick den Feind erschrecken
oder die eigenen Leute zum Lachen bringen würde. Da
Lächerlichkeit in jenen ernsten Zeiten unerwünscht war,
ersparten sie Walter Rughase den Militärdienst, woran zu
ersehen ist, daß die wohlgestaltete Schönheit auf den
Schlachtfeldern hingerichtet wird, während die Häßlichkeit überdauert, sich gar fortpflanzt und zum bösen Ende
den ganzen Erdball in Abscheu verwandeln wird.
Warum die Geschichte des häßlichen Menschen Walter
Rughase erzählen? Unansehnliche Gestalten, Bucklige,
Verwachsene und Zahnlose laufen überall in den Dörfern
umher. Sie gehen harmlos ihren irdischen Weg, ihre Häß-

lichkeit fällt kaum noch auf, wenn sie sichtbar wird, gibt sie jenen behaglichen Kontrast, der allen wohltut, die es besser getroffen haben. Ihre offenkundige Unterlegenheit bewahrt sie vor übermäßigem Spott; zu großen kirchlichen Feiertagen empfinden die Wohlgestalteten sogar Mitleid mit den Häßlichen.

Aber mit Walter Rughase ging es anders. Er besaß eine gutgehende Advokatur mit Notariat. Fünf Menschen gab er Arbeit und Brot. Zwei Tippmädchen und ein weiblicher Lehrling hämmerten auf modernen Schreibmaschinen, ein Bürovorsteher hatte die Oberaufsicht, und ein alter Mann lief als Bote durch das Dorf, brachte Aktenstükke zu Gericht und holte Kontoauszüge von der Spar- und Darlehnskasse. Walter Rughase gehörte ohne Unterbrechung und unter den verschiedensten politischen Umständen dem Gemeinderat an, zahlte überschlägig gerechnet die meisten Steuern im Dorf, besaß ein besonderes Gestühl in der Kirchenbank unter der Heldentafel von 14/18 und als einziger Bürger des Ortes einen Kahn auf dem Kessiner See, der mit Motorkraft bewegt werden konnte, wenn der Wind ihn ins Schilf zu treiben drohte. Er war, alles in allem, eine bedeutsame Persönlichkeit. Trifft es sich aber so, daß eine Person des öffentlichen Interesses mit Häßlichkeit geschlagen ist, darf wohl darüber gesprochen werden, weil Häßlichkeit in solchen Fällen aufhört, eine Sache privaten Mitleids zu sein, vielmehr zum Gegenstand heimlicher Schadenfreude wird. Niemand sprach es aus, aber im Herzen empfanden es die Kessiner als einen Akt höherer Gerechtigkeit, daß ein so hochgestelltes, erfolgreiches Bild wenigstens diesen einen Sprung aufwies.

Ja, ja, jammerten die alten Weiber, er ist wohl reich und

tüchtig, aber, Gott sei's geklagt, auch so furchtbar häßlich. Vollkommenheit ist uns Irdischen nicht gegeben, jeder trägt seine Fehler spazieren, Walter Rughase eben diese übermäßige Häßlichkeit.

Sie blickten ihm verstohlen nach, wenn er auf viel zu kurzen Beinen, einem übergewichtigen Dackel gleichend, zu Gericht trippelte. Dort führte er seine Prozesse so erfolgreich, daß sich Klienten aus dem ganzen Kreis, ja sogar aus der Weltstadt einfanden. Rughase sortierte die ihm angetragenen Fälle nach dem Spaß, den sie ihm zu bereiten versprachen, auch wohl nach der Zahlungskraft der Mandanten. Eheprozesse lehnte er aus innerer Überzeugung ab, weil er es für unschicklich hielt, die Belange einer Ehe vor Gericht auszubreiten, weil er auch zweifelte, daß es je einem Gericht gelingen werde, die Wahrheit über eine Ehe zu ergründen. Die Kessiner Kinder bekamen häufig Maulschellen von ihren Eltern, weil sie dem Advokaten Rughase schlimme Wörter nachriefen. Sie hatten den Namen Ackerpogg für ihn erfunden, in der Weihnachtszeit riefen sie auch Marzipanschwein oder Spanferkel.

Heimlich hinter der Gardine, wenn keine Kinder in der Nähe spielten, erlaubten es sich auch die Erwachsenen, dieses oder jenes über Rughase zu denken oder gar leise zu sagen. Sie taxierten sein Gewicht, das mit jahreszeitlichen Schwankungen bei zweihundertdreißig Pfund lag. Sie machten sich ein Bild von ihm in der Badewanne oder vor seinem Ankleidespiegel, wenn das gute teure Spiegelglas allmählich erblindete. Sie stellten sich den unförmigen Rughase vor auf einer Stute reitend oder am Arm einer schönen Frau durch den Park spazierend, während um ihn die Natur erstarb, Bäume vertrockneten und Blumen vorzeitig welkten.

Rätselhaft blieb, wie Rughase jene Kraft auslebte, die seit alters her mit gewissem Stolz Manneskraft genannt wird. Von den militärischen Musterungen wußten die Kessiner, daß Rughase als Geschlechtsperson ein normaler Mensch war. Aber ein Junggeselle. Eine Zeitlang vermuteten sie, er bezahle seine Büromädchen über Tarif und verlange dafür Überstunden und private Hilfsdienste, eine gar nicht so abwegige Überlegung, weil Rughase darauf hielt, nur hübsche Mädchen in seiner Schreibstube um sich zu haben. Doch war er zu gescheit, von ihnen mehr als nur ansprechende Dekoration zu erwarten, schließlich kannte er die Gesetze, die es nicht gern sehen, wenn Abhängige neben ihrer notwendigen Arbeit zur Geselligkeit des Abends herangezogen werden. Nein, Walter Rughase hielt sich die hübschen Mädchen wie jemand, der heitere Landschaftsbilder in eine düstere Stube hängt.

Das Rätsel um die Manneskraft löste ein Kessiner Pferdehändler, der Rughase eines Nachts auf dem Hamburger Steindamm traf, mit einem Lodenmantel bekleidet und in großer Eile. Einmal in jeder Woche fuhr Rughase zum Gericht ins damals noch preußische Wandsbek. Anschließend blieb er am nahen Steindamm, der so gut beleumundet war wie die fernere Reeperbahn. Dort sah ihn der Pferdehändler.

Mit Geld läßt sich eben alles kaufen, klagten die Kessiner. Dieser Rughase setzte die Geldbörse gegen seine Häßlichkeit, erstickte aufkommenden Widerwillen mit Scheinen, brachte jeden Spott mit klingender Münze zum Schweigen.

Ja, der Rughase kann es sich erlauben, aber die armen Leute sind darauf angewiesen, daß man sie ehrlich liebt!

Er hat aus seiner Häßlichkeit Kapital geschlagen, sagten die Alten, die ihn aus der Kinderzeit kannten, als der Halleysche Komet die Erde verdüsterte, Walter Rughase noch Haare trug und die Eltern hofften, er werde sich zurechtwachsen. In der Schule blieb er seiner Unbeholfenheit wegen vom Sport befreit. Dafür setzte er sich hinter die Bücher und wurde von Tag zu Tag klüger. Die höhere Schule in Wandsbek wollte ihn nicht aufnehmen, weil ein Mensch wie Walter Rughase das ästhetische Empfinden des Lehrkörpers und der Mitschüler beleidigen könnte. Damals klagte sein Vater vor den preußischen Gerichten auf Aufnahme in die höhere Schule und gewann wie der Müller von Sanssouci. Dieses Urteil, so sprach man in Kessin, habe die Liebe des jungen Rughase zur Jurisprudenz und zu gewonnenen Prozessen geweckt. Einmal aufgenommen in die höhere Schule, hat er es ihnen wahrlich gezeigt. Walter Rughase wurde der Beste jenes Jahrgangs, der mit dem Halleyschen Kometen auf die Welt gekommen war. Er studierte in der schönen Stadt Marburg, fiel dort so angenehm auf, daß sie ihm antrugen, Professor zu werden, denn in diesem vergeistigten Amt ist das äußere Erscheinungsbild von mäßiger Wichtigkeit. Aber er schlug es aus. Er kam zurück nach Kessin, als seine Eltern starben, er kam, um Prozesse zu gewinnen.
Darüber wunderten sich alle. Ein Mensch wie Walter Rughase wäre besser in die Großstadt gegangen. Dort treffen sich die absonderlichsten Gestalten, niemand hätte ihn gekannt, und er hätte leicht hoffen können, noch Häßlicheren zu begegnen. Aber nein, es zog ihn nach Kessin, als warte hier eine alte Liebe, als wäre hier eine Rechnung zu begleichen. Vom hinterlassenen Geld seiner Eltern kaufte er ein Gebäude nahe dem Rathaus und ver-

wandelte die unteren Räume in Schreibstuben, während er oben schlief, aß und studierte. Ein Jahr später erwarb er ein Stück Buchenwald und den Kessiner See, verbot der Allgemeinheit das Angeln in dem tiefen, schwarzen Gewässer, ließ es aber zu, daß die Kinder an heißen Sommertagen in seinem See badeten. Er legte sich einen großen Apfelgarten zu und einen Schäferhund, der die Bäume zur Erntezeit bewachte. Als erster Bürger des Dorfes bekam er ein Auto zu einer Zeit, als die Kessiner Radfahren noch für einen Luxus hielten. Er fuhr selbst seinen Vier-Zylinder Horch, obwohl er Mühe hatte, über das Lenkrad zu schauen. Adlige Gutsherren luden ihn zur Saujagd ein, trugen ihm ihre Töchter zur Ehe an, aber Walter Rughase lehnte höflich dankend ab. Die Kessiner nötigten ihn in den Kirchenvorstand, obwohl jeder wußte, daß Rughase nicht an Gott glaubte, weil er sich schwer vorstellen konnte, ein Gott habe sich etwas dabei gedacht, ihn so elendig auszustatten. Er stellte einen Gärtner ein, einen kräftigen Mann, der seit 1930 arbeitslos war und dem Rughase ausrichten ließ, er wolle ihm diesen Gefallen tun, weil sie als Kinder gemeinsam auf den Holzbänken der Dorfschule gesessen hätten. Ihm sei in guter Erinnerung, daß er zu den wenigen gehörte, die ihn nie geschlagen oder gehänselt hätten. Den Haushalt führte ihm die alte Mutter eines Mädchens, das vor dem Einschlafen heimlich zu lieben er sich in Gedanken manchmal erlaubt hatte. Längst war das Mädchen verheiratet, besaß drei Kinder, von denen die Großmutter gern erzählte, wenn sie Rughases Büro aufwischte und die Advokatenpapierkörbe leerte.

»Ja, meine Lene, die hat Sie gern gemocht, Herr Rughase. Aber als Sie zur höheren Schule gingen, haben Sie sich aus den Augen verloren. Deshalb ist es nichts geworden mit Ihnen beiden…«

1938 brachte jemand das Gerücht auf, in Walter Rughase stecke jüdisches Blut. So abwegig schien der Gedanke nicht. Obwohl die größten Führer der neuen Zeit südländisch dunkel, klein und hinkend, auch undeutsch feist aussahen, hielt es der Zeitgeist für ausgeschlossen, daß germanisches Blut sich in einen derart häßlichen Körper verirren könnte. Rughase sorgte schnell für Aufklärung. Nach wenigen Monaten besaß er einen mit Urkunden belegten Stammbaum, der bis in den Dreißigjährigen Krieg reichte, als sich Wallensteins Lager für drei Wochen in Kessin befand. Die Papiere bewiesen, daß Walter Rughase durch und durch arisch war. Bauern, Förster und Gastwirte kamen in seiner Ahnenreihe vor, bedenklich, wenn überhaupt, war nur ein windiger Viehhändler, den es aus dem dunklen Osten der Weichselniederung in die Kessiner Gegend verschlagen hatte, Rughases Urgroßvater.

Wenn sie in Kessin sammelten für das Rote Kreuz, später für das Winterhilfswerk oder die Partei, gab Rughase reichlich. Er stiftete ein buntes Fenster für die Kirche, obwohl er nicht an Gott glaubte. Als sich im Krieg die Sammelleidenschaft aufs Edelmetall ausweitete, endlich sogar Eisen, Lumpen, Knochen und Papier erfaßte, gab er viel, aber nicht alles. Es genügte ihm, als größter Spender in den Listen zu stehen, so daß ihm niemand einen Vorwurf machen konnte. Im Kriege, als jeder Deutsche sich gefangene Menschen zur Arbeit bestellen konnte, nahm er eine Ukrainerin als Hausmädchen. Die Kessiner argwöhnten, die ukrainische Irina habe ihm nicht nur das Bett gemacht, sondern gelegentlich mit geschlossenen Augen darin gelegen, denn in jenen Jahren fuhr Rughase nicht mehr zum nächtlichen Steindamm, einerseits, weil das Hamburger Nachtleben von dem Großangriff im Sommer 1943 arg ramponiert worden war, andererseits, weil die Behörden die Reifen seines Autos für kriegswichtige Zwecke konfisziert hatten. Jeder wußte, daß ein zu enger Kontakt mit Gefangenen, gar noch mit slawischen, verboten war, aber Rughase gestand man seine Irina stillschweigend zu, denn es konnte, sollte aus dieser Verbindung slawischen und germanischen Blutes ein Mensch hervorgehen, wahrhaftig nur besser werden.

Den Zweiten Weltkrieg überstand er angenehm, weil er zu häßlich war für den Heldentod. In den letzten Wochen, als die englischen Panzer die Lüneburger Heide umpflügten, riefen sie ihn zum Volkssturm, aber Walter Rughase meldete sich unpäßlich. Endlich, am 9. Mai, besserte sich sein Gesundheitszustand. Da er gänzlich unbelastet war, eine Proformamitgliedschaft in der SA nur bestanden hatte, um Schlimmeres zu verhüten, weil er die englische Sprache beherrschte und dem britischen Besatzungsoffizier wie einer der wenigen am Leben gebliebenen deutschen Juden vorkam, wurde er zum Bürgermeister von Kessin bestimmt. Es gelang Walter Rughase, die Abholzung des Bondenwaldes für Besatzungszwecke zu verhindern, eine Tat, die später, als ordentliche Zeiten anbrachen, mit einer Gedenktafel gewürdigt wurde. Als die Bürgermeister nicht mehr von Besatzungsoffizieren bestellt, sondern gewählt werden mußten, drängten ihn die Kessiner zu kandidieren, aber Rughase wollte nicht. Er habe seinem Dorf in der schweren Zeit des Umbruchs einen guten Dienst erwiesen, nun seien andere an der Reihe. Er sagte nicht, weil es niemand verstanden hätte, daß ihm das Gewähltwerden im Grunde ein Greuel war.

Tüchtige Leute muß man auf Knien bitten, daß sie ein öffentliches Amt annehmen. Von Walter Rughase konnte billigerweise niemand erwarten, daß er den zweitausend Kessinern schöne Augen und Versprechungen machte, nur um zum Bürgermeister gewählt zu werden. Er war zwar häßlich, aber stolz genug, nicht auf diese Art ein Amt zu begehren und seiner Bewerbung gar mit Verstellen und Versprechen nachhelfen zu müssen. Seine letzte Amtshandlung als Bürgermeister bestand darin, seiner Irina, die die Besatzungsmacht in die Ukraine zurückschicken wollte, eine Schiffskarte nach Kanada zu besorgen. Persönlich brachte er sie, sein Auto fuhr seit 1946 wieder, an den Bremerhavener Kai, wo Irina ein Displaced-person-Schiff bestieg, um in die Neue Welt und in ein neues Leben zu fahren. Anderthalb Jahrzehnte später, als die ersten Touristen aus Übersee wieder Deutschland bereisten, kam Irina zu Besuch mit ihrem kanadischen Mann und zwei Kindern, sehr hübschen Kindern übrigens.

An einem Frühlingstage des Jahres '50 standen die Kessiner am Rathaus und staunten das Schwarze Brett an. Ein Aushang sagte, Walter Rughase wolle eine gewisse Cornelia Winter ehelichen. Wer gegen diese Verbindung etwas einzuwenden habe, möge sich innerhalb bestimmter Fristen melden. O ja, es gab einzuwenden. Darf ein so häßlicher Mensch überhaupt eine Ehe eingehen? Beleidigt das nicht den guten Geschmack? Werden damit nicht alle Girlanden in den Schmutz getreten, die im Laufe der Jahrhunderte um diesen Paarungsvorgang geflochten worden sind? Diese Hochzeit mit der noch unbekannten Cornelia Winter beflügelte mächtig die Kessiner Phantasie. Es hieß, Rughase habe seine Braut per Zeitungsanzeige gefunden, der Tag der Gegenüberstellung stehe noch bevor. Dann wird sie wohl in Ohnmacht fallen oder schreiend davonlaufen oder sich in den Schutz der Polizei begeben, diese Cornelia Winter.

Rughase ließ den großen Saal des Schützenhofes herrichten, bat die Kessiner, Fähnchen in die Straßen zu hängen wie sonst nur zum Kindervogelschießen im Sommer. Er bestellte den pferdebespannten Bierwagen einer Hamburger Brauerei, ließ auf seine Kosten das Rathaus weiß streichen, damit es leuchte wie der Schleier seiner Braut. Die Hochzeit sollte die größte Kessiner Festlichkeit in der ersten Hälfte des Jahrhunderts werden. Jedermann war eingeladen. Für die Kinder ergab es sich, daß der fragliche Tag schulfrei war, so daß sie vor der Kirche Spalier stehen konnten.

Noch immer fehlte die Braut. Sie kam aus Berlin, soviel wußten die Kessiner. War sie eine Schönheit, die Walter Rughase nur seines Reichtums wegen heiratete, oder paßte sie sich dem Bild ihres künftigen Gemahls an? In jener Zeit, in der die Not noch in guter Erinnerung war, ist vieles gekauft und verkauft worden, warum nicht auch schöne Gesichter und anmutige Körper?

Zwei Tage vor dem Fest fuhr Rughase in die Stadt, um sie abzuholen. Niemand weiß, was sich auf Bahnsteig 9 des Hamburger Hauptbahnhofs an jenem Tag zutrug. Ob sie sich weigerte, den Zug zu verlassen. Ob sie Walter Rughase einen Kuß auf die rotgeäderte Wange hauchte, wie es Brautleuten ansteht. Oder sie gaben sich einfach die Hand, Geschäftspartnern gleich, die einen Vertrag geschlossen haben und seine Erfüllung per Handschlag bekräftigen.

Am späten Nachmittag fuhr das Auto in Kessin ein. Hinter dem Steuer ein kleiner, rundlicher Mann mit leuchtendem kahlen Schädel, tief versunken in der Polsterung, neben ihm eine Schönheit. Dunkler Bubikopf, ein weiches, gebräuntes Gesicht wie von wochenlangem Meereswandern. Sie trug trotz bedeckten Himmels eine Sonnenbrille, weiße Handschuhe sah man und einen grazilen Körper. Vor allem: Sie war jung! Konnte sich ein Geschöpf, zart wie eine Anemone, freiwillig diesem Schauder unterziehen? Was war da vorgegangen, vorausgegangen, welche Grausamkeiten tobten unter den Oberflächen, damit dergleichen möglich wurde?

Rughase fuhr langsam die Dorfstraße hinab, wendete am Ortsausgang und kam denselben Weg zurück. Er zeigte ihr Kessin, stieg mit ihr aus, erklärte dieses und jenes und schien es zu genießen, wie die Kessiner hinter den Gardinen standen, um zu sehen, welch einen lieblichen Vogel er gefangen hatte. Seht her, ich habe mir Häuser gekauft, einen Wald und einen See, ich besitze die größte Advokatur im Kreise, ich habe eine Jagd gepachtet, obwohl ich nicht jage, mir gehören die Fischrechte am Kessiner See, obwohl ich Fisch verabscheue, und nun bekomm' ich diese Frau. Ich sehe aus wie der Hölle entlaufen, aber ich halte mir einen Engel.

Im »Hotel zur Post« hatte er für seine Braut die oberen Räume gemietet mit Aussicht auf den Kessiner See, der sein See war, und den Buchenwald, der sein Wald war. Kaum im Hotel, brachte ihr ein Gärtnerbursche einen offenen Rosenstrauß, rot, wie Rosen nur sein können. Am Abend aßen sie zu zweit. Das Hotel schloß ihretwegen seine Pforten, an der Tür hing ein Schild: Geschlossene Gesellschaft.

Er schlief natürlich nicht im »Hotel zur Post«. Nach dem Abendessen ging er über die Straße in seine Advokatur und diktierte einige Schriftsätze, während sie, wie der Wirt später berichtete, ein Bad nahm, dabei Musik hörend, unter anderem Dorfschwalben aus Österreich. Es hieß, sie sei nur ein einfaches Kindermädchen aus Berlin, aber begabt mit dieser einmaligen Schönheit. Ein anderes Gerücht wollte wissen, Walter Rughase habe sie aus einem Bordell befreit, um sie ganz für sich zu besitzen. Die Wahrheit kam Jahre später ans Licht. Einem anwaltlichen Kollegen hatte Rughase anvertraut, nachdem er alles erreicht habe, was ein Mensch erreichen könne, leide er unter der Vorstellung, ohne Nachkommen sterben zu müssen. Der versprach, sich umzuschauen, und vermittelte jene Cornelia Winter. In einem Café am Kurfürstendamm trafen sie sich zum erstenmal. Sie gingen ins Kino, speisten anschließend zu Abend und besprachen, was notwendigerweise besprochen werden mußte, vor allem die materielle Seite. Sie regelten den Umgang mit Häusern, Wald, Auto und See, sie vereinbarten eine Putzfrau und eine Zugehfrau, wenn es nötig sein sollte auch eine Kinderfrau. Sie willigte ein, obwohl die himmelschreiende Häßlichkeit breit und plump neben ihr saß, Zigarre rauchte und ihr nur bis zu den Schultern reichte. Wenn sie ihn anschauen wollte, traf ihr Blick zuerst den kahlen, roten Schädel mit den bläulichen Adern. Wie gierig nach materieller Sicherheit muß ein Mensch sein, der seine Schönheit so in Geld verwandelt? Sie gaben einen Gegensatz wie tiefe Finsternis und strahlendes Licht, ein Bild, das jeden Maler in Verzweiflung stürzen und zur Korrektur herausfordern mußte. Wenn sie so vor den Altar treten, wird der Gekreuzigte in Gelächter ausbrechen, wird

sich die Orgel in den Tönen vergreifen, werden die Glok-
ken vom Kessiner Kirchturm stürzen.

Sie heirateten im Mai an dem Freitag vor Pfingsten. Aus
den Buchenwäldern leuchtete zartes Grün, auf dem Kessiner See leuchtete das Weiß der Schwäne, der Flieder
wollte schon blühen, und Rotdorn stand in den Gärten.
Um zehn Uhr holte er die Braut vom Hotel ab. Sie gingen
die wenigen Schritte zum Standesamt zu Fuß, die Braut
am Arm des kleinen Mannes. Am Nachmittag fuhr eine
Pferdekutsche mit vier Füchsen vor, um das Brautpaar
abzuholen. Als der Kirchendiener das Trappeln der Hufe
auf dem Pflaster hörte, ließ er die Glocken läuten.

Walter Rughase, langjähriges Mitglied des Kirchenvor-
standes, ließ sich mit Cornelia Winter in der Dorfkirche
zu Kessin protestantisch trauen, obwohl er nicht an Gott
glaubte. Die Braut, von Haus aus katholisch, glaubte
auch nicht an Gott. Weiß verschleiert stand sie, ihn um
Kopfeslänge überragend, vor dem Altar, Walter Rughase
wie ein schwarzer Pudel an ihrer Seite. Der Pfarrer sprach
über Matthäus 6, Vers 21. Erstaunlicherweise fehlte der
Zeremonie jede Lächerlichkeit. Das lag an der Selbstsi-
cherheit, mit der beide auftraten. So sind wir, nehmt es
hin, da gibt es nichts zu beschönigen! Es tuschelte niemand in den hinteren Reihen, kein heimliches Grinsen
huschte über die Gesichter, kein verlegenes Hüsteln ins
Tüchlein war zu vernehmen. Nur wenn ein Mensch sich
seiner selbst schämt, seinen äußeren Makel ohne Würde
trägt, gibt er sich der Lächerlichkeit hin. Vor dem Kirchenportal überbrachten die Kessiner Honoratioren ihre
Glückwünsche, sich verneigend, einen Handkuß versu-
chend. Kinder streuten Blumen, Kinder so hübsch wie
pausbäckige Engel und Blumen so frisch wie die Gärten

an einem Sommermorgen. Ein Fotograf hielt das ungleiche Paar im Bilde fest. Die Glocken läuteten wieder, während die Kutsche das Paar in den Schützenhof brachte. Dort hielt Walter Rughase eine Rede, plädierte nicht auf Freispruch oder für ein mildes Urteil, sondern lobte die Schönheit der Frauen. Er habe in seinem Leben schon vieles mit Erfolg versucht, nun bleibe ihm nur noch, die Ehe zu probieren. Er habe sich im Garten des Schönen umgesehen und eine Blume erwählt, mit der ihm das sicher nicht schwerfallen werde. Beifall an der langen Tafel. Es fiel auf, daß die Braut allein war. Es gab keine Brauteltern, keinen Bruder, keine Schwester, nicht einmal eine Schulfreundin war aus Berlin gekommen. Sie war eine geheimnisvolle Person, die sich ins ländliche Kessin verirrt hatte, um hier ihre Huldigung entgegenzunehmen.

Am Abend blies ein Jägerchor durchs geöffnete Fenster auf den Saal, nicht das letzte Halali, sondern »Frischauf zum fröhlichen Jagen«. Der Schulchor sang »Kein schöner Land«, auf Wunsch des Bräutigams als Zugabe »Ich hab' mich ergeben mit Herz und mit Hand«, was die Kessiner symbolisch nahmen. Danach erstrahlte der Garten im bunten Licht der Lampions, auf dem Kessiner See brannte ein bengalisches Feuer nieder.

Um Mitternacht, wie es Brauch ist, ein Ehrentanz für das Brautpaar. Die kleine runde Kugel klammerte sich an den schlanken Leib, versuchte beim Wiener Walzer zu führen, dabei zu ihr aufblickend, mit Schweißperlen auf der Stirn, lächelnd, immer nur lächelnd. Sie zerrissen den weißen Schleier. Das Paar zog sich zurück, nun endlich in Rughases Haus, in dem alle Lampen brannten um Mitternacht und in der Morgendämmerung immer noch. Die Hochzeitsgäste feierten weiter, fragten sich, wie es sich fortsetzen wollte drüben im erleuchteten Haus. Was geschieht, wenn die beiden allein voreinander stehen, was doch wohl zum Beginn des Ehelebens gehört? Darf man eine so schöne Blume in ein so finsteres Dornengestrüpp werfen? Auch stellten sie Überlegungen an, ob ein Kind, sollte es jemals aus dieser Verbindung hervorgehen, mit der Schönheit der Mutter ausgestattet oder mit der Häßlichkeit des Vaters gestraft sein würde oder ob es vielleicht eine erträgliche Mischung gibt, so wie heiß und kalt lau werden läßt.

Sie feierten, bis der Morgen dämmerte und vom Kessiner See Nebelschwaden ins Dorf zogen. Noch immer leuchteten alle Lampen in Rughases Haus, und als die letzten Gäste heimwanderten, sahen sie das vermählte Paar das Haus verlassen, ins Auto steigen und davonfahren in die Flitterwochen morgens um halb sechs. Werden sie sich in ein Versteck in den Bergen zurückziehen, in dem nur blödsichtiges Almvieh dem jungen Glück auf seinen Spaziergängen begegnet? Oder zieht es sie in mondäne Kurorte mit Promenade? Am Lago Maggiore, der derzeit viel besungen wurde, wird man sie finden, auch Monte Carlo wäre angemessen oder Scheveningen im nahen Holland, ein Ort jedenfalls, an dem das Paar vor allen Kurgästen promenieren konnte. Arm in Arm, glücklich lächelnd und Gesprächsstoff liefernd für viele, die je nach Neigung entweder den Mann beneideten oder die Frau bedauerten.

Ob sie ihm treu bleiben wird? Sie trug eine Schönheit, die die Bienen anlockt wie die Sommerblüten im Garten. Die ist nicht zu verstecken. Selbst in häßlichen Lumpen leuchtet sie noch. Wenn er vor Gericht plädiert, wird sie durch den Wald wandern und den Förster treffen oder den bösen Wolf. Sie wird in die Stadt fahren, die feinen Läden zu besuchen und die Friseure mit gutem Ruf, sie wird auf den städtischen Boulevards flanieren, bis jemand sich ein Herz faßt und sie anspricht. So wird es kommen. Alles andere wäre gegen die menschliche Natur. So muß es kommen.

Sie ließ sich bewundern, aber nur aus der Ferne. Sie genoß die heimlichen Blicke aus den Fenstern, spazierte mit unterkühlter Koketterie, einen weißen Terrier an der Leine, die Dorfstraße abwärts, lächelte hier und da, lächelte auch Männer an, die sich viel darauf zugute hielten und es am Stammtisch erzählten. Walter Rughase sah es gern. Alle begehrten sie, aber er hatte sie. Er war ihrer sicher. Er konnte sie frei laufen lassen, sie kam immer wieder wie ein braves Tier. So war es in dem Vertrag niedergelegt, der in juristischen Wendungen ihr Zusammenleben regelte, auch die Häufigkeit des ehelichen Verkehrs und die Ausnahmen bei Krankheit und Urlaub. Zwei Wochen Urlaub standen ihr zu, zu nehmen entweder im Sommer an der See oder zur Schneesaison in den Bergen. Sie nur allein, auf dieser Zusatzklausel hatte sie bestanden. Sie durfte ein Pferd halten, wenn sie wollte, einen Hund sowieso. Ein kleines Auto versprach er ihr zu kaufen, wenn sie die Fahrprüfung bestünde. Ein Abonnement im Hamburger Schauspielhaus stand ihr zu oder wahlweise in der Staatsoper. Eine Gesellschafterin durfte sie sich halten für musische Gespräche und Kaffeestunden. Klavierunterricht nach Bedarf. Hege und Pflege in kranken und schwachen Tagen. Ein angemessenes Taschengeld.

Der Fall einer Scheidung blieb unerwähnt. Dazu gab es einen mündlichen Nachtrag des Walter Rughase. Bei Nichteinhaltung des Vertrages, vor allem bei ehelicher

Untreue, werde er sie mit dem Jagdgewehr erschießen und auf dem Grund des Kessiner Sees, mit Steinen beschwert, versenken, dabei das Gerücht verbreitend, sie sei heimgekehrt nach Berlin, weil sie ein weiteres Zusammenleben mit einem so häßlichen Menschen nicht habe ertragen können.

Nach einem Jahr war Cornelia Rughase schwanger. Die alten Weiber, die es wissen mußten, prophezeiten eine Fehlgeburt, weil das Zusammentreffen so ungleichen Blutes zur Unverträglichkeit im Mutterleibe führen mußte. Aber sie behielt das Kind. In jenem Sommer sahen die Kessiner sie oft im Kahn auf dem See sitzen. Er ruderte, sie saß vor ihm und blickte ins Wasser, darin ihr Spiegelbild suchend. Auch nahm sie oft Handarbeit mit hinaus, strickte Strampelhosen und Babyjäckchen, während Walter Rughase in Akten blätterte und der Terrier gelangweilt im Heck stand, nach Fliegen schnappte und Libellen ankläffte.

Walter Rughase verlor seine Beherrschung. Er, der über allen Dingen zu stehen schien, wurde aufgeregter, je näher der Tag der Geburt rückte. Er betrank sich gelegentlich in billigen Kutscherkneipen. Sprach ihn jemand auf seine bevorstehende Vaterschaft an, spendierte er ohne Zögern eine Runde. Von seinen Dienstreisen nach Wandsbek brachte er kartonweise Kinderkleidung mit, auch Puppen und Zinnsoldaten, die ihm in den Schaufenstern aufgefallen waren. Als sie in den letzten Monaten nicht mehr spazierengehen wollte, rannte er allein in den Wald, immer in Versuchung, die Buchen zu umarmen und den Himmel anzurufen, an den er nicht glaubte, der nun aber – Walter Rughase wunderte sich selbst darüber – lindernde Tröstung in seine Unruhe brachte. Er engagierte eine

Gymnastin, die mit seiner Frau Bewegungen übte, die die Geburt erleichtern sollten. Lange vor der Zeit alarmierte er Hebammen und Ärzte, ließ ein Kinderzimmer herrichten und mit Tapeten vom kleinen Häwelmann bekleben, wie der zum dicken runden Mond reist. Auch bestellte er bei einem Ponygestüt ein kleines Pferd, das sein Kind haben sollte, noch ehe es laufen konnte.

Wie kann aus einem so schönen Körper ein so häßliches Wesen kriechen? Rughase kannte sich aus in den Gesetzen der Juristerei, aber nicht in den Vererbungsgesetzen, die ihre Dominanten haben und keineswegs aus heiß und kalt lau mischen wollen. Das Kind glich dem Vater, wie es sich Väter doch so sehr wünschen. Schon der Säugling hatte einen stark geröteten, plumpen Kopf und zu kurze Beine. Am schwersten aber wog: Es war ein Mädchen. Ein Junge hätte mit aller Häßlichkeit einen erfolgreichen Weg gehen können, wie Walter Rughase, aber was sollte mit einem Mädchen geschehen? Er dachte an Operationen und Hautverpflanzungen, auch an Blutaustausch, um diese häßliche Röte aus der Haut zu vertreiben. Mochte es kosten, was es wolle. Er wäre bereit, seinen Besitz zu verschulden, mit dem Kind nach Amerika zu fliegen, wenn es nur ein ansehnlicher Mensch werden wollte. Nein, da gibt es nichts zu behandeln, sagten ihm die Ärzte. Sie haben ein gesundes, normales Kind, an den Vererbungsgesetzen können wir nicht herumoperieren.

Die alten Weiber hatten es vorausgesehen. Wer so aufs Geld aus ist wie diese Frau, wer so berechnend seine Schönheit ins Spiel bringt, wird mit häßlichen Kindern bestraft. Den Kessinern erschien diese Geburt wie ein Fingerzeig Gottes. Es wächst nichts in die Wolken. Auch Walter Rughase kann nicht alles haben und berechnen, die

Erbgesetze hat er studiert, aber nicht die Vererbungsgesetze. Schöne Frauen gibt es zu kaufen, aber schöne Kinder bekommt man, wenn überhaupt, dann nur geschenkt. Und wieder kamen sie mit ihren tröstenden Sprüchen. So etwas wächst sich zurecht. In sieben Jahren ändert sich jeder Mensch. Ähnelt das Kind vorher dem Vater, schlägt es nach sieben Jahren zur Mutter. Und soviel ist doch wohl gewiß: Haare wird das Mädchen zu allen Zeiten auf dem Kopf tragen, denn Kahlköpfigkeit sucht nur die Männer heim.

Sie gaben dem Mädchen den schönen Namen Eleonore, ließen es aber nicht taufen, was die Kessiner einigermaßen verwunderte, denn gerade ein armes Wesen wie dieses Mädchen bedurfte doch des höheren Beistandes. Sie versahen ihren Vertrag mit einer Zusatzklausel des Inhalts, daß sie unter keinen Umständen ein weiteres Kind haben wollten. Sie versprachen, sich dementsprechend zu verhalten. Sie verlängerten den Jahresurlaub der Frau um zwei Wochen. Auch fuhr Cornelia Rughase nun häufiger nach Hamburg. Der Kessiner Lehrer sah sie gelegentlich in der Kunsthalle vor den Gemälden alter Meister stehen, vor Bildern, die kraftvolle Männer und schöne Frauen darstellten. Nur selten erblickte man sie im Dorf. Sie ging nicht, wie es jeder Mutter zusteht, mit dem Kind spazieren. Ein Kindermädchen fuhr mit dem kleinen Wesen täglich zwei Stunden durch die frische Kessiner Luft. Cornelia Rughase stillte nicht, sie hatte Brust, aber sie stillte nicht. Auch das nahmen ihr die Kessiner übel. Eine Mutter, die so eitel ist, daß sie ihre wohlgestaltete Brust dem Kind verweigert, also, was soll man von einer solchen Person halten!

Sie hatte den häßlichen Mann an ihrer Seite ertragen, aber

des häßlichen Kindes, das aus ihrem Leibe gewachsen war, schämte sie sich. Sie nahm es nicht mit auf die Urlaubsreisen in die südlichen Berge, besuchte weder Schwimmbäder noch Spielplätze mit dem Kind. Kein Fotograf überschritt die Schwelle des Hauses, keine heiteren Kinderbilder hingen an den Wänden, und ganz Kluge wußten, daß in Rughases Haus sämtliche Spiegel entfernt seien, damit das Kind nicht erschrecke.

Walter Rughase saß oft allein im Kahn und ließ sich über den See treiben. Er war ein anderer Mensch geworden. Seinen Makel hatte er ertragen, daraus sogar Kraft gewonnen für ungewöhnliche Leistungen, aber hilflos stand er vor dem entstellten kleinen Wesen, das sein Kind sein sollte. Er begann, worüber sich die Kessiner am meisten wunderten, an Gott zu glauben, nicht an den lieben Gott der Christen, sondern an einen bösartigen, heimtückischen Gott, der eifersüchtig darüber wachte, daß kein Irdischer in seine Höhen aufsteigt. Warum ließ der Allmächtige seinen Zorn an dem unschuldigen Kind aus? Warum strafte er nicht den Vater oder die Mutter, sondern wählte den grausamen Umweg über das Kind? Anders als die Mutter schämte er sich des Kindes nicht. Er trug es oft auf dem Arm unter den Apfelbäumen spazieren. Auf seinem Schreibtisch im Advokatenbüro stand ein Bild des Kindes. Als es laufen konnte, nahm er es an die Hand und wanderte mit ihm die Dorfstraße ab. Ganz der Vater, sagten die Kessiner und grüßten verstohlen. Er hat das kleine Geschöpf geliebt. Eleonore war wohl der einzige Mensch, dem Walter Rughase in seinem rationalen, von den Gesetzen der Jurisprudenz bestimmten Leben Gefühle entgegenbrachte. Sie gehörten zusammen. Er war ein Stück von ihr, und sie war ein Stück von ihm.

Während einer Gerichtsverhandlung, mitten im Plädoyer für einen Viehdieb, brach Walter Rughase zusammen. Eine vorübergehende Schwäche nur, die Verhandlung konnte nach einer Viertelstunde fortgesetzt werden, aber schon ein Vorbote jenes Schlaganfalls, der ihn zwei Jahre später niederstreckte. Sie brachten ihn in eine Hamburger Klinik. Da lag er Woche um Woche. Der vor den Schranken des Gerichts so redegewaltige Walter Rughase hatte die Sprache verloren. Seine Frau kam täglich, sprach mit ihm, erhielt aber keine Antwort. Einmal brachte sie das Kind mit. Als es vor seinem Bett stand, mit den dicken Kinderhänden auf die Decke trommelte und zu plappern begann, fand er die Sprache wieder. Er unterhielt sich mit seinem Kind, danach mit der Frau und der Schwester, er wurde völlig gesund, plädierte wieder in den Gerichtssälen und ruderte, wenn es ihm die Zeit erlaubte, allein über den Kessiner See.

Bis zu jenem Abend im November, als er nicht wiederkehrte. Es dunkelte schon, über dem See brodelte der Nebel und verfing sich in den grauen Buchen. Fische teilten die ruhige Oberfläche und klatschten ins Wasser, und im Schilf schnatterten die wilden Enten.

Sie ging nicht zum See. Sie stand am Fenster und wartete. Als es dunkelte, rief sie die Kessiner Feuerwehr.

Mein Mann ist gegen vier Uhr auf den See gerudert und noch nicht heimgekehrt.

Das war um halb sieben. Sie kamen, acht Mann hoch und ein Schlauchboot, das sie durch den Apfelgarten zum Seeufer trugen. Ein Scheinwerfer leuchtete die Oberfläche ab. Sie fanden ihn am anderen Seeufer im Schilf. Das war um halb acht. Der Kahn hatte sich in den ausgestellten Netzen und Reusen verfangen, Rughase lag blau verfärbt auf dem nassen Holz. Sie hat ihn nicht mehr gesehen. Als sie ihn durch den Apfelgarten trugen, wandte sie sich ab. Nur das Kind lief mit bis zur Straße.

Zur Trauerfeier sprach der Pfarrer davon, daß auch das Leben des Walter Rughase gottgewollt und alles in allem wohl ein großes Leben gewesen sei. Nie zuvor wurde eine so schöne Witwe auf dem Kessiner Friedhof gesehen. Sie folgte, das Kind an der Hand, unbewegt dem von Pferden gezogenen Leichenwagen, nahm Beileid und Händedruck schweigend entgegen, während das Kind Tränen vergoß. Wieder bliesen die Jäger ihre Hörner, läuteten die Glocken des zornigen Gottes über die Gräber hinweg, sang der Schulchor »Die Himmel rühmen«. Neunundvierzig Jahre hatte Walter Rughase gelebt, wohl ein großes Leben und nur eine Kleinigkeit, an der er gestorben ist.

Zwei Stunden nach der Trauerfeier verließ sie Kessin, das Kind blieb bei der Haushälterin. Ein Gerücht wollte wissen, sie werde nie mehr zurückkehren. Sie werde ein neues Leben beginnen, umgeben von Schönheit und Reichtum, denn reich, das war doch gewiß, mußte sie nun sein. Doch sie tauchte noch einmal auf.

Das war am Tag der Eröffnung des Testaments. Ein großes Auto hielt vor dem Gerichtsgebäude, Cornelia Rughase stieg aus, in helle Farben gekleidet und nicht mehr Trauer tragend. Als sie das Gericht verließ, sah sie ein wenig bläßlich aus. Walter Rughase hatte sich nicht in den Vererbungsgesetzen ausgekannt, wohl aber in den Erbgesetzen. Sein Testament galt als Meisterstück juristischer Feinkunst. Seinen Reichtum vermachte er dem armen, häßlichen Kind. Die Witwe erhielt ein lebenslanges Wohnrecht in den oberen Räumen des Hauses und eine

Leibrente, die ihr ungekürzt nur zustehen sollte, wenn sie mit dem Kind lebte, es wie eine Mutter betreute, sich des Kindes nicht schämte, sich mit ihm in der Öffentlichkeit zeigte, ihm eine ordentliche Schulbildung zuteil werden ließ, mit besonderem Schwergewicht bei den musischen Fächern. Er hatte sein Testament, was bei letztwilligen Verfügungen unüblich ist, begründet. Warum braucht eine schöne Frau Reichtum? Ihr Körper ist Kapital genug, das sich zwar nicht durch Zins und Zinseszins vermehrt, sondern mit den Jahren verzehrt, aber immerhin ein Kapital. Dagegen gilt es, das unglückliche Kind zu entschädigen für das, was der da oben, sollte es ihn wirklich geben, in seinem blinden Zorn angerichtet hat. Das Kind muß sich kaufen können, was der natürlichen Schönheit geschenkt wird. Also verlangt es die Gerechtigkeit, ihm die Mittel dafür zu geben.

Um das Testament zu erfüllen, blieb sie bei dem Kind in Kessin, fuhr aber oft in die große Stadt, so wie Walter Rughase früher oft in die Stadt gefahren war. Nach Ende des Trauerjahres heiratete sie in aller Stille einen älteren Herrn, einen reichen Apotheker aus der Stadt, von dem sie den Namen Joosten erhielt. Zum Erstaunen der Kessiner blieb sie im Dorf. Ab und zu fuhr sie zu ihrem Gemahl in die Stadt, oder er besuchte sie in Kessin. Dann sah man das Paar, einen älteren Herrn mit Spazierstock und eine hübsche Frau mittleren Alters, begleitet von einer Dogge, unter den Buchen am Seeufer spazierengehen.

Die neunmalklugen Kessiner wußten, daß sie diesmal, durch Erfahrung gescheit geworden, bessere Bedingungen ausgehandelt hatte. So ließ sie sich von jenem Herrn Joosten – das war Voraussetzung der Heirat – vertraglich zur Alleinerbin einsetzen. Und keine Kinder, das bat sie sich aus, unter keinen Umständen Kinder!

Als der Apotheker nach anderthalb Jahren starb, war sie nun endlich reich und unabhängig – und immer noch schön. Die Kessiner hörten von einem reetgedeckten Haus auf einer Nordseeinsel, einem Appartement in den Bergen, mehreren Wertpapierdepots und sahen uralten Schmuck aus der Familie jenes Herrn Joosten, dessen ausklingendes Leben sie achtzehn Monate wie ein bunter Schmetterling begleitet hatte. Cornelia Joosten zeigte nun ganz andere Fähigkeiten, sie verwaltete ihren Reichtum mit erstaunlichem Geschick. In der Advokatenkanzlei richtete sie ein Büro ein. Dort saß sie gern, kaufte und verkaufte Aktien, verwaltete Immobilien, telefonierte mit Frankfurt und Zürich und wußte, wohin das Gold tendierte. Sie war so erfolgreich, daß das Vormundschaftsgericht ihr auch die Verwaltung des Vermögens ihrer heranwachsenden Tochter übertrug. In dieser Eigenschaft kaufte sie den Rest des Waldes am Kessiner See, so daß der See und das umgebende Waldgelände allein dem Mädchen gehörte. Es ging die Sage, sie seien beide Millionärinnen, die schöne Witwe und ihre häßliche Tochter.

Eines Tages tauchte ein junger Mann in Kessin auf. Er kam mit dem Bus von Hamburg und ging, ohne zu fragen, als kenne er sich aus, zu dem Anwesen, in dem sie lebte. Er war ein hochgewachsener kräftiger Bursche mit langem, dunklem Haar, einer jener Kerle, die man zur Förderung des Absatzes von bräunender Sonnenmilch an die Litfaßsäulen klebt. Er könnte ihr Sohn sein, dachten die Kessiner, ein Sohn, den sie vor der Zeit unehelich geboren und Walter Rughase verschwiegen hatte. Zum Vater ernannten die Kessiner Klatschweiber einen russischen, amerikanischen, britischen oder französischen Offizier aus der wirren Zeit nach dem Kriege. Er kam an jedem Freitag. Morgens um halb elf stieg er aus dem Bus, verlebte den Nachmittag mit ihr im Garten. Dort spazierten sie unter den Apfelbäumen, plauderten, ohne sich zu berühren, benahmen sich wie gute Bekannte, die alte Erinnerungen austauschten. Bei gutem Wetter ließ sie sich von ihm, der ein kräftiger Ruderer war, auf den See hinausfahren. Den Abend verlebte sie mit ihm im Haus. Gegen Mitternacht fuhr er mit dem letzten Bus in die Stadt.

Der Busfahrer fand es schließlich heraus. Er war ein Jurastudent, dem sie die Fahrt bezahlte, ja auch das Studium, damit er so klug werde wie Walter Rughase. Sie schenkte ihm sogar eine Urlaubsreise nach Griechenland einschließlich Begleitung. Mit einer jungen Kommilitonin repetierte er in den peleponnesischen Tempeln die zweitausenddreihundertfünfundachtzig Paragraphen des Bürgerlichen Gesetzbuches. Danach wurde er nur noch einmal in Kessin gesehen. Er kam wie immer am Freitagvormittag, speiste mit ihr im Hotel und reiste anschließend, nachdem sie sich ausgesprochen hatten, zurück in die Stadt.

Es kamen dann andere, immer waren es große, athletische Burschen. Für den einen mietete sie sogar ein Pferd und ließ ihn durch die Wälder der Umgebung reiten. Ein anderer durfte mit ihrem Auto spazierenfahren. Sie kleidete sie ein, schenkte ihnen Bücher. Für einen Weitspringer ließ sie im Apfelgarten eine Sprunganlage bauen, damit er während des Besuchs in Kessin nicht das Training vernachlässigte.

So ging es mehrere Jahre. Dann begann sie zu kränkeln.

Ja, das Kapital verzehrte sich, warf keine Zinsen mehr ab, sondern nur noch länger werdende Schatten. Krähenfüße tauchten in dem Gesicht auf und die schlaffen Falten des beginnenden Alters. Wegen der blauen Adern an Unterarmen und Beinen ging sie nur noch in langen Hosen und langärmeligen Blusen. Sie sah blaß aus. Sie glaubte plötzlich, von einer ansteckenden Krankheit befallen zu sein. Walter Rughase hatte sie angesteckt oder das Kind. Nun überwucherte das heimtückische Leiden nach und nach ihren schönen Körper. Der Name dieser Krankheit ist Häßlichkeit. Sie ist ansteckend. Eine Seuche hat die Menschheit befallen, sie breitet sich unaufhaltsam aus und richtet die Schönheit zugrunde. Aus ihrem Schlafzimmer verschwanden die lebensgroßen Jugendfotos. Die Haushälterin traf sie oft unbekleidet vor den großen Spiegeln, ihr Bild anstarrend wie Dorian Gray. Sie bildete sich ein, dem verstorbenen Walter Rughase ähnlicher zu werden. Sie entdeckte rötliche Flecken auf ihrer Haut. Auf der linken Wange wuchs eine Warze, die sie entfernen ließ und die doch immer wiederkehrte wie ein Kainsmal. Jetzt, da sie ihm so fern war, begann sie Walter Rughase zu verstehen, ja, sie bewunderte ihn. Der hatte diese Häßlichkeit sein ganzes Leben getragen und sich die Schönheit, die ihm fehlte, gekauft. Niemals hatte sie sich ihm so verbunden gefühlt wie jetzt, denn auch sie kaufte, was ihr niemand mehr schenken wollte. Sie zahlte den Bus und ein gutes Essen, heute eine Krawatte, morgen ein Paar Schuhe. Bald meinte sie, auch bares Geld geben zu müssen. In einem Umschlag steckte sie es ihnen zu. Unaufgefordert erhöhte sie die Geschenke, zahlte freiwillig mehr, je älter sie wurde und je häßlicher sie sich fühlte.
Endlich begann sie auch, ihr eigenes Kind zu lieben.

Eleonore war ein junges Mädchen von bald zwanzig Jahren und sah häßlich aus wie an seinem ersten Tag. Nein, es hatte sich nicht zurechtgewachsen. Mit einiger Mühe hatte sie die höhere Schule abgeschlossen; sie besaß nicht den gescheiten Kopf ihres Vaters, auch nicht dessen starken Willen. Sie war ein gutmütiges Kind, das gern im Garten umherlief, wenn es sich nicht in die fernen Welten schöner Bücher versenkte. Sie saß oft auf der Terrasse im Schaukelstuhl, versunken in ihren Büchern. Wenn die Mutter vorüberging, blieb sie manchmal stehen und strich dem Mädchen über das Haar. Oder sie schaute ihre Tochter an, bis sie aufblickte und lächelte. Es kam vor, daß sie Arm in Arm durch das Dorf gingen, und die Mutter erzählte von jenem Frühling 1945, als die Familie starb und sie als einzige zurückblieb, ein verzweifeltes Mädchen, dem alles recht war, das nur nicht mehr hungern und arm sein wollte.

Niemand weiß, wie es geschehen ist und warum. Cornelia Joosten, verwitwete Rughase, geborene Winter, ist an einem milden Sommerabend im Kessiner See ertrunken, die erste Tote in diesem See seit Menschengedenken. Ihre Leiche trieb an den Strand, völlig nackt und immer noch schön. Die Kessiner erklärten es so: Der See neige wegen seines dunklen Untergrundes zur Düsternis, er verzerre die schönsten Bilder und lasse jeden Menschen, der lange genug hineinschaue, häßlicher erscheinen, als er in Wahrheit ist. Sie habe, über den Bootsrand blickend, ihr Spiegelbild im unbewegten Wasser gesehen und sei darüber so erschrocken, daß sie ihrem allmählichen Verfall in die Häßlichkeit ein Ende bereitet habe.

Eleonore Rughase war nach dem Tode der Mutter der reichste Mensch in Kessin, ja im ganzen Kreis und darüber hinaus. Die alten Weiber prophezeiten, es werde sich nun bald ein gutaussehender Mann finden, der des Reichtums wegen die Häßlichkeit vergesse. Aber es ergab sich nur, daß Eleonore Rughase in ihrem achtundzwanzigsten Lebensjahr ein uneheliches Kind gebar, dessen Vater sie nicht preisgeben wollte, ein Kind übrigens von makelloser Schönheit.

Gott läßt die Elenden nicht im Stich und schenkt ihnen schöne Kinder, sagten die alten Weiber dazu.

Mit freundlichen Grüßen

Genug der großen Reden! Herr Ferneau hat sich um unser Haus verdient gemacht... Wir werden Ihren Rat vermissen, Herr Ferneau... Auf Menschen wie Sie können wir gar nicht verzichten, Herr Ferneau... Gäbe es nicht unsere Betriebsordnung, die ein Ausscheiden mit fünfundsechzig Jahren zwingend vorschreibt...

Ach, die schönen Trinksprüche während des gemeinsamen Mittagessens im Vorstandskasino! Danach Händeschütteln bis zur Schmerzgrenze. Am frühen Nachmittag verließ er das Haus, sprach länger als sonst mit dem Pförtner, der ihn beneidete um die gewonnene Freiheit.

Eine Firmenkarosse brachte Ferneau zu einem Haus am Stadtrand. Ein zweiter Wagen folgte, beladen mit Sträußen, Blumenschalen, Weinkisten, Büchern, einem alten Stich seines Geburtsortes Stralsund, einem Fernglas, damit »der Pensionär Ferneau im Ruhestand seinen Weitblick behält«.

Die Kusche empfing ihn auf der Treppe.

»Wir haben nicht genug Vasen«, jammerte sie, als die Fahrer die Sträuße ins Haus trugen. Ferneau stand hinter der Gardine, sah sie davonfahren in ihren leeren Limousinen und fühlte sich erst in diesem Augenblick richtig verabschiedet. Die Kusche verstaute die Geschenke, gab Was-

ser in die Vasen, schuf auf den Fensterbänken Platz für
den blühenden Segen.

»Einen Strauß können Sie mitnehmen«, sagte er der Kusche.

Sie entschied sich für einen Strauß später Astern, fragte,
ob er noch Wünsche habe, sagte, als er verneinte, daß sie
morgen wiederkommen werde, und schloß die Tür.
Eigentlich war das Haus zu groß für ihn. Das fiel ihm ein,
als die Kusche gegangen war und er seine Kleidung wechselte. Vor zwanzig Jahren hatte er es bauen lassen mit dem
Gedanken an eine mehrköpfige Familie. Sogar Bedienste-
te kamen in seiner Planung vor, ein Hausmädchen mindestens. Vor zwanzig Jahren war es noch nicht weltfremd,
so zu denken. Die Einliegerwohnung im ersten Stock hatte er wiederholt der Kusche angeboten, mietfrei versteht
sich. Aber die wollte nicht. Sie hauste lieber in ihrer Alt-
bauwohnung im vierten Stock, weil sie die Nachbarn
kannte, Kinder in ihrer Nähe lebten und es viel Tratsch
und Gerede gab, was die Kusche brauchte. Sechzehn Au-
ßenfenster, dreifach verglast, die Scheiben im Parterre mit
Gitterstäben gesichert wegen der zu erwartenden Einbrü-
che. Die Dreifachverglasung diente hauptsächlich als
Lärmschutz. Ferneau hatte sein Haus in die Nähe des
Flughafens gebaut, damit sich bei seinen zahlreichen Reisen die An- und Abfahrten nicht zu Wochen und Monaten summierten und sein Leben verkürzten. Gegen Flug-
lärm half Dreifachverglasung. Kein Laut drang durchs
Glas, kein Autohupen, kein Vogelzwitschern. Eine voll-
kommene Stille.

Am späten Nachmittag rief das Vorstandssekretariat an.
Es seien noch einige Telegramme eingetroffen, darunter
ein sehr hübsches von der Niederlassung in Amerika. Die

hätten wohl den Zeitunterschied nicht bedacht, deshalb die Verspätung. Auch Blumen seien noch gekommen und ein Brief von einem gewissen Herbert Köhler. Das müsse der sein, den Ferneau vor fünf Jahren wegen der Jugoslawienaffäre entlassen habe. Nun schickt er einen Brief zu Ferneaus Eintritt in den Ruhestand. Merkwürdig, nicht wahr?

Ein Firmenwagen brachte ihm, was verspätet eingetroffen war, auch den Brief dieses Köhler:

> Es freut mich, Sie nun da zu wissen, wo ich schon lange bin, im Ruhestand. Sie hatten damals unrecht. Nach meiner Entlassung bekam ich des hohen Alters wegen keine Anstellung mehr. So mußte ich spazierengehen, im Garten arbeiten und Zeitung lesen, was mir gut bekommen ist. Das wird nun auch Ihre Beschäftigung sein, doch glaube ich, sie wird Ihnen nicht genügen. Menschen wie Sie brauchen die Anerkennung des gefüllten Terminkalenders, die Macht des Schreibtisches und ihres Telefons. Leben Sie wohl in Ihrem Ruhestand, wenn Sie können, Herr Ferneau.
> Mit freundlichen Grüßen
> Ihr Köhler.

Die kleine Bosheit eines Ehemaligen. Kleine Geister warten darauf, daß größere straucheln. Das erlaubt ihnen, ihr verbittertes Leben mit ein bißchen Schadenfreude aufzuhellen. Ferneau warf den Brief in den Papierkorb, hob ihn wieder auf und hielt die Flamme seines Feuerzeugs unter das Köhlersche Geschreibsel. Der Rest verbrannte im Kamin, wurde zu grauer Asche, die in Flocken emporwirbelte und sich in den Schornstein flüchtete.

Abends ging er in seine Einliegerwohnung. Da die Kusche sie nicht haben wollte, hatte Ferneau sie in eine Bü-
cherablage verwandelt. Hier oben inmitten der Bücher
wollte er viele Stunden seines Ruhestandes verbringen.
Nur mit Büchern ist Altwerden zu ertragen, hatte sein
Buchhändler immer gesagt, der längst verstorben war.
Zwischen den Buchdeckeln in ferne Welten versinken,
nur zu den Mahlzeiten wieder auftauchen, schlafen, träumen, lesen. Ferneau hatte Schöngeistiges und Fachliches
für seinen Ruhestand zurückgelegt. Arabisch wollte er
lernen; die Bücher dafür hatte er vor Jahren auf einer Geschäftsreise in Kairo erstanden. Arabisch ist die Zukunft!
hieß es während der Ölkrise, als sein Unternehmen gute
Geschäfte mit den reichen arabischen Ölstaaten machte.
Einmal war auch Russisch die Zukunft, und bald wird es
Chinesisch sein.
Sie sind im Unrecht, mein lieber Köhler. Walter Ferneau
braucht keine hektische Betriebsamkeit zur Selbstbestäti-
gung. Im Grunde ist er ein fauler Mensch, der sich darauf
freut, lange zu schlafen. Außerdem besitzt er einen Garten, der in den Sommermonaten einen ganzen Mann er-
fordert und zu groß ist, wie das Haus mit 16 Außenfen-
stern, wie die Büchersammlung, die er bewältigen will.
Nach Reisen stand Ferneau nicht mehr der Sinn. Er kannte die Welt von Alaska bis Feuerland, von Singapur bis
Honolulu. Da wäre nur noch Ordnung zu bringen in seine vergangenen Reisen. Früher hatte das seine Frau erle-
digt. Sie hatte Fotoalben angelegt, Reiseandenken katalo-
gisiert und Reiseanekdoten aufgeschrieben. Ferneau hatte
es immer verstanden, Geschäftliches und Touristisches
angenehm zu verbinden. An eine Geschäftsreise nach
Brisbane schloß sich eine Autotour ins Innere des Konti-

nents an. Als die Firma den ersten Großauftrag aus Brasilien erhielt, nutzte Ferneau die Vertragsverhandlungen für einen Abstecher zu den Wasserfällen des Iguazú. Oft hatte er seine Frau mitgenommen, übrigens einer der Gründe, warum die Ehe kinderlos blieb. Mit Kindern bin ich ans Haus gefesselt, während du in der Weltgeschichte herumreist, hatte sie ihm gesagt. Nun war sie gestorben, vor drei Jahren, und die Bilder und Reiseerinnerungen lagen wie Kraut und Rüben in seiner Schreibtischschublade, warteten auf die ordnende Hand. Walter Ferneau vor der Hochhauskulisse Hongkongs. Mister Ferneau in Jokohama. Señor Ferneau auf den Stufen des Präsidentenpalastes in Lima.

Als das Reich der Mitte sich nach Maos Tod öffnete, gehörte er zu einer Wirtschaftsdelegation, die China bereiste.

»Wo ist der Deutsche aus Stralsund?« fragte Tschou Enlai.

Sie sprachen fünf Minuten über Stralsund, das Tschou von seiner Studienzeit in Deutschland kannte, ebenso Berlin, Breslau und Königsberg.

»Seien Sie unbesorgt«, sagte der Chinese zu Ferneau. »Diese Namen werden eines Tages wieder zu einem großen einigen Deutschland gehören, die Geschichte hat einen langen Atem.«

Bilder von einer Pressekonferenz in Düsseldorf. Sein Unternehmen hatte gegen schärfste internationale Konkurrenz einen Großauftrag aus Saudi-Arabien erhalten, Ferneau mitten im Bild mit einem weißumhüllten Muselmanen. Ferneau neben dem beleibten Idi Amin im offenen Straßenkreuzer. Ferneau auf dem Roten Platz in Moskau, der Jahreszeit angemessen im Schafspelz, mit Fellmütze auf dem Kopf.

Es gehört zur PR-Arbeit großer Firmen, Fotos von ihren Empfängen und Pressekonferenzen an Personen von geschäftlicher Wichtigkeit zu verschicken, sofern sie vorteilhaft auf den Bildern getroffen sind.

»… Und dürfen wir Ihnen als freundliche Erinnerung an den Empfang im Ratskeller ein Foto übersenden…«

Zu Hochglanzpapier geronnene Eitelkeit lag da bei ihm im Schreibtisch, wäre zu ordnen, mit Daten und Namen zu versehen, eine Beschäftigung für lange Winterabende. Das gäbe ein Regal voller Alben, ein Archiv für die Nachwelt. Er würde es seiner Firma vermachen, die später auf das Material zurückgreifen könnte für Jubiläumsreden und Festschriften: So wurde unsere Gesellschaft nach dem Zweiten Weltkrieg aufgebaut und erlangte Weltgeltung, und ein gewisser Walter Ferneau war zu jener Zeit unser Repräsentant im Ausland.

Anfangs riefen die Mädchen aus dem Sekretariat häufiger an. Meistens suchten sie Vorgänge, die Ferneau vor Jahren bearbeitet hatte. Sie suchten an der verkehrten Stelle, weil sie nicht wußten, daß Simbabwe früher Rhodesien hieß.

Noch immer kamen Briefe und Aufmerksamkeiten zu seiner Pensionierung. Auch diese Anfrage:

> »Nun, da Sie in den Kreis der rüstigen Pensionäre getreten sind und etwas mehr Zeit haben, könnten wir uns doch treffen, lieber Herr Ferneau. Wir besitzen ein schönes Anwesen am Südhang des Teutoburger Waldes und laden Sie herzlich ein, uns einmal zu besuchen.«

Das schrieb der ehemalige Justitiar seiner Firma, den Ferneau flüchtig kannte, mit dem er nichts weiter teilte als die Gemeinsamkeit des wohlverdienten Ruhestandes. Kontaktsuche über die Altersgrenze hinaus, weiter nichts. Ferneau wollte sich die Sache mit dem Teutoburger Wald überlegen. Nach dem Tod seiner Frau hatte er ein wenig den Anschluß verloren, es gab keinen Bekanntenkreis mehr, nur die Kusche kam dreimal wöchentlich zum Putzen, sonst niemand.

Sie riefen immer seltener an. Er ertappte sich dabei, wie er morgens zeitunglesend neben dem Telefon saß und auf einen Anruf wartete. Es kam der Tag, an dem sein Telefon keinen Laut mehr von sich gab. Nicht einmal die Kusche rief an. Dennoch, er hatte genug zu tun, er langweilte sich nicht. Köhler, dieser unverschämte Mensch, irrte!

Eines Tages werden sie ihn auffordern, seine Erlebnisse im Dienste der Firma zu Papier zu bringen. Früher, wenn er, von Auslandsreisen zurückgekehrt, an der Mittagstafel seine Anekdoten erzählte, sagten sie immer: Mensch, Ferneau, das müssen Sie aufschreiben, das ist hochinteressant. Sie werden sich daran erinnern und ihm ein Diktiergerät ins Haus bringen. Ein Mädchen aus dem Sekretariat wird Ferneaus Erlebnisse im Dienste des Unternehmens abtippen, die Firma wird die Druckkosten tragen und seine Broschüre in alle Welt versenden. Ferneau wollte es kostenlos tun, er wollte nichts daran verdienen...

Aber nein, es meldete sich niemand. Sie waren so in ihre täglichen Geschäfte verstrickt, daß sie keinen Nerv besaßen für die Bewahrung historischer Begebenheiten, sie fingen an, Ferneau zu vergessen.

Schließlich rief er in der Firma an, weil er eine Bescheinigung für das Finanzamt brauchte. Später ließ er sich den Berechnungsmodus seiner Betriebsrente erklären. Von der Personalabteilung erfragte er den Geburtstag eines früheren Kollegen, dem er Glückwünsche schicken wollte.

Wann immer Ferneau sich telefonisch in der Firma meldete, er wurde bevorzugt bedient. Sie erkundigten sich nach seinem Wohlbefinden und den privaten Unternehmungen, fragten nach möglichen Reisen. Er erfuhr, daß kürzlich der Energieminister von Malaysia im Hause gewesen sei und nach ihm gefragt habe. Sie hätten ein Treffen mit Ferneau arrangieren wollen, aber der Herr Minister habe keine Zeit gehabt.

Als sie in der Telefonzentrale eine neue Kraft einstellten, geschah es, daß Ferneau eines Morgens hörte:

»Bitte warten Sie!«

Zum Weihnachtsfest kamen die üblichen guten Wünsche, aber nicht mehr so viele Weinkisten und Whiskyflaschen. Ferneaus Wert war gesunken. Seine alte Auslandsabteilung schenkte ihm zum ersten Weihnachtsfest im Ruhestand ein Aquarium mit Zierfischen. Sein Nachfolger überreichte ihm das Geschenk persönlich und blieb eine Stunde, während der Ferneau von früheren geschäftlichen Expeditionen nach Ceylon und Mexiko erzählte. Lautlos standen die stummen Tiere im grünen Wasser. Vielleicht wäre es besser gewesen, ihm einen krächzenden Papagei oder eine Kuckucksuhr zu schenken.

Als Ferneau im neuen Jahr die Buchhaltung anrief, hielt die es nicht mehr für selbstverständlich, sein Gespräch zum Abteilungsleiter durchzustellen. Die Auskunft, die er wünschte, könnte ihm auch Buchhalter Meyer geben. Was früher nie vorgekommen war, hörte er jetzt häufiger:

»Darf ich zurückrufen, Herr Ferneau? Ich befinde mich gerade in einer wichtigen Besprechung.«

Sie hatten keine Zeit mehr für ihn.

Rasmus aus der Rechtsabteilung ließ sich verleugnen. »Herr Rasmus ist außer Haus«, hauchte die Sekretärin ins Telefon. Auch abends bei Rasmus privat: »Mein Mann ist leider nicht da, Herr Ferneau.«

Ferneau vermutete den Kerl vor dem Fernseher, wo er Fußball sah oder einen Krimi.

Wie schnell sie sich von ihm entfernten, diese Leute, die früher Tag und Nacht für Ferneau zu sprechen gewesen waren. Natürlich lag es nicht an Arbeitsüberlastung oder Zeitmangel, sondern allein an der wachsenden Bedeutungslosigkeit Ferneaus. Wenn einer sagt: Ich habe keine Zeit, heißt das ins wahre Deutsch übersetzt: Ich habe Wichtigeres als dich!

Ferneau gehörte nicht mehr zu den Persönlichkeiten, mit denen man sich gut stellen mußte, die es zu kennen galt, weil es Vorteile brachte. Sein Unmut konnte keinem schaden, sein Wohlwollen keinem nutzen. Nun begriff er, warum leitende Herren sich nach Erreichen der Altersgrenze gern einen Platz im Aufsichtsrat reservieren lassen. Weiß Gott nicht wegen der paar tausend Mark Aufsichtsratsvergütung. Sie wollen eine Person von Wichtigkeit bleiben, nicht mit dem Ruhestand in die Bedeutungslosigkeit stürzen. Wer dem Aufsichtsrat angehört, wird umschmeichelt und verehrt, da wagt niemand zu sagen: Ach, darf ich zurückrufen, Herr Ferneau, ich habe gerade Wichtiges zu tun.

Ferneau schränkte seine Anrufe in der Firma erheblich ein. Nicht er brauchte die Firma, sondern sie brauchten ihn. Es gab Vorgänge, die ohne Ferneaus Hilfe nicht zu finden waren. Da wäre zum Beispiel Katanga. Als Katanga in aller Munde war, gingen die Mädchen aus dem Sekretariat noch in den Kindergarten. Kein Mensch findet die Unterlagen über die Turbinenlieferungen für die Bergwerke in Katanga. Sie werden ihn bitten, ins Haus zu kommen und zu helfen. Ferneau wäre nicht überrascht gewesen, wenn sie ihm angeboten hätten, ein kleines Büro in seiner Privatwohnung einzurichten mit Schreibdame und internationalem Telefonanschluß. Er kannte so viele Persönlichkeiten. Wie nützlich könnte er seinem Unternehmen noch sein. Aber nein, sie hielten sich an die Betriebsordnung, die jeden Mitarbeiter mit 65 Jahren zum alten Eisen wirft. Und wenn Katanga nicht zu finden ist, dann ist es eben nicht zu finden. Darin liegt der große Irrtum aller Unentbehrlichen: Sie unterschätzen die Gleichgültigkeit der anderen.

Beim Durchstöbern seiner Papiere fand er den braunen Briefumschlag, den seine Frau noch mit Gummibändern umwickelt hatte. Er wußte sofort, was er enthielt. Das waren ein paar hundert bedruckter Karten, hellblau, hellgrün, hellbraun, vor allem aber weiß. Bedruckt wäre nicht richtig ausgedrückt, verziert waren sie mit unterschiedlichen Schriftzeichen, sogar arabisch, chinesisch, japanisch und russisch kam vor. Einige Karten trugen Familienwappen, andere Firmenembleme und stolze Nationalfarben. Das war Ferneaus Sammlung von Visitenkarten. Auf jeder Geschäftsreise hatte man ihm ein Dutzend zugesteckt. Seine Frau hatte sie alphabetisch geordnet von A wie Adam, Prokurist der Vereinigten Hefewerke, bis Z wie Ziemer, Reisender in Weinen. Ein buntes Bilderbuch der Namen und Titel, mehr als ein Kilo schwer, vom ideellen Gewicht ganz zu schweigen. Ferneau löste das Band, warf den Packen an die Decke. Die Karten flatterten wie ein aufgeschreckter Vogelschwarm auseinander, fielen raschelnd auf den Teppich, bedeckten ein Areal von dreimal drei Metern: ein Stilleben mit Visitenkarten. Wahllos hob er ein Kärtchen auf: Der Autovertreter Meyerhold. Seit Jahren fuhr Ferneau Firmenwagen, trotzdem schickte ihm dieser Meyerhold, über den er einmal einen Zweitwagen für seine Frau gekauft hatte, zu jedem Jahreswechsel einen Autokalender mit hübschen Fotos von Oldtimern.

Ferneau schlenderte zum Telefon und wählte Meyerholds Nummer. »Herr Meyerhold ist nicht mehr in unseren Diensten«, piepste eine Frauenstimme. »Darf ich Sie mit seinem Nachfolger verbinden?«

Danke. Ferneau legte auf. Könnte es sein, daß auch Meyerhold schon im Ruhestand lebte? So alt hatte der gar nicht ausgesehen. Er warf Meyerholds Karte in den Papierkorb, besann sich aber, holte die Karte aus dem Abfall und legte sie zu den anderen. Bevor die Kusche sein Visitenkartenstilleben in den Müll kehren konnte, sammelte Ferneau die Karten in eine Plastiktüte und trug sie zu seinem Schreibtisch. Dabei stieß er auf ein paar Dutzend eigener Karten. Jahr für Jahr hatte seine Firma neue Visitenkarten für ihre leitenden Angestellten drucken lassen, stets so zahlreich, daß trotz großzügiger Verteilung einige übrigblieben. Wem sollte Ferneau noch Visitenkarten überreichen? Seinem Briefträger, dem Taxifahrer oder der Kusche? Außerdem stimmten seine Karten nicht mehr, hinter dem Titel »Generalbevollmächtigter« fehlten die Buchstaben a. D.

Eines Nachts, als er nicht schlafen konnte, holte er die Plastiktüte an sein Bett. Er breitete die Kärtchen auf der Decke aus, versuchte, sich der Menschen zu erinnern, die hinter diesen Karten standen. Ihn überkam, nachts um halb eins, das Gefühl, mit der großen Welt verbunden zu sein. Das Bett des Walter Ferneau als Mittelpunkt des Globus, jedes Kärtchen ein Verbindungsfaden, eine Straße, die von einem gedachten Zentrum sternförmig auslief in die Himmelsrichtungen und Erdteile. Eine Spinne saß in ihrem Netz und knüpfte Fäden über Meere und Kontinente.

»Darf ich Ihnen meine Karte überreichen, Herr Ferneau?« Wie oft hatte er das gehört. Was mag aus ihnen geworden sein? Lebten sie noch? Waren sie zu Präsidenten großer Gesellschaften aufgestiegen oder in mittelmäßiger Versenkung verschwunden? Hinter jeder Karte steckte eine Geschichte, ein aufregendes Leben. Bücher ließen sich füllen mit diesen Karten, wenn er nur die Phantasie besessen hätte.

Er griff mit geschlossenen Augen in das Kartenbündel und zog Harry Lime. Wer war Harry Lime? Doch nicht der aus dem »Dritten Mann«. Ferneau mußte mit einem Menschen dieses Namens geschäftlich zu tun gehabt haben, erinnerte sich aber nicht mehr der näheren Umstände. Nur Name, Adresse und Telefonnummer standen auf der Karte, keine Firma, kein Titel. So sind die Vornehmen, sie stapeln tief, schleudern dir stolz ihren Namen entgegen, weiter nichts als Harry Lime.

Als er am Morgen die Nummer wählte, meldete sich eine Frau Laskowski.

»Kann ich Herrn Harry Lime sprechen?«

»Nee, wohnt nich bei uns, is hier auch nie gewesen.«

Knacks, weg war sie, die Laskowski.

Wer war Harry Lime? Möglicherweise hatte er ihn getroffen, als er wegen einer Niederlassung in Irland verhandelte. Irland war damals groß im Gespräch bei der deutschen Wirtschaft, weil es billige Arbeitskräfte und Steuervergünstigungen bot, auch dem europäischen Markt nahe lag. Das Projekt zerschlug sich, als die IRA anfing, Manager zu entführen, und der Nordteil der Insel in einem mittelalterlichen Religionskrieg versank. Harry Lime könnte ein Irländer sein.

Ein Party-Dienst bot »Außer-Haus-Gastronomie« an. Die Karte enthielt Ferneaus handschriftlichen Vermerk: »Wenn wir Silberhochzeit feiern.«

Das hatte sich erübrigt. Zu einer Silberhochzeit im Hause Ferneau ist es nie gekommen. Dreiundzwanzig Jahre waren sie verheiratet. Seine Frau, eine ehemalige Sekretärin aus der Firma, hatte Ferneaus Bücher geführt, die Reisealben beschriftet und die Visitenkarten geordnet. Niemand konnte das besser als sie.

Viktor Pomerantsew, Konsul der UdSSR. Ob der sich seiner noch erinnerte? Es ging um die Zulieferungen zum großen Automobilprojekt an der Kama. »Brüderchen, Brüderchen, besuch' mich mal in Petropoprowsk! Wir werden wilde Schweine jagen!«

Das Generalkonsulat sagte, Viktor Pomerantsew sei nicht mehr da.

»Wo kann ich ihn erreichen?« fragte Ferneau.

Die Dame am Telefon bat sich Bedenkzeit aus, versprach zurückzurufen. Statt ihrer meldete sich der Herr Generalkonsul persönlich. Der Genosse Pomerantsew sei zum Sekretär in Kasachstan befördert worden. Wenn Ferneau es wünsche, werde er die genaue Adresse beschaffen.

Ja, bitte drum. Ferneau wollte nach Kasachstan schreiben.

Eine Ministerialdirigentin aus dem Wirtschaftsministerium fiel Ferneau in die Hände. Mit ihr hatte er in Bonn beim Kalten Buffet das Vergnügen gehabt. Sie versuchte, ihm das Essen zu verleiden mit ihrer Kohlenstoffkatastrophe. Zu einer Zeit, als noch niemand das Wort Umweltschutz in den Mund nahm, malte sie, behaglich Hummer und Hackfleischbällchen kauend, Weltuntergänge aus. Ihre Apokalypse hieß Kohlenstoff. Wir lösen gebundenen Kohlenstoff auf, indem wir Erdöl und Kohle aus der Tiefe holen und in die Atmosphäre blasen. Die Ministerialdirigentin ließ – das geschah zur Zeit der großen Koalition in Bonn – eine Wärmeglocke über dem Globus entstehen und das Eis der Pole schmelzen. Städte wie London und Hamburg ersäufte sie in gewaltigen Fluten, auch verlegte sie die Nordseeküste an den Fuß der Harzberge.

Einige Karten hatte Ferneau mit handschriftlichen Zusätzen versehen. »Wichtiger Mann« stand auf der Rückseite eines Grafen aus Oldenburg. Besaß der Graf Beziehungen zum Ausland, zu den Ministerien oder zum Bauernverband? Ferneau wußte es nicht mehr. Als er die Telefonnummer wählte, meldete sich ein Düngemittelhandel. Nein, von einem Grafen wisse man nichts.

Seine Kartensammlung enthielt den Bundestagsabgeordneten einer Partei, die schon lange jenseits der 5-Prozent-Klausel verschwunden war, und einen roten Zettel mit Herzchen:

> »Wir sind vier hübsche junge Mädchen und möchten Sie gern verwöhnen.
> Rufen Sie doch mal an. Tel. 48 13 14«

»Gleich vier!« hatte Ferneau auf der Rückseite notiert. Das war 1973 in Berlin. Sein Auto parkte am Ku'damm. Als er vom Essen kam, fand er den Zettel unter dem Scheibenwischer und hatte ihn seiner Frau gegeben. Die hatte das Angebot als Kuriosität in die Kartensammlung aufgenommen.

Was war mit Gisela Rappe los? Ihr Anrufbeantworter teilte mit, die Meisterin befinde sich zur Zeit auf Reisen. Ferneau möge Geburtstag und Geburtsstunde aufs Band sprechen, Frau Rappe werde ihm ein unverbindliches Angebot schicken.

Diese Vielfalt. Es gab die Karten goldgerändert oder pechschwarz mit goldenen Lettern. Firmenzeichen kamen reichlich vor, Sterne, Türmchen und Adler. Hoflieferanten aus Kopenhagen und London führte er in seiner Sammlung, in der zu wühlen ihm von Tag zu Tag größeren Spaß bereitete. Zahlreichen Karten sah man das Provisorische an. Zettel, die in Eile vor Hoteleingängen oder auf Bahnhöfen aus Notizblöcken gerissen worden waren. So fand er Lieselotte Dahlmann aus Bad Oeynhausen auf brauner Pappe. Eine Kurbekanntschaft. Nach dem Tode seiner Frau hatten ihm Freunde eingeredet, er brauche dringend eine Kur. So fuhr er nach Bad Oeynhausen, obwohl er sich nicht kurbedürftig fühlte. Dort stellte sich ihm die Dahlmann als Französischlehrerin vor. Sie war fasziniert von seinem Namen. Ob er von den Hugenotten abstamme oder aus napoleonischer Besatzungszeit, wollte sie wissen. Hugenotten galten ihr als etwas Edles. Sie hätte sich gern einem Manne verbunden, dessen Vorfahren um des Glaubens willen fliehen mußten, im liberalen Preußen Aufnahme fanden und dort große Dinge verrichteten.

Nach der Kur mußte Ferneau geschäftlich für sechs Wochen nach Südafrika, da war sie ihm abhanden gekommen, die Dahlmann. Nur ein braunes Stück Papier mit Anschrift und Telefonnummer fand sich, und eine mürrische Männerstimme sagte:

»Meine Frau ist nicht zu Hause. Kann ich etwas ausrichten?«

Mensch, damals in Bad Oeynhausen war die Dahlmann nicht verheiratet!

Weiß wie Schwarz, Lerche wie der Vogel, Jade wie der Busen, so hießen die Menschen auf seinen Karten. Ein Verrückter namens Storcke gab sich als wissenschaftlicher Berater für Meerestechnologie bei Prof. Dr. Teng, Shanghai, aus. Das ist das großartige mit diesen Karten. Du kannst drucken lassen, was du willst. Sohn des Himmels darfst du schreiben, Tutenchamun oder Ritter mit der eisernen Faust. Das Papier ist geduldig, und es gibt kein Gesetz, das die Wahrheit auf Visitenkarten regelt.

»Lokal der Deutschen Jägerschaft«, hieß es auf einer Karte aus dem norddeutschen Städtchen Diepholz.

»Hier gibt es echten Hirschbraten und keine importierte Antilope«, sagte Ferneaus handschriftlicher Zusatz.

Ein Ägypter, der Gebrauchtwagen für Kairo kaufen wollte, hatte ihm seine Adresse zugesteckt. Das geschah an einem Buß- und Bettag in der Hamburger Innenstadt, als Ferneau vor einer roten Ampel halten mußte. Er zahle gute Preise, schrie er durchs geöffnete Wagenfenster.

Irgendwo lagen auch seine Karten, wohl an die tausend Stück, verstreut jenseits der Meere auf allen Kontinenten. Sie fanden sich in gestohlenen Brieftaschen und verstaubten in abgelegten Mänteln. Gewiß, die meisten werden durch den Reißwolf gegangen sein, ein Teil schlummert als Karteileiche in den Sekretariaten großer Firmen. Aber die größten Feinde aller Visitenkarten sind die Wäschereien. Was in den Brusttaschen der Jacken und Mäntel bleibt, schrumpft in der scharfen Reinigungslauge zu unlesbarem Brei.

In der Erinnerung kam ihm das Ritual des Kartentausches, dem er sich oft hingegeben hatte, lächerlich vor. Du greifst in die Brusttasche wie ein Troubadour ans Herz: »Darf ich Ihnen meine Karte überreichen?« Mein Gegenüber nickt huldvoll, revanchiert sich augenblicklich, zückt die Brieftasche und entnimmt sein Kärtchen. Leichte Verneigung wie die Vögel in der Balz. »Rufen Sie doch mal an.«

Visitenkarten sind Zeichen eines gehobenen Ranges. Wer sie drucken läßt, möglichst auf Kosten seiner Firma, dokumentiert Wichtigkeit. Nicht wenigen ist es schon genug, ihre Karten loszuwerden. Kartenverteilen gilt als Erfolg an sich. Zwanzig Karten pro Woche, dann bist du tüchtig. Hinter jeder Karte steckt Absicht. Geschäfte wollen sie machen oder Aufmerksamkeit erregen, dem eigenen Namen Druckerschwärze verleihen, ihm seine Flüchtigkeit nehmen. Wie diese Hedwig Richter, von Beruf Dichterin, eine mittelalterliche Dame, die bei Betriebsfeiern und Familienfesten die poetische Ausschmückung übernehmen wollte und sich mit folgendem Reim auf ihrer Visitenkarte empfahl:

> »Suchen Sie einen Denker und Dichter?
> Stets zu Diensten, Ihre Hedwig Richter.«

Ein Professor der Jurisprudenz, Mitglied des Aufsichtsrats einer Elektrofirma, war in seine Sammlung geraten. Ferneau speiste mit ihm, wie der handschriftliche Zusatz verriet, vor zehn Jahren im »Bayerischen Hof«. Einige seiner handschriftlichen Vermerke ließen sich schwer einordnen. Es kamen Worte vor wie Schmeichler, arrogant, politisch extrem oder korrupt. Was hatten sie verbrochen, die so beurteilt wurden? Womit hatten sie sich verraten?

Der Hinweis »Reeperbahn« ließ sich dagegen leicht ent-
ziffern. Das war jener Geschäftsmann aus dem frommen
Süden, der zu Vertragsverhandlungen in den Norden ge-
reist kam und von seinem Partner per Fernschreiben ver-
langte, er möge einen nächtlichen Reeperbahnbummel,
Bordellbesuch eingeschlossen, auf Spesenrechnung orga-
nisieren.
Was steckte hinter Nummer 68 01 39?
»Wäscherei Kuhlwein?«
»Verzeihung, ich habe wohl falsch gewählt.«
93 15 28 . . .
»Ich möchte Herrn Dr. Körte sprechen.«
»Herr Dr. Körte ist vor zwei Jahren verstorben.«
»Verzeihung, das habe ich nicht gewußt.«
Der kanadische Botschafter, inzwischen längst abberu-
fen, gab sich die Ehre eines Empfanges. »Oh, Sie müssen
zur Bärenjagd an die Hudsonbay kommen, Ferneau!«
Erstaunlich, wie wenige er antraf. Immer wieder hörte er:
verzogen, verstorben, aus unseren Diensten geschieden,
kein Anschluß unter dieser Nummer.
Doch in Lübeck hatte er Glück, Fegelein war sofort am
Apparat. »Ehrlich gesagt, ich kann mich nicht an Sie erin-
nern«, sagte er.
»Sie haben mir 1979 Ihre Visitenkarte gegeben«, erklärte
Ferneau.
»Lieber Himmel! Ich habe in meinem Leben an die tausend Visitenkarten verteilt. Für wen arbeiten Sie
denn?«
Ferneau sprach über das Skandinaviengeschäft im Jahre
1979. »Damals fuhren wir gemeinsam mit der Finnjet
nach Helsinki.«
Daran erinnerte sich der Mann aus Lübeck.

»Ja, eine schöne Reise, aber nun konkret, was kann ich für Sie tun?«

Ferneau schwieg betroffen. Nach einer Pause sagte er leise: »Eigentlich nichts, ich bin schon pensioniert, ich wollte nur mal anrufen, um mit Ihnen zu plaudern. Wollten Sie nicht eine Insel in den Schären kaufen?«

»Leider haben Sie einen furchtbar ungünstigen Zeitpunkt erwischt«, sagte Fegelein. »Ich steh' in Hut und Mantel und muß auf den Bau. Geben Sie mir mal Ihre Telefonnummer...«

»Sie haben doch meine Visistenkarte«, unterbrach ihn Ferneau. »Ich heiße Ferneau, Ferneau mit F. Auf der Karte steht die Telefonnummer...«

Weg war er, der eilige Mann.

Er wird die Insel in den Schären nicht bekommen haben, dachte Ferneau. Es ist sehr schwer, Inseln in den Schären zu erwerben, die Skandinavier verkaufen ihre Felsen nur ungern.

Er fand einen Larry P. MacDonald, Member of Congress. Das war der amerikanische Senator, der in einem südkoreanischen Flugzeug saß, als es über Sachalin abgeschossen wurde. Vor Jahren hatte Ferneau neben dem Mann in einer Maschine nach Hongkong gesessen und zugehört, wie Mr. MacDonald sich die Ausrottung des Kommunismus vorstellte.

Ja, der Tod hatte furchtbare Ernte in seiner Sammlung gehalten. Von Tag zu Tag registrierte Ferneau mehr Ausfälle, seine Visitenkarten wuchsen zu einem gewaltigen Leichenberg.

Anruf bei Herrn Günther Hellenbrand.

»Firma Hellenbrand existiert nicht mehr.«

»Und Herr Hellenbrand?«

»Der ist tot.«

»Schon lange?«

»Er starb gleich nach dem Konkurs seiner Firma.«

»Was betrieb die Firma eigentlich?«

»Es war ein Dachdeckereibetrieb.«

Ja, nun fiel es Ferneau wieder ein. Während des Capella-Orkans im Januar 1976 wirbelten in ganz Mitteleuropa die Dachpfannen durch die Luft. Danach rief Firma Hellenbrand bei ihm an und empfahl sich für Reparaturarbeiten. Weil weitere schwere Stürme ausblieben, ist das Unternehmen später in Konkurs gegangen. Das wiederum brach das Herz des Firmeninhabers.

Immerhin, der Leiter seiner Bankfiliale lebte noch. Seine Visitenkarte nutzte Ferneau regelmäßig, wenn er in der Bank anrief, um Bezugsrechte auszuüben oder Anleihen zu zeichnen. Das ist das angenehme an diesen Banken. Für sie bleibst du auch im Ruhestand eine wichtige Persönlichkeit, solange Depots und Konten wachsen. Der Filialleiter begrüßte ihn nach wie vor mit Handschlag.

Seydlitz, ein Name von preußischem Pulverdampf umhüllt. Dann die traurige Auskunft: »Herr von Seydlitz befindet sich in einem Seniorenheim im Weserbergland.«

So endete Preußen.

Ferneau wußte sehr wohl, daß auch er eines Tages ein Seniorenheim aufsuchen mußte. Noch hatte es Zeit damit. Die Kusche könnte notfalls jeden Tag kommen, um ihn zu betreuen, vielleicht zieht sie doch noch in die Einliegerwohnung.

Eine beängstigende Vergänglichkeit. Da lagen Hunderte von Namen und Telefonnummern vor ihm ausgebreitet, aber kaum jemand war zu erreichen. Verstorben, verzogen, keine Zeit. Wie schnell diese Kartenhäuser mit ihrer aufgeblasenen Wichtigkeit einstürzen! Makulatur, Altpapier.

»Herr Witte ist bei einem Verkehrsunfall ums Leben gekommen.«

»Ach, das tut mir aber leid.«

»Nach langer, schwerer Krankheit verstorben, statt Blumen bitte eine Spende...«

»Dr. Genrich ist nach Südamerika ausgewandert. Er hat vor zwei Jahren seine Praxis aufgegeben und ist einfach verschwunden.«

Das hatte er dem Doktor Genrich gar nicht zugetraut. Einfach eintauchen ins Nirwana, verschwinden im Dschungel des Amazonas, die Patientenkartei und alle Visitenkarten mitnehmen und sie den Piranhas zum Fraß vorwerfen.

Ferneau stellte sich vor, wie irgendein Sekretariatsleiter den Auftrag erteilte, die Sammlung wichtiger Geschäftsadressen auf den neusten Stand zu bringen. Ein kleines dummes Mädchen stößt auf die Visitenkarte des Generalbevollmächtigten Ferneau.

»Ferneau?« wird sie fragen. »Brauchen wir den noch?«

»Nein«, wird der Herr Sekretariatsleiter antworten, »der ist längst im Ruhestand, der kann in den Papierkorb.«

Sein langjähriger Weinvertreter Ziemer meldete sich sofort.

»Schön, daß Sie anrufen!«

»Ich will aber keinen Wein bestellen«, sagte Ferneau.

»Das ginge auch gar nicht«, erwiderte Ziemer. »Ich bin längst im Ruhestand.«

Sie sprachen eine halbe Stunde und verabredeten sich für den folgenden Tag in einem Café in der Innenstadt. Was danach folgte, wurde kurz im Polizeibericht erwähnt. Die Zeitungen schrieben darüber unter der Rubrik »Kuriosa«: Zwei ältere Herren stiegen, nachdem sie im »Lindeneck« reichlich Kaffee und Weinbrand getrunken hatten, am späten Nachmittag die vierhundertzwanzig Stufen zur Aussichtsplattform des Domes hinauf. Oben entleerten sie im Beisein erstaunter Besucher eine Plastiktüte mit Visitenkarten. Es sah aus wie auf einer Konfettiparade in New York. Zur Rede gestellt, erklärten die wunderlichen Alten, sie brauchten keine Visitenkarten mehr, weder eigene noch fremde. Einige Karten sind in den Bäumen des Parks und auf den Dächern der Stadt liegen geblieben, die meisten aber hat der Wind in den Fluß getrieben.

Wochen später, nach den ersten Herbststürmen, fanden Spaziergänger am einsamen Strand von Norderney gelegentlich eine Visitenkarte.

Das Mädchen mit den nackten Füßen

Nun ist der junge Witt tot. Der Milchwagen brachte es mit aus der Stadt, als Krämer Hellwig den Laden schloß, wußte es das ganze Dorf. Also endlich ist er gestorben, der Berthold Witt. Erst fünfundzwanzig und schon gestorben. Lag wohl am Schnaps oder Rauschgift oder etwas Neumodischem, das es zu unserer Zeit nicht gab, aber woran die Menschen heute sterben. Dazumal traf einen der Schlag, aber heutigen Tages sterben sie an den sonderbarsten Namen. In Kriegszeiten sterben sie auch jung, aber wir haben schon an die vierzig Jahre Frieden, nun sterben sie an der eigenen Unvernunft. Denk bloß mal, der Berthold war doch das einzige Kind und sollte später den Bauladen von Hannes Witt übernehmen. Aber der Junge bekam es im Kopf. Lehrer Struve sagte schon auf der Konfirmation, sie sollten den Berthold lieber zur höheren Schule schicken.

»Da wird nichts draus«, antwortete Hannes Witt. »In Deutschlands höheren Schulen kriegen die Kinder heutzutage nur schlechten Umgang.«

Hannes gab ihn man bloß als Schreiber ins Gemeindebüro. »Das reicht«, sagte er. Etwas Umgang mit den Papieren sollte er schon lernen, weil in einem richtigen Baugeschäft ab und an Rechnungen zu schreiben sind.

So dachte Hannes sich das, und es ging auch anfangs gut mit dem Berthold. Bloß als er fertig war mit der Gemeindeschreiberei, da wollte er raus aus Albersdorf. Am liebsten wär' er ja gleich nach Amerika zu den Blumenkindern gegangen, meinte Lisa Witt. Das soll so eine Sekte sein, wo die Faulenzer den lieben Tag im Gras liegen und singen und mit Blumen im Haar herumlaufen, was aber nur in wärmeren Gegenden geht, nicht bei uns in Albersdorf mit dem kalten Wind.

Nach Amerika ist er nie gekommen, der Berthold schaffte es gerade bis Hamburg.

»Wär' er bloß zum Bund gegangen, da hätten sie aus ihm einen ordentlichen Menschen gemacht. Für den Bund hat der Berthold zu große Füße«, sagte Lisa.

In Wirklichkeit hat der Bengel verweigert, um nach Hamburg zu gehen mit seinen großen Füßen. Ja, er hat sein Vaterhaus zu Fuß verlassen. Mit weiter nichts als einer Plastiktüte in der Hand. Unterwegs begegnete ihm der Milchwagen und wollte ihn mitnehmen nach Hohenwestedt, aber der Berthold stieg nicht ein.

»Laß' mich lieber laufen«, sagte er zu dem Milchwagenfahrer. So einer war das, der Berthold Witt.

Lange Zeit hörten wir nichts von ihm. Nur an seinen alten Eltern konnte jeder sehen, wie es schlechter und schlechter ging. Hannes lief, was er sein Lebtag nicht getan hatte, nachts im Sturm durch den Wald und redete mit sich. Lisa sahen wir bald jeden Sonntag in der Kirche. Zuletzt mochte keiner mehr nach dem Berthold fragen, weil es vorgekommen war, daß Lisa mitten auf der Straße das Heulen angefangen hat. Hannes wühlte die Jahre allein in seinem Baugeschäft, wollte keinen Menschen reinnehmen, weil er dachte, der Junge wird sich besinnen und

heimkehren wie der verlorene Sohn in der Schrift, damit er endlich »Witt & Sohn« über die Tür hängen konnte. Aber der Berthold kam nicht. Erst jetzt wird er kommen, zur eigenen Beerdigung wird er kommen.
Lisa sagte, sie würden ihn aus Hamburg überführen lassen, weil die Witts ein Familiengrab in Albersdorf haben, in das er gehört.
Was auch immer mit dem Berthold gewesen sein mag, das Familiengrab steht ihm zu. In Hamburg werden solche Leute ja verbrannt, aber das lassen seine Eltern nicht zu. Nein, für den Berthold haben sie genug eigene Erde in Albersdorf. Eine große Beerdigung soll es werden mit über hundert Menschen Gefolge, weil das halbe Dorf mit den Witts verwandt und die andere Hälfte gut bekannt ist. Krämer Hellwig wird seinen Laden schließen, um zu folgen, denn in der Zeit kauft sowieso keiner. Egal, wie es mit dem Berthold zu Lebzeiten zugegangen ist, jetzt ist er tot, und wir Albersdorfer werden ihm ein ordentliches Begräbnis geben. Keiner wird fragen, warum er totgeblieben ist. Jeder wird so tun, als wenn ein richtiger guter Albersdorfer auf den Friedhof gebracht wird, leider zu früh gestorben mit fünfundzwanzig Jahren. Aber denk mal, der Junge von Bauer Petersen fuhr mit dem Motorrad in den Graben, als er gerade einundzwanzig war. Brands Drittältester fiel mit neunzehn vom Trecker, wie das Leben so spielt. Und im Krieg starben sie noch jünger.
Bertholds Beerdigung wurde angesetzt auf den 20. Juni, mitten im hellen, lichten Sommer, noch vor der Heuernte. Aber am 19. Juni gab es mächtige Aufregung in Albersdorf. Der Milchwagenfahrer sagte Bescheid, daß sie alle kommen würden, die jungen Leute, mit denen Berthold gelebt hatte. Wohl an die zwanzig Mann, auch Frau-

en und Kleinkinder dabei. Mit denen war der Berthold in einem verkommenen Haus in Hamburg zusammen, so ein Haus ohne Gardinen und Blumenkästen, drinnen duster und draußen schlecht in Farbe. Krämer Hellwig wußte zu erzählen, daß es in solchen Häusern recht sonderbar zugehen soll. Sie schlafen alle in einer Stube, die Männer füttern die Säuglinge, und keiner weiß genau, wer Männlein und Weiblein ist, denn lange Haare tragen sie meist alle. Und jetzt kommt die ganze Bagage zur Beerdigung nach Albersdorf! Das stell sich einer mal vor. Den Witts bleibt in ihrem großen Leide nichts erspart.

Ob Pastor Griem sie überhaupt in unsere Kirche läßt? Das sollen ja wohl Terroristen sein, wie der Milchwagenfahrer sagte. Die schmeißen Bomben und überfallen Banken, wenn ihnen das Geld ausgeht. Weiß Gott, was die in unserer schönen Kirche anrichten? Auf den Friedhof sollte man sie gar nicht lassen, weil sie Grabsteine umwerfen und Blumen zertrampeln.

Krämer Hellwig fragte unseren Dorfpolizisten Wohlers, ob er nicht die Zugangsstraße nach Albersdorf am 20. Juni von zehn bis zwölf Uhr sperren könnte.

»Deutschland ist ein freies Land, da kann jeder hinfahren, wohin er will, auch zur Beerdigung«, sagte Wohlers.

Bauer Brand wollte seinen Trecker mit Rübenanhänger quer auf der Straße kaputtgehen lassen, so daß keiner durchkommt.

»Das kann ich nicht zulassen«, sagte Wohlers. »Wenn du das machst, bekommst du eine Anzeige wegen Verkehrsbehinderung.«

Mensch, Wohlers, hol dir wenigstens ein paar Kollegen zur Verstärkung aus der Stadt! Am Ende fangen die roten Brüder in der Kirche zu randalieren an, und du mußt sie rausbefördern. Allein schaffst du das nie. Sag wenigstens der Feuerwehr Bescheid, daß sie in Reserve steht mit dem dicken Schlauch.

Es hätte eine schöne, traurige Beerdigung werden können, wäre da nicht das Malheur mit diesen Terroristen gewesen. Daß der Berthold die uns mit seinem Tode noch auf den Hals schickte! Wir Albersdorfer hatten alle ein bißchen Angst vor denen.

Um halb elf läuteten die Glocken zum ersten Mal. Da war noch keiner zu sehen. Vielleicht kommen sie auch nicht. Vielleicht haben sie sich verirrt und sind ins verkehrte Albersdorf gefahren. Es gibt nämlich zwei Albersdörfer. Wenn sie das andere angesteuert haben, sind sie weit vom Schuß.

Viertel vor elf rückten die Albersdorfer an. Die Männer in schwarzen Anzügen, einige sogar trotz schwerer Hitze mit Zylinder. Auch unsere Frauen in Schwarz, jede einen Blumenstrauß in der Hand, viele Vergißmeinnicht, die immer noch blühten, weil wir einen späten Frühling hatten in dem Jahr, als der junge Witt starb. Denk bloß mal, um Pfingsten hatten wir noch Nachtfrost.

Soviel muß gesagt werden: Die Albersdorfer folgten nicht dem Berthold zuliebe, sondern Hannes und Lisa zu Gefallen, die gute Leute waren und es bös genug getroffen hatte mit ihrem Berthold. Deshalb trat auch die Feuerwehr an. Der Berthold ist nie in der Feuerwehr gewesen, denn Uniformen mochte er nicht leiden. Aber Hannes Witt hat die Albersdorfer Feuerwehr nach dem Krieg, wie man so sagt, aus Schutt und Asche aufgebaut und ihr ein neues Spritzenhaus geschenkt. Ihm zu Ehren trat die Feuerwehr an, nicht für den Berthold.

Zehn vor elf stand Beerdigungsunternehmer Möller vor

der Kirchentür und schwitzte in seiner dunklen Kluft. Er nahm die Kränze entgegen und paßte auf, daß jeder seinen Namen in das goldene Buch schrieb, damit Lisa Witt später weiß, bei wem sie sich bedanken muß.

»Die kommen nicht mehr«, sagte Möller. »Die haben die Zeit verschlafen, weil sie Arbeiten und frühes Aufstehen nicht gewohnt sind. Leute wie die finden nicht aus den Betten, das weiß doch jeder.«

Alle dachten schon, die sind wirklich ins verkehrte Albersdorf gefahren, da bogen drei Autos um die Friedhofsmauer. Ein kleines bemaltes, so eine Kartoffelkiste, die die jungen Leute Ente nennen, und ein alter Käfer, der furchtbaren Krach machte, weil der Auspuff hin war. Am Ende ein grüner VW-Bus, an dem vorn und hinten eine orange Sonne klebte mit der Schrift: »Atomkraft – nein danke!«

Sie hielten direkt vor der Kirche. Die Albersdorfer, die auf dem Kirchplatz gestanden und über dies und das geredet hatten, gingen schnell ins Gotteshaus, um bloß nicht mit den wilden Menschen zusammenzutreffen. Nur Beerdigungsunternehmer Möller mußte auf Posten stehen bleiben. Er zählte sie erst einmal. Fünfzehn Personen waren aus der Kommune zu Bertholds Beerdigung gekommen. Aber in welchem Aufzug! Die meisten trugen graue verwaschene Hosen mit Fransen an den Beinen, dazu bunte Hemden mit Menschenköpfen auf der Brust. Der eine hieß Che Guevara und muß wohl aus dem Ausland gekommen sein. Zum Erschrecken auch die Frauensleute. Ungekämmte strähnige Zoddern, die vom Kopf hingen wie nach einem Gewitterschauer. Um den Bauch trugen die Frauen einen Strick, wie die Bauern in Albersdorf ihn zum Kälberführen brauchen. Die meisten kamen mit

Turnschuhen an den Füßen, eine aber ging barfuß. Sie stieg als letzte aus dem Bus mit den orangen Sonnen, eine große, junge Frau im langen Kleid aus Sackleinen, das bis zu den Füßen reichte. Unten lang, aber oben nicht genug Stoff, um den nackten Rücken zu bedecken. Als sie barfuß auf dem Kirchplatz stand, sah jeder, daß sie schwanger war unter dem Sackleinen.

Die Frau lief über die Straße zu Knaacks Kornfeld. So ist das mit den Terroristen! Mit fünfzehn Mann rückten sie zur Beerdigung an, aber keiner hatte an Blumen gedacht. Nur das Mädchen mit den nackten Füßen, das holte sich einen Strauß Kornblumen von Knaacks Acker.

Einer, der wohl der älteste war, kam zu Beerdigungsunternehmer Möller und stellte sich vor.

»Wir sind gute Freunde von Berthold«, sagte er.

Dann zeigte er Möller einen Brief, in dem der Berthold aufgeschrieben hatte, wer seinen Sarg tragen sollte. Sechs Mann von der Kommune, unter ihnen auch der Che Guevara.

»Na gut«, sagte Möller, »der letzte Wille ist heilig, in Gottes Namen sollen sie ihn tragen.« Aber als er sah, daß einer der Sargträger mit nackten Füßen in Turnschuhen steckte, besann er sich.

»Sargträger in Turnschuhen sind nicht zugelassen«, meinte Möller. »So was hat es in Albersdorf noch nie gegeben, das wollen wir auch nicht einführen. Festes Schuhwerk ist das mindeste.«

Möller bekam Angst, die Terroristen könnten nun das Randalieren anfangen, aber sie stellten sich ganz ruhig zusammen und beratschlagten. Auf einmal setzte sich einer der Sargträger auf die Steintreppe und zog seine Turnschuhe aus. Eine von den Frauen gab ihm ihre Wildleder-

schuhe. Das war in Albersdorf auch noch nicht vorgekommen, daß Mann und Frau kurz vor einer Beerdigung
am Kirchenportal ihre Schuhe wechselten. Komisch sah
er immer noch aus, der Sargträger mit seinen nackten
Füßen in Wildlederschuhen. Aber Möller hatte das nun
mal gesagt mit dem festen Schuhwerk und mußte es zulassen. Auch wunderte er sich, wie verständig die jungen
Leute doch waren und seinen Rat annahmen und machten, was er ihnen sagte.
Möller ging zu seinen Rentnern, die in feierlichem
Schwarz hinter den Lebensbäumen auf ihren Einzug
warteten, sagte ihnen, daß sie den Berthold nicht zu tragen brauchten, weil der sich andere Träger ausgesucht
habe, sechs Mann von der Kommune. Und den letzten
Willen muß man respektieren, da hilft nichts. Aber sie
sollten nicht gleich nach Hause gehen, sondern sich in
Reserve halten. Man weiß nicht, was vorkommt bei denen. Am Ende schaffen sie den Sarg nicht, weil sie doch
schmächtige Hungerleider sind mit viel Wind in den
Backen, die das richtige Anpacken nicht erfunden
haben.
Es nahm nun seinen Lauf. Mit dem letzten Glocken-
schlag zogen die von der Kommune in die Kirche, in der
die Albersdorfer längst saßen und warteten. Sie setzten
sich auf die linke Seite ziemlich nach hinten. Weil die
Orgel noch nicht spielte und die Glocken nicht mehr
läuteten, klapperte es laut wie im Pferdestall, als die in
die Bänke drängten. Von den Albersdorfern drehte sich
keiner um, jeder wußte, was das für welche waren. Nur
eine kam nach vorn. Das war das Mädchen mit den
nackten Füßen. Wir hörten, wie die Fußsohlen auf den
Kirchenfliesen klatschten. Dann stand sie vorn am Sarg,

wartete ein halbes Vaterunser, legte die Kornblumen auf Bertholds Füße, drehte sich um und ging zu ihren Leuten.

Möller schloß laut die Kirchentür. Danach beugte er sich zu Hannes und Lisa Witt, um ihnen ins Ohr zu flüstern, sie sollten nicht erschrecken, wenn die jungen Leute den Sarg tragen. Der Berthold habe einen Brief geschrieben und es so gewollt. Und der letzte Wille sei heilig, da kannst nichts gegen machen.

Mitsingen tat keiner von denen auf der linken Seite. Kannten wohl keinen Text, weil man das nicht lernt auf der Kommune. Aber sie störten wenigstens nicht, als wir jene Lieder sangen, die seit Menschengedenken zu Beerdigungen gesungen werden. Ein bißchen Anstand steckte doch in den jungen Leuten, wenigstens in der Kirche verhielten sie sich ruhig.

Als die Sargträger mit Möller nach vorn gingen, bekamen wir doch einen gehörigen Schreck. Auch Pastor Griem fuhr zusammen, als er die sechs auf den Altar zumarschieren sah. Das Mädchen mit den nackten Füßen kam auch mit, es holte seinen Kornblumenstrauß ab, blieb vorn stehen und sah zu, wie die jungen Leute die Kränze zur Seite legten und den Sarg auf die Schultern hievten. Sonderbar sah der Trauerzug schon aus. Möller in Schwarz mit steifem Zylinder und Handschuhen vorneweg, um den jungen Leuten zu zeigen, wo es lang geht. Hinter dem Sarg Pastor Griem, dann Hannes, Lisa und die Albersdorfer, alle in Schwarz und tieftraurig. Am Ende das bunte Zigeunervolk, als letztes für sich allein das Mädchen mit den nackten Füßen.

Auf der Straße blieben die Autos stehen, einmal, weil das so Brauch ist, daß Leichenzüge Vorfahrt haben, zum anderen, weil die Leute sich dieses wunderliche Gefolge ansehen wollten. Immer noch war schönes Wetter. In den Linden auf dem Friedhof rief der Kuckuck, fünf Tage vor Johanni immer noch der Kuckuck. Weil es ein langer Zug war, standen die letzten noch auf dem Kirchplatz, als sie vorn schon das Holz in die Grube ließen. Möller sprang aufgeregt um die Kuhle, packte selbst mit an, um den Sarg heil in die Erde zu bringen. Danach ging es zu wie immer auf Beerdigungen. Drei Hände Sand reinstreuen, Blumen werfen, ein kurzes Gebet.

Zuletzt kam das Mädchen mit den nackten Füßen. Es gab alle seine Kornblumen in die Grube, stand ziemlich lange am Grab und fing an zu weinen. Einer von den Sargträgern griff ihren Arm und führte sie in den Schatten, denn es war mächtig heiß auf dem Friedhof von Albersdorf.

Auf einmal hörten wir Bertholds Stimme. So als säße der im Lindenbaum über dem Trauergefolge. Sie sollten ihm nicht böse sein, sagte der Berthold, aber er konnte es nicht mehr aushalten. Um Susanne sollten sie sich kümmern und ihr helfen, damit sie nicht so traurig ist. *Zum Schluß grüße ich meine lieben Eltern in Albersdorf, die mich geboren haben, aber nun noch länger leben müssen als ich.* Als der Berthold das sagte, fiel Lisa Witt der Länge nach hin. Beerdigungsunternehmer Möller trug sie auf die Bank im Schatten. Da saß sie neben dem Mädchen mit den nackten Füßen. Nun weinten sie beide.

Während das geschah, stand Hannes Witt am Grab, stand wie ein Eichbaum mit geschlossenen Augen und gefalteten Händen, und keiner weiß bis heute, woran er gedacht hat.

Jetzt erfuhren die Albersdorfer, daß der Berthold sich selbst umgebracht hatte. Auch Lisa und Hannes hatten nichts davon gewußt bis zu diesen letzten Worten. Dabei hatte Pastor Griem noch am offenen Grab gesagt: »Es hat dem Herrn gefallen, Berthold Witt zu sich zu holen.« Aber nun war es offenbar, daß es dem Herrn nicht gefallen hatte, der Berthold war von selbst gegangen.

Plötzlich Musik auf dem Friedhof. Die jungen Leute faßten sich bei den Händen, bildeten einen Kreis um das Grab und sangen ein Lied, das keiner von uns kannte, das auch ausländisch klang. Lehrer Struve erzählte später, die frommen amerikanischen Neger hätten es zu ihrer Zeit beim Baumwollpflücken oft gesungen.

Als sie geendet hatten, ging Hannes Witt zu den jungen Leuten. »Wir gehen jetzt in Clausens Gaststube zu Kaffee und Butterkuchen. Wenn ihr Lust habt, könnt ihr mitkommen«, sagte er. Das hatte dem alten Witt keiner zugetraut.

Vielleicht dachte er, sie werden dankend ablehnen, aber nein, die hatten Hunger. Die waren seit frühmorgens unterwegs und brauchten eine Stärkung. Jedenfalls fuhren sie mit ihren bunten Autos voraus zu Clausens Gaststube, während wir Albersdorfer zu Fuß hinterher kamen. Pastor Griem, der immer für das Menschliche und gegen alles Trennende auf Erden ist, brachte sie in eine bunte Reihe, setzte immer zwei Albersdorfer neben einen von den jungen Leuten. Das Mädchen mit den nackten Füßen brachte er zu Lisa Witt.

Sie langten kräftig zu, die jungen Leute, so daß Clausen Nachschub ranschaffen mußte. Seit der Flüchtlingszeit hatte es keine Beerdigung mehr gegeben, bei der so viel Butterkuchen vertilgt worden war. Nur Schnaps tranken sie keinen, darin waren sie eigen. Lehrer Struve, der sich auskennt, wußte später zu erzählen, daß diese Art Leute anderes Zeug haben, um sich betrunken zu machen. Schnaps brauchten die nicht.

Nur Lisa Witt hat kein Stück gegessen. Weil das Mädchen neben ihr saß. Lisa sah auf die nackten Füße und den Bauch unter dem Sackleinen und dachte, daß es doch schön wäre, wenn die das Kind von ihrem Berthold bekäme. Dann bliebe noch etwas übrig von unserem Jungen, dachte sie, etwas, das weiterlebt. Sie fragte das Mädchen, wie es sich so fühle und ob es nicht zu heiß gewesen sei auf dem Friedhof in diesem Zustand. Das Mädchen lachte und schüttelte den Kopf. Es sah eigentlich ganz schicklich aus, wie es da zwischen den alten Witts saß und Butterkuchen aß.

»Wenn du Hilfe brauchst, mußt du es nur sagen«, flüsterte Lisa. »Wir haben von allem genug, wir können dir was abgeben.« Sie lachte wieder, schien keine Hilfe zu brauchen. »Ich hab' ja meine Freunde«, sagte sie.

Nun mischte sich auch Hannes ein. »Lassen Sie das Kind bloß nicht wegmachen, Fräulein! Wenn Sie es nicht haben wollen, nehmen wir beide es. Nicht wahr, Lisa, wir schaffen das noch? Kannst auch bei uns wohnen, wenn du willst. Platz haben wir genug für dich und das Kind.«

Lisa sah wieder die nackten Füße.

»Ich habe einen ganzen Schrank voller Schuhzeug«, sagte sie. »Kannst mitkommen und dir ein Paar aussuchen.«

Während die alten Witts mit dem Mädchen sprachen, fingen die jungen Leute wieder an zu singen, sangen noch einmal das schöne Lied, das die frommen Neger zu ihrer Baumwollzeit gesungen haben. Danach verabschiedeten sie sich und fuhren mit ihren bunten Autos zurück nach Hamburg in ihr verkommenes Haus.

Keiner hat jemals wieder etwas von denen gehört und ge-

sehen. Nur eines ist aufgefallen. Alte Leute trafen manch-
mal, wenn sie zum Jäten und Blumengießen auf den
Friedhof gingen, eine junge Frau, die stand stumm vor
Bertholds Grab, manchmal saß sie auf der Bank unter den
Linden. Bei jedem Wetter hat man sie gesehen, sogar im
Schnee, aber keiner hat ein Wort mit ihr gesprochen.

Tennis auf dem Dorf

Ich war dabei, ich weiß alles. Beim ersten Spatenstich saß ich auf dem Wall und sah zu, wie sie Zingelmanns Sandkuhle, in der früher nur blaue Lupinen blühten, planierten. Sie warfen Brombeerranken und alte Baumwurzeln auf einen Haufen und brannten ein Osterfeuer ab, das bis St. Margrethen qualmte. Danach kamen die Maschinen.

»Wenn du alles weißt, Hannes, schreib es auf für die Chronik von Poggendiek«, sagte Emil Möller, unser Bürgermeister.

Aber ich kann nicht gut schreiben. Erzählen geht besser, darum will ich berichten, wie es zugegangen ist, daß aus Zingelmanns Sandkuhle, in der, solange Menschen in Poggendiek denken können, nur Karnickel hausten und Füchse sich gute Nacht sagten, zwei Tennisplätze geworden sind. Am Tag nach Ostern brachte ein Lastwagen Schotter und rote Erde in die planierte Sandkuhle. Der Vorarbeiter lag mit der Wasserwaage auf den Knien, weil es beim Tennis kein Gefälle geben darf, das verlangt die Dienstvorschrift. Keiner will bergauf spielen, bergab dürfen die Bälle auch nicht kullern. Ich dachte mir gleich, daß ein bißchen schief nicht schaden könnte, weil es in unserer Gegend reichlich regnet. Aber nein, die Maße müssen stimmen, damit fängt beim Tennis alles an, sagte Gilbert, der Vorsitzende unseres TeEsVau. Nun sitzen sie da mit ihren genauen Maßen und können nicht spielen, weil an Regentagen das Wasser handbreit auf dem Platz steht.

»Was wollt ihr mit Tennis in Poggendiek«? fragte ich Gilbert, als sie anfingen. »Tennis ist Sport fürs Fernsehen und die feinen Leute, aber nicht für unsere Sandkuhle.«

»Davon verstehst du nichts, Hannes«, meinte er. »Auch auf dem Dorf müssen wir mit der Zeit gehen. Nicht bloß immer Rübenhacken und Kühemelken, Vogelschießen und Erntefest, auch Tennis gehört zum gesunden Leben auf dem Lande. Wenn wir der Jugend nichts bieten, läuft sie uns in die Städte.«

Auch der Gemeinderat stimmte für Tennis. Wegen des Freizeitwertes von Poggendiek. Damit war es bisher nicht gut bestellt. Seit zwei Jahren suchen wir einen Landdoktor für die Stelle, auf der der alte Sanitätsrat bis zu seinem 79. Lebensjahr rumkuriert hat. Aber keiner will kommen, weil wir zu tief in der Provinz drinstecken.

»Mit Tennis bekommen wir einen jungen Doktor«, sagte Emil Möller zu seinen Leuten im Gemeinderat. Weil die Doktorsfrau nach dem Frühstück ein Spielchen machen kann mit der Frau Pastorin oder mit der Frau vom Advokaten, die auch noch gut zu Fuß ist. So ein Tennisplatz kann eine Menge nach sich ziehen. Am Ende erhält Poggendiek mit Tennis sogar eine Mittelpunktschule, denn wie jeder weiß, huldigen auch die Lehrerfrauen dem weißen Sport. Sie müssen doch ihre Zeit mit irgend etwas totschlagen, sonst werden sie wunderlich, laufen versonnen durch die Feldmark und enden als grüne Witwen, was keiner will. Deshalb braucht Poggendiek einen höheren Freizeitwert.

Eine Badestelle hat unser Dorf schon viele Jahre. Das ist die Tonkuhle mit ihrem klaren, kalten Wasser. Unsere Bauern dürfen aber nicht mehr die Gänse aufs Wasser jagen, denn die feineren Menschen mögen nicht baden, wo Gänse geschwommen sind und ihren Dreck zurückgelassen haben.

Wenn Poggendiek zur Badestelle noch Tennisplätze bekommt, sind wir die Attraktion an der Westküste, meinte Gilbert, der weit herumgekommen ist mit seinem TeEs-Vau. Kann sein, daß die Gemeinde ein paar Bauplätze los wird, denn der Bürgermeister kann zu frischer Luft und ziemlicher Ruhe, die in Poggendiek die meiste Zeit des Jahres anzutreffen sind, Tennis als Freizeitwert anbieten. Reiche Leute, des Stadtlebens müde, ziehen zu uns in die Landluft und bringen gutes Geld in die Gemeindekasse, in Krämer Nissens Laden und zu Gastwirt Schuldt. So ungefähr haben sich das unsere Gemeindeväter gedacht, als sie die Planierraupe in Zingelmanns Sandkuhle ließen.

Treibende Kraft war der Tierdoktor. Immer nur Bullen spritzen und querliegende Kälber zurechtrücken füllt kein Leben aus, sagte er und stiftete Geld für Netzwerk und Wasserschlauch, was zur richtigen Tennisausrüstung gehört. Jeden Tag kam er zur Baustelle, um zu sehen, wie die Arbeit fortschreitet. War er zufrieden, spendierte er eine Runde.

Ihn fragte ich, wo sie die rote Erde her haben, weil so ein Acker normalerweise in Dithmarschen nicht vorkommt.

»Das sind zermahlene Ziegelsteine«, meinte der Tierdoktor.

Das rote Zeug ist nicht nur gut für unsere Tennisplätze, du kannst es auch in die Suppe rühren, da gibt es schöne Farbe und wirkt gegen Verstopfung. Solange kein richtiger Menschendoktor im Dorf ist, hilft unser Tierdoktor ein bißchen aus und spritzt im Notfall Bullenmedizin gegen Menschenkrankheiten, was nicht schaden kann, weil es doch heißt, daß Mensch und Tier vom gleichen Affen abstammen.

Zwei Wochen wühlten sie in Zingelmanns Kuhle. Ich immer dabei, bei gutem und schlechtem Wetter, ich hab' alles gesehen. Zum Schluß setzten sie einen Zaun, da springt kein Rehbock rüber. In die rote Erde nagelten sie weißes Gardinenband, hängten Netze auf so breit wie ein Scheunentor, aber nur knapp einen Meter hoch und keine Hürde für unseren Ajax.

Vor der Eröffnung mußten noch Buden her, weil so die Vorschriften sind. Jeder Tennisplatz braucht eine Stelle, an der die Spieler ihr Zeug wechseln können. Weil aber Mannsleute und Frauensleute spielen wollen, muß das getrennt werden, also zwei Buden. Da für die Notdurft ebenfalls zu sorgen ist, auch getrennt für Damen und Herren, macht es vier Hütten aufs Ganze, ein ziemlicher Umstand, aber so verlangt es die Vorschrift.

Bauer Delfs stiftete eine alte Melkbude als provisorische Umkleide für die Männer, die Frauensleute bekamen eine Baubude mit Schloß und Riegel. Als vorübergehenden Schutz gegen Sturm und Regen stellten sie ein Plastikzelt auf. Das soll halten, bis Zeit kommt und Geld für ein Tennishaus. Denn das ist beschlossene Sache: Sie werden ein richtiges Tennisheim bauen mit Tanzsaal, ordentlichen Duschen und Biertresen.

An Christi Himmelfahrt ging es los. Ich saß diesmal nicht

im Knick, sondern hielt mich am Freibierstand auf, denn es war Tag der offenen Tür für jedermann, der sehen wollte, wie es geht mit Tennis. Die Frauen hatten die Plätze geschmückt. Am Zaun hingen Birkengrün und die Girlanden vom Kinderfest. Neben der blau-weiß-roten Fahne Schleswig-Holsteins wehten Wimpel aus allen deutschen Landen, auch Europas bunte Tücher knatterten im Seewind, was Bürgermeister Möller Gelegenheit gab, in seiner Rede zu erwähnen, wie weltaufgeschlossen Poggendiek ist; bald wird es Patenschaft mit einem Dorf in Dänemark geben. Er berichtete auch, wie es lange hin und her gegangen ist im Gemeinderat, ob Poggendiek die Tennisanlage bauen oder den Friedhof erweitern sollte, was auch nötig gewesen wäre. Gilbert vom TeEsVau gab den Ausschlag. Die Toten haben 'ne Ewigkeit Zeit, sagte er dem Gemeinderat. Sie sollten das Geld lieber für die Lebenden ausgeben; die Jugend läuft uns weg, wenn sie kein Tennis bekommt.

Dem konnte sich die Mehrheit im Gemeinderat nicht verschließen. Nur unser Herr Pastor, der von Berufs wegen fürs jenseitige Leben zuständig ist, stimmte dagegen, obwohl seine Frau den weißen Sport bitter nötig hat, weil sie anfängt, in die Breite zu gehen.

Die Feuerwehrkapelle spielte das Kufsteinlied. Gilbert ließ Freibier anzapfen. Die Poggendieker Tennisanlage bekam einen Namen. Ein Mädchen im weißen Kleid trat ans Mikrofon und sagte: »Von nun an heißt du Roter Platz.«

Sektkorken knallten.

Bürgermeister Möller ergriff noch einmal das Wort, um zu sagen, daß die Namensgebung nichts mit Politik zu tun hat. Danach fingen sie wirklich an. Die Frauensleute bekamen den Vortritt, Gilberts Ehehälfte und die Frau Pastorin betraten als erste den Platz. Sie verjagten die Zuschauer mächtig, weil sie kurze Röcke trugen, die gerade das Nötigste bedeckten. So unschicklich geht das im Tennissport zu.

Aber unser Tierdoktor meint, das muß so sein wegen der Belüftung. Auch die Männer spielten in kurzen Hosen und zeigten ihre behaarten Beine. Dabei kam heraus, wie die schwere Landarbeit doch den menschlichen Körper verdirbt; wohl mehr als die Hälfte lief mit O-Beinen auf den Platz.

Nach jedem Spiel reißen sie sich die Kleidung vom Leib und geben sie in die Wäsche. Dieser Sport kostet Unmengen Waschpulver, aber Gilbert sagt, das muß so sein, weil Sauberaussehen das wichtigste ist. In Gummistiefeln und Manchesterhosen geht Tennis überhaupt nicht. Spielen brauchst nicht zu können, aber ordentlich aussehen mußt du!

Den ganzen Himmelfahrtstag tobten sie auf dem Roten Platz rum. Männlein und Weiblein spielten miteinander und gegeneinander, manchmal auch gemischt. Keiner hält sich an die eigene Ehefrau, sondern sucht sich was Neues, denn Fremdgehen gehört zu den Spielregeln. Mensch, Hannes, sagte ich zu mir, die kurzen Röcke der Frauen, die behaarten Beine der Männer, das Kreuz- und Quergespiele, das sie Mixed nennen: Tennis ist doch ein ziemlich unanständiges Kuddelmuddel.

Gegen Mittag kam unser Herr Pastor in vollem Ornat, um seine Gemahlin abzuholen, die über Tennis das pastörliche Mittagsmahl vergessen hatte.

Am Abend waren die Männer betrunken. Wie es zugegangen ist, weiß ich nicht. Sie werden wohl heimlich ein paar Buddeln in ihre Plastikumkleide geschmuggelt und sich alle halbe Stunde einen genehmigt haben, ohne daß die Frauen es merkten. So klang der Tag aus mit lautem Gesinge aus der Männerumkleide, während sich die Abendschatten auf den Roten Platz legten.

Einen Sommer lang habe ich Tennis vom Knick aus studiert, aber bis heute nicht recht begriffen. Warum die einen Tag mit weißen Bällen spielen und am nächsten mit gelben, mag der liebe Himmel wissen. Unser Tierdoktor sagt, die gelben Bälle sind hauptsächlich für die Feiertage, aber das kann nicht stimmen, denn so viele Feiertage hat Poggendiek nicht. Mir kommt es vor, daß sie an geraden Tagen mit weißen Bällen und an ungeraden mit gelben Bällen spielen. Zum Tennis gehört, daß sie nach jedem Spiel mit Netz und Besen den Platz planieren und furchtbar viel Wasser verschwenden. Kaum kommt die Sonne raus, greifen sie zum Schlauch, nicht um zu duschen, nein, sie spritzen den Roten Platz ab. Neulich trieben sie es so schlimm, daß in Timms Gemüsegarten, der dreißig Meter hinter dem Platz anfängt, die rote Flut stand.

An die neumodischen Ausdrücke mußt du dich erst gewöhnen. Wenn sie »cross« brüllen, heißt es, sie wollen ihren Gegenspieler aufs Kreuz legen. T-Linie ist keine neue Fähre nach Helgoland, sondern die Stelle, wo sie nach dem Spiel, wenn viel Schweiß vergossen wurde, kalten Tee mit Rum trinken. Mit dem Trinken haben es die Poggendieker Tennisspieler sowieso mehr als mit dem Schwitzen. Gastwirt Schuldt hat die Gunst der Stunde erkannt und in der Männerumkleide eine Filiale eröffnet. Warum das Gardinenband am Ende Grundlinie heißt, konnte mir keiner sagen; von tiefem Grund und Morast ist da nichts zu sehen. Manchmal schreien sie Einstand, aber keiner will einen ausgeben. Die Frauen spielen gern Long-Line. Das heißt, daß sie von der schlanken Linie genug haben und an die Lange Leine genommen werden wollen. Manchmal spielen sie auch auf dem Strich. Fällt ein Ball in die Nähe des weißen Gardinenbandes, gibt es meistens Krakeel. Sie streiten, ob der Ball nun drauf war oder nicht. Im Tennis wird die Schlechtigkeit der menschlichen Seele offenbar. Da lügen sie, daß es den Bällen weh tut. Nimm mal die Frau unseres Advokaten. Die hat die Gerechtigkeit auch nicht erfunden. Sie schreit schon »aus«, wenn der Ball noch in der Luft fliegt. Manchmal sagen sie »Entschuldigung«, aber das ist nicht ernst gemeint, sondern reinste Scheinheiligkeit, denn Tennis verdirbt den Charakter. Vom Wall aus seh' ich genau, wo die Bälle landen, aber ich sag' kein Wort. Der Tierdoktor hat mir geraten, den Mund zu halten. Auch wenn sie dich fragen, Hannes, sag immer, du hast nichts gesehen, sonst kratzen dir die Weiber die Augen aus!

Was keiner vorausbedachte: Sie mußten für teures Geld einen Tennislehrer engagieren, weil in Poggendiek keiner so richtig das Spiel verstand. Gilbert sagt, die Tennisregeln sind ohne Verstand, die muß jeder von Grund auf lernen wie eine neue Sprache. Das fängt schon mit dem Zählen an. Nach fünfzehn kommt nicht sechzehn, sondern dreißig. Einmal die Woche steht der Tennislehrer von morgens bis abends auf dem Platz und wirft unseren Leuten aus einer Kartoffelkiepe Bälle zu. Die müssen sie mit Gewalt treffen. Weil die Poggendieker Männer Kraft genug in den Armen haben, donnern sie manchen Ball über den Zaun in die Brennesseln. Da holen sich die Kinder die Bälle, so daß für unsere Jugend auch etwas abfällt vom weißen Sport.

Einige Frauen sind richtig aufgeblüht mit Tennis, denn das ist ein Sport, bei dem der Mensch seine Schönheit spazierentragen kann. Meta Brand, die es immer im Kreuz hatte und sich in ihrem Gemüsegarten nach keinem Halm Hühnerkraut bücken konnte, fand auf dem Tennisplatz ein neues Leben. Auch fördert Tennis die Fruchtbarkeit. Mehrere Frauen sind diesen Sommer schon schwanger geworden, und Gilbert will nächstes Jahr eine Spielecke mit Sandkiste neben den Roten Platz bauen, damit die Kinder sich vergnügen können, wenn ihre Mütter dem Ball nachjagen.

Neulich, als die Spieler zum Umziehen vom Platz gingen, habe ich mir mal einen Ball gegriffen und mit dem Taschenmesser aufgeschnitten. Nichts drin! Nur heiße Luft! Das also ist das große Geheimnis des Tennissports: weiter nichts als heiße Luft.

Die toten Augen

Wasserrohrbruch klang so dramatisch, erinnerte an Flutwellen und schwimmendes Mobiliar. Tatsächlich leckte nur ein siebzig Jahre altes Bleirohr im Bad einer siebzig Jahre alten Frau, ein Rohr, das die Bombennächte des Zweiten Weltkriegs überstanden hatte, in der Phosphorhitze nicht geschmolzen war, nun aber Wasser ließ.

Unter ihrem Waschbecken laufe Flüssigkeit aus den Kacheln, hatte sie am Telefon gesagt. Jede halbe Stunde müsse sie aufwischen. Und nachts! Was solle sie nachts tun? Sie könne doch nicht schlafen, während ihr Badezimmer voll Wasser laufe.

Das war gestern abend. Aber gestern ging es nicht mehr. Der Meister riet ihr, ein paar Eimer Wasser auf Vorrat in die Badewanne zu stellen, damit sie genug habe zum Waschen, Zähneputzen und Kaffeekochen. Danach sollte sie den Haupthahn abdrehen und ohne Angst ins Bett gehen. Sie werde schon nicht wegschwimmen. Morgen früh komme jemand, um das Bleirohr abzudichten.

Das war heute. Sie schickten Thomas, den jüngsten Gesellen. Der Meister riet ihm, möglichst nicht die Wand aufzustemmen wegen des vielen Drecks. Und nicht auf Gespräche einlassen. Es gibt Leute, die bestellen einen

Klempner nur zum Zeitvertreib, um sich ein wenig zu unterhalten. So bestellen sie auch den Arzt, die Feuerwehr, die Polizei. Die müssen ja kommen, wenn sie gerufen werden.

Er fuhr mit dem Firmentransporter in die Grünheider Straße, parkte vor dem fünfstöckigen Mietshaus, in dem es noch Bleirohre aus Kaisers Zeiten gab. Es war ein schönes, altes Haus, dem sie pausbäckige Kinderköpfe aus Stuck über den Eingang gesetzt hatten. Ein Eichenkranz aus Gips lief dekorativ die Hauswand empor bis zur Dachrinne. Traurig sahen die Balkone aus. Unter abblätternder Farbe wucherte der Rost der Eisenträger. Gelbe Stiefmütterchen in grünen Blumenkästen. Zehn Balkone und zehnmal gelbe Stiefmütterchen. In diesen Mietshäusern ist alles einheitlich.

Er drückte den Klingelknopf neben dem Namen E. Grosser, dritter Stock, rechte Seite. Kein Summer öffnete. Keine Schritte im Treppenhaus. Er ging zur anderen Straßenseite, sah im dritten Stock die herabgelassenen Rollos. Dahinter brannte Licht. Auf dem Balkon der Frau lag eine vertrocknete Fichte, die nadellose Spitze schaute über die Brüstung. Lamettastreifen flatterten im warmen Maiwind.

War sie nicht da? War sie untergegangen in ihrem Wasserrohrbruch, vor Angst in der Nacht gestorben? Von der Telefonzelle aus rief er sie an. Zehnmal ließ er es läuten, dann meldete sich eine zaghafte Stimme.

»Ich komme von der Klempnerei Kaminski«, sagte er. »Wenn ich Ihr Wasserrohr in Ordnung bringen soll, müssen Sie mich schon reinlassen.«

»Ach, Sie sind das! Entschuldigung, das habe ich nicht gewußt.«

Sie bat ihn, zur Tür zu gehen, zweimal kurz, zweimal lang zu klingeln.

»Aber machen Sie es ja richtig, zweimal kurz, zweimal lang!«

So kam er ins Haus, schleppte den Handwerkskoffer in den dritten Stock vor die Tür der E. Grosser. Mußte wieder klingeln und warten.

Nun starrt sie durch den Spion, dachte er.

Endlich drehte sich ein Schlüssel im Schloß. Ein Riegel schnappte zurück. Die Tür sprang auf. Durch einen Spalt sah er die Kette. Über der Kette die Hälfte eines alten Gesichts, ein Auge nur, viel weißes Haar, kein Mund.

»Können Sie sich ausweisen?« fragte die Frau.

»Sind Monteuranzug und Handwerkskasten nicht Ausweis genug?«

»Ach, wo denken Sie hin! Heutzutage kommen die Einbrecher in den seltsamsten Verkleidungen, sogar als Briefträger und Polizisten. Kaum in der Wohnung, schlagen sie den alten Leuten eine Flasche über den Schädel. Solche Fälle liest man täglich in der Zeitung. Keinem ist mehr zu trauen, sie kommen jeden Tag, immer wieder versuchen sie es.«

Er hielt ihr den Handwerkskasten hin. Auf dem Deckel stand der Firmenname der Klempnerei Kaminski. Das genügte ihr. Sie löste die Kette von der Tür und ließ ihn eintreten.

Eine große, schlanke Frau, eine rüstige Rentnerin, ein wenig vergeistigt und leicht abwesend. Sie blickte ihn furchtsam an, schien immer noch nicht zu glauben, daß er des Wasserrohrs wegen gekommen war.

»Sind Sie allein?« fragte die Frau.

Als er nickte, schloß sie rasch die Tür und legte wieder die Kette vor. Plötzlich reichte sie ihm die Hand.

»Ich heiße Grosser«, sagte sie.

Er vergaß, seinen Namen zu nennen, weil das nicht üblich war bei Handwerksburschen.

»Wie darf ich Sie nennen?«

»Sagen Sie einfach Thomas.«

Im Hintergrund Stimmen, die kamen wohl aus ihrem Radio. In allen Räumen brannte Licht, sämtliche Fenster verdunkelt. Neun Uhr früh, draußen Sonnenschein, aber hier immer noch Nacht.

Im Bad standen zwei mit Wasser gefüllte Eimer. Der Vorleger hing zum Abtropfen über der Wanne, der flauschige Teppich stand zusammengerollt an der Wand.

Er wollte das Fenster öffnen.

»Nein, bitte nicht«, sagte die Frau.

»Aber bei Tageslicht arbeitet es sich besser.«

»Ich habe extra eine Hundert-Watt-Birne für Sie besorgt.«

Sie gab ihm die Glühbirne und bat ihn, sie in die Deckenleuchte zu drehen. Das werde doch wohl hell genug sein.

Er tat ihr den Gefallen. Danach kroch er unter das Waschbecken und leuchtete mit der Taschenlampe das Bleirohr ab. Sie ging ins Wohnzimmer, um zu telefonieren. Lebensmittel bestellte sie per Telefon. Quark aus Dänemark, ein Paket Brot einer bestimmten Firma aus dem Emsland, aber kein Gemüse.

Sie bat darum, die bestellten Lebensmittel um die Mittagszeit zu bringen. Der Bote möge wie üblich klingeln, zweimal kurz, zweimal lang. Er solle das Paket oben vor die Tür legen. Mit Rechnung bitte. Die gesammelten

Rechnungen werde sie zum Monatsende überweisen. Zuletzt bestellte sie noch fünf Flaschen Mineralwasser aus Norwegen.

Nach dem Telefongespräch kam sie, um zu fragen, ob es schlimm sei mit der Leckage.

»Ich werde wohl doch ein Loch in die Wand stemmen müssen«, antwortete Thomas, versprach aber, keine Kacheln zu beschädigen. Die bekäme man heute nicht mehr, die seien aus Kaisers Zeiten wie die brüchigen Bleirohre.

Sie beugte sich über die Wassereimer.

»Sehen Sie die kleinen Flocken da unten! Das sind die giftigen Substanzen, die sich in unserer Leber sammeln und sie nach und nach zersetzen. Wenn Sie fünf Jahre dieses Wasser trinken, haben Sie keine Leber mehr. Ich nehme Leitungswasser nur noch zum Waschen und für die WC-Spülung. Zähneputzen wäre schon gefährlich. Dafür habe ich Mineralwasser aus Spitzbergen. Wissen Sie, oben im hohen Norden schmelzen die Gletscher zu Trinkwasser. Das Eis ist Jahrtausende alt, aus einer Zeit, als die Erde noch sauber war. Natürlich ist das Gletscherwasser teuer, vier Mark die Flasche, aber dafür ist es auch rein wie kein anderes Wasser.«

Er stand auf und blickte in die Eimer. Normales Leitungswasser, dachte er.

»Kaffeetrinken habe ich mir längst abgewöhnt«, fuhr die Frau fort. »Früher kochte ich Leitungswasser auf und ließ es durch den Filter laufen, bevor ich Kaffee aufgoß. Das war sehr leichtsinnig, denn Filter helfen nicht gegen chemische Zusätze. Aufkochen tötet nur Bakterien, beseitigt aber nicht die giftige Chemie. Seitdem ich weiß, daß in unserem Grundwasser Dioxin ist, trinke ich keinen Kaffee mehr.«

»Irgend etwas muß der Mensch doch trinken«, meinte Thomas.

»Nur Milch«, antwortete sie. »Aber nicht aus Deutschland, deutsche Milch steckt voller Blei. Haben Sie nicht die Kühe gesehen, die vergiftetes Gras fressen und bleihaltige Milch geben? Neulich zeigten sie sie im Fernsehen. Wenn Kühe in der Nähe von Kernkraftwerken weiden, strahlt die Milch. Das ist erwiesen. Nur wenige wissen es, weil die Strahlen unsichtbar sind. Sie trinken die strahlende Milch, geben sie sogar ihren Kindern und merken nicht, wie die unsichtbare Strahlung ihre Körper von innen zerstört. Die beste Milch kommt von der Insel Bornholm, sagte kürzlich ein dänischer Professor im Fernsehen. Ich kaufe nur noch Trinkmilch aus Bornholm.

Ein bißchen wunderlich, dachte er und fing an, die Wand aufzustemmen. Sie verzog sich ins Wohnzimmer. Er hörte klassische Musik, dazwischen eine Männerstimme. Als er nach vorn ging, um mit dem Meister zu telefonieren, fand er die Frau vor dem Fernsehgerät. Es liefen die Vormittagsnachrichten, gesprochen von einer hübschen, sehr ernst dreinblickenden Frau.

Auf der Elbe habe ein Tanker Öl verloren, sagte die Schöne vom Bildschirm. Es gebe eine hundert Meter breite Ölspur, die von der nächsten Flut gegen 15 Uhr 30 in den Hafen gespült werde. Im Bild erschien die immer breiter werdende Niederelbe, von einem Hubschrauber aufgenommen. Mitten im Strom der Ölstreifen.

»Das Öl driftet zum niedersächsischen Ufer!« schrie ein Reporter.

Rechter Hand erschienen die Industrieanlagen von Brunsbüttel, der Nordostseekanal, ein Kernkraftwerk.

»Die Strände bei Cuxhaven sind für diese Sommersaison verloren!« sagte die Reporterstimme, während der Hubschrauber eine Kehre zog und die tiefe Baugrube des Kernkraftwerks Brokdorf überflog. Segelboote kreuzten zwischen Wischhafen und Glückstadt, die Englandfähre zog weiß und majestätisch ihre Bahn, als könne ihr die Ölspur nichts anhaben. Thomas fragte die alte Frau, ob er in seiner Firma anrufen dürfe.

Aber natürlich dürfe er das.

Während er wählte, erschien auf dem Bildschirm die ernste Frau, berichtete von einer Krisensitzung im Rathaus, in der es um die Abwehr der Ölpest ginge. Dann Archivbilder von verseuchten Stränden. Die ölverschmierten Felsen der Bretagne. Verendete Seevögel.

»Unsere schöne Elbe!« jammerte die alte Frau. »Als Kind habe ich am Strand von Wittenberge gebadet, heute darf man keinen Hund mehr ins Wasser jagen.«

Der Reporter sprach mit einem Elbfischer. Der drehte sorgenvoll an seiner Speckmütze, kratzte seinen Schädel. Nun sei alles im Eimer, meinte er. Das Öl gebe der Elbe den Rest. Vorgestern habe er Höhe Pagensand einen Aal mit zwei Mäulern gefangen. Immer häufiger kämen ihm Fische mit Wucherungen ins Netz, was aber das schlimmste sei und ihm richtige Angst einjage: Die Fische hätten tote Augen. Er wisse genau, wovon er rede. Er fische schon dreißig Jahre in der Elbe, und als Kind habe er mit seinem Vater gefischt. Früher hätten die Fische immer einen lebendigen Blick gehabt, so wie ein Stück gottgeschaffener Kreatur aussieht. Aber seit zweieinhalb Jahren gebe es nur noch tote Augen.

»Die Fische sind schon tot, bevor wir sie fangen, ich meine von innen, von der Seele her tot.«

Als das Fernsehen Bilder verunstalteter Fische zeigte, hielt die alte Frau die Hände vors Gesicht.

»Essen Sie noch Fisch?« fragte sie.

Als er nicht antwortete, sagte sie, daß sie seit Jahren keinen Fisch mehr kaufe. Allein der Gedanke, Fisch zu essen, bereite ihr Widerwillen. Er erfuhr, daß sie auch kein Kalbfleisch mehr verzehre, weil es voller Östrogene stekke. Mit dem Gemüse müsse man vorsichtig sein. Wenn es auf Klärschlamm wachse, sei es das reinste Gift. Apfelsinen werden zweimal gespritzt, zuerst im Anbaugebiet und anschließend bei uns zur besseren Lagerung. Kartoffeln sollte man eigentlich verbieten. Wegen des Kunstdüngers, der sich in den Knollen ablagert und beim Verzehr in den menschlichen Körper gelangt.

»Wissen Sie, warum Menschen an Darmkrebs erkranken? Es kommt vom Dünger aus den Kartoffelknollen.«

Sie empfahl ihm, nur noch indischen Reis, aufgekocht mit Milch aus Bornholm, zu essen. Das sei ihre Hauptmahlzeit seit Jahren.

Die Fernsehsprecherin kündigte Südwind an. Der werde das Öl von der niedersächsischen Küste fernhalten und nach Schleswig-Holstein treiben oder aufs offene Meer nach Helgoland.

»Um Gottes willen, Südwind!« rief die alte Frau. »Bei Südwind bekomme ich immer Kopfschmerzen. Der treibt den Dreck aus dem Ruhrgebiet zu uns. Südwind macht mich ganz krank.«

Sie fragte, ob er etwas trinken wolle. Handwerker tränken ja meistens Bier, aber das habe sie nicht im Hause, Bier sei auch ungesund, weil es durch Gärung entstehe. Kürzlich habe ein französischer Wissenschaftler Krebserreger im Bier schwimmen sehen.

Sie konnte ihm nur Sauermilch aus Bornholm und Mineralwasser aus Spitzbergen anbieten.

Nein, er wollte nicht trinken.

»Um junge Menschen wie Sie tut es mir besonders leid«, sagte sie. »Sie sind ohne Zukunft, bedroht von Gift und Pestwolken und den Atomstrahlen. Sie leben so arglos in den Tag hinein, plötzlich fallen sie tot um, so wie die Vögel tot vom Himmel fallen. Ach, Sie wissen ja nicht, junger Mann, wie das früher war. Dieses Gezwitscher der Vögel im schönen Monat Mai. Bei offenem Fenster habe ich geschlafen und dem Gesang der Vögel gelauscht. Nachtigallen haben geschlagen. Heutzutage hört man nur noch die Sirenen der Unfallwagen und der Polizei. Da, da ist es schon wieder!«

Sie schob vorsichtig den Vorhang zur Seite und blickte hinunter auf die Straße.

Auf dem Telefontischchen lag ein Packen gebündelten Unheils: Zeitungen, Seite um Seite graue Bilder, schwarze und rote Schlagzeilen: Vierundzwanzig Verkehrstote an einem Wochenende. Alte Frau auf der Dorfstraße vom Lastwagen überrollt. Achtundsiebzigjähriger Rentner in Gartenkolonie erschlagen. Ein Zwanzigjähriger hat eine Siebzigjährige vergewaltigt und beraubt. Vampir hat Mädchen ermordet, dann Blut getrunken... So lauteten die Nachrichten, die aus der Welt jenseits der Fenstervorhänge in die dunkle Stube der Frau drangen. Und dazu die Bilder aus dem schwarzen Kasten. Die hübsche Frau mit der ernsten Miene. Explosionen, Brände, Weltuntergänge, Stunde um Stunde das gleiche Bild. Darüber wird sie den Verstand verloren haben, dachte er und hämmerte unter dem Waschbecken.

Plötzlich stand sie hinter ihm.

»Unser Leitungswasser wird auch immer wärmer«, meinte sie. »Das liegt an den Kernkraftwerken. Die brauchen viel Kühlwasser, das sie heiß in den Fluß zurückgeben. Von dort kommt es über die Wasserwerke in die Leitungen, vielleicht strahlt es sogar. Die vielen Wasserrohrbrüche in der letzten Zeit haben doch einen Grund. Das geschieht nicht von ungefähr. Ich sage Ihnen, die unsichtbare Strahlung zersetzt die Bleirohre.«

»Es liegt daran, daß die Rohre aus Kaisers Zeiten sind«, sagte er, aber sie hörte ihm nicht zu.

Große Angst habe sie vor der nächsten Sturmflut. Mit ihr käme das vergiftete Wasser der Nordsee die Elbe herauf, die im Meer versenkten Giftfässer, die Quecksilberabfälle, der strahlende Atommüll, eine tödliche Woge des Unrats. Durch die Kanalisation schlage das Gift zurück in die Wohnungen, Dämpfe, die das Leben bedrohten, stiegen aus den Leitungen. Sie erinnere sich an einen Fernsehfilm, in dem der Tod einer ganzen Stadt aus den Abwasserschächten gekommen sei.

»Die größte Gefahr geht vom Meer aus«, behauptete sie. »Der Massentod der Wale an der amerikanischen Westküste ist ein schlimmes Zeichen. Wenn so große Meerestiere sterben, muß es schlimm aussehen in den Ozeanen.«

Die hat tatsächlich den Verstand verloren, dachte er. Er hörte sie in der Küche rumoren, Geschirr klapperte. Sie wird einmal vor Angst sterben, das arme kleine Kaninchen vor der mächtigen Schlange des Unheils.

»Kommen Sie bitte! Schnell, kommen Sie!«

Er fand sie in der verdunkelten Küche. Sie schob den Vorhang zur Seite.

»Sehen Sie ihn?«

»Wen?«

»Den Mann am Zaun.«

Jemand stand am Gartenzaun und rauchte eine Zigarette.

»Jeden Tag steht er da«, flüsterte sie. »Immer um die gleiche Zeit. Er beobachtet mich, wartet darauf, daß ich das Haus verlasse. Dann kommt er, um meine Sparbücher zu holen und das goldene Armband.«

Als der Mann zur Fassade aufblickte, wich sie scheu zurück.

»Zeigen Sie sich ihm, junger Mann«, bat sie. »Er soll wissen, daß ich nicht allein bin. Dann wird er mich in Ruhe lassen.«

Der unten auf der Straße ging langsam weiter, verschwand hinter einer Hausecke. Kurze Zeit später kam einer im Trainingsanzug.

»Der läuft auch jeden Tag vorbei«, sagte sie. »Das ist einer, der den Frauen die Handtaschen wegreißt. Bei Tageslicht läuft er nur spazieren, aber nachts schleicht er von Tür zu Tür, manchmal leuchtet er mit der Taschenlampe in die Fenster und gibt Zeichen. Ich kann nicht mehr schlafen, weil immer diese Lichtzeichen in den Fenstern sind.«

In der Wohnung über ihr schlug jemand einen Nagel in die Wand.

»Der läßt mir auch keine Ruhe«, sagte sie. »Mitten in der Nacht klopft er wild mit dem Hammer. Er will mich krankmachen, er will meine Wohnung haben, weil die drei Quadratmeter größer ist. Neulich hat er meine elektrische Leitung angezapft. Ich hatte alle Stromquellen in der Wohnung abgeschaltet, trotzdem lief mein Zähler. Das kann nur von ihm kommen.«

An der Wand hing ein Foto, die alte Frau in jungen Jahren

am Arm eines Soldaten in Feldgrau. Hübsch war sie und so heiter. Wie mag sie nur in dieses Gefängnis gekommen sein?

»Sie sollten mal in den Park gehen«, schlug er vor. »Es ist so schönes Wetter draußen, wenn Sie jetzt nicht Ihre dunkle Wohnung verlassen, wann dann?«

Sie schüttelte heftig den Kopf. »Ich wage mich nicht einmal auf den Balkon wegen der furchtbaren Strahlen. Schauen Sie her, ich will sie Ihnen zeigen!«

Sie schaltete das Licht aus. Durch eine Ritze im Vorhang fiel ein Bündel Sonnenstrahlen in den Raum, traf die gegenüberliegende Wand, ließ eine alte, blumige Tapete rosarot erblühen. Die Frau zeigte auf die wirbelnden Staubkörnchen.

»Diese Strahlen zersetzen unsere Haut!«

Sie hielt ihre Hand ins Lichtbündel, zog sie aber rasch zurück, weil sie Schmerzen verspürte.

»Länger als eine Viertelstunde erträgt kein Mensch diese Strahlung!«

Er ging, um seine Arbeit zu erledigen. Er wollte schnell fertig werden, wollte raus aus der düsteren Wohnung, weil diese Krankheit ansteckend ist, weil sie sich aufs Gemüt legt. Sie stand in der Badezimmertür und erzählte, was sie bewegte. Von Dieben und Einbrechern. Von einem Nachbarn, der ihr den Wohnungsschlüssel gestohlen habe, so daß sie ein neues Schloß einbauen lassen mußte.

Sie ist mal ein ganz normaler Mensch gewesen, dachte Thomas. Eine Frau mit Ehemann und Kindern. Irgendwann kam das Unheil und brachte sie um den Verstand. Kein eigenes Unglück, sondern stellvertretendes Leid, das ihr ins Haus getragen wurde, stündlich von diesen

Blättern und den traurigen Sprecherinnen in den Sendern.

»Haben Sie Angehörige?« fragte er.

»Mein Mann ist im Krieg gefallen. Lange Zeit war ich traurig, weil wir keine Kinder hatten, aber nun bin ich froh. Es wäre nicht zu verantworten, Kinder in diese Welt zu setzen und sie mit unserer zerstörten Erde allein zu lassen...«

»Sie sollten wirklich in den Park gehen.«

Sie erzählte, daß sie vor einem Jahr zum letztenmal draußen gewesen sei. Wegen eines Arztbesuches. Wenn sie hinausgehe, ziehe sie immer ihre älteste Kleidung an. Und Schmuck lege sie niemals an, auch eine Handtasche nehme sie nicht mit. Sie gehe ungern aus dem Haus. Ein Regenschauer könnte sie überraschen.

»Sie wissen doch, der saure Regen! Wenn er die Bäume umbringt, schadet er auch den Menschen, denn Bäume sind Lebewesen wie wir. Er zerfrißt die Kleidung und die Haut. Er ist nicht weniger gefährlich als der Nebel. Im Fernsehen zeigten sie mal, wie das Ruhrgebiet im Nebel unterging, drei Tage nur dreckiger Nebel. Die Krankenhäuser waren überfüllt, viele starben an dem schmutzigen Nebel. Hundert Tote in drei Tagen. Sogar Säuglinge starben am Nebel!«

Er drehte den Haupthahn auf. Ins grüne Waschbecken plätscherte Leitungswasser, wie immer nach Reparaturen rostbraun gefärbt. Die Frau wandte sich ab.

»Nun kommt schon Blut aus der Leitung!«

Er ließ es laufen, bis klares Wasser floß. Ausgiebig wusch er seine Hände, füllte den Arbeitszettel aus: Vier Stunden für ein altes Bleirohr.

Sie wollte gleich zahlen.

Das sei nicht nötig, sagte er. Die Rechnung gehe an den Hauswirt. Sie müsse unterschreiben, daß die Leitung in Ordnung sei und er vier Stunden gearbeitet habe.

Sie unterschrieb mit zitternder Hand. Während sie schrieb, sprach sie von dem Blut, das sie mit eigenen Augen gesehen habe. Sie bat um seine Adresse, möglichst mit Telefonnummer. Wenn wieder etwas zu tun sei, werde sie ihn anrufen. Sie habe Vertrauen zu ihm gewonnen, er sei ein freundlicher junger Mann, der jederzeit wiederkommen könne.

Kaum stand er im Treppenhaus, hörte er hinter sich den Schlüssel. Zwei Umdrehungen. Dann rasselte die Kette.

Das Tageslicht blendete ihn. In der Hecke zeterten Drosseln, auf den Dachrinnen schilpten Sperlinge. Neben dem Transporter der Klempnerei Kaminski hatten Kinder Kreidefelder auf die Gehwegplatten gemalt, hüpften auf einem Bein über den Bürgersteig. Sommerwolken über der Stadt. Die Linden voll im Laub, die Kastanien blühend. Ein gewöhnlicher Dienstag im Mai, der Rotdorn kurz vor dem Aufbrechen.

Der Joggingläufer, der immer die Handtaschen stiehlt, kam zur zweiten Runde um den Block, zog heftig atmend vorüber. Der Mann, der so auffallend die Fassaden anstarrte, verließ die Kneipe gegenüber, führte einen Hund spazieren. Neben dem Transporter blieb er stehen.

»Schon Feierabend?« sagte er.

»Mittagspause«, antwortete Thomas.

»Wir beide haben auch Hunger«, sagte der Mann und zeigte auf seinen Hund.

Bevor er abfuhr, blickte Thomas zur Fassade hinauf. Im dritten Stock verschwand ein Gesicht hinter dem Vorhang. Sie hatte ihn beobachtet. Sie hat gesehen, daß er mit dem Mann gesprochen hat, nun weiß sie, daß er mit dem Bösen unter einer Decke steckt.

Er müßte eigentlich zurückgehen, um ihr zu sagen, daß er ein Drosselnest in der Hecke entdeckt habe mit vier Eiern und daß es Kinder gibt, die einbeinig über selbstgemalte Kreidefelder hüpfen, daß der Handtaschenräuber ein harmloser Jogger ist, der Fassadenanstarrer ein Arbeitsloser, der seinen Hund ausführt, ihr sagen, daß der Himmel blau ist, die Wolken weiß sind, die Vögel singen, ein milder Wind vom Meer heraufweht und der Flieder kurz vor der Blüte steht. Aber sie wird ihn nicht mehr ins Haus lassen, denn längst gehörte er zu denen, die das Unheil bringen.

Marlene

Eines Abends rief Mutter aus Düsseldorf an. »Ich komme morgen mit dem Intercity«, sagte sie. »Kannst du mich um 12 Uhr 30 vom Bahnhof abholen, Sabine?«
Natürlich konnte ich das, aber ich wunderte mich ein wenig über Mutter. Wohl reiste sie gern, am liebsten zu den vier Kindern und den sieben Enkeln, sie reiste nach Göttingen, an die Elbe, in die Schweiz, am häufigsten zu ihrem Ältesten nach Krefeld, das von Düsseldorf mit der Vorortbahn erreichbar war. Einmal im Jahr fuhr Mutter zur Kur nach Abano Terme, den halben September verbrachte sie in Meran, im Winter, wenn die Tage etwas kürzer wurden, bezog sie das Haus ihrer Schweizer Tochter in Pontresina. Jede Reise bereitete Mutter sorgfältig vor, sie plante lange im voraus. Im Sommer legte sie fest, wen sie am Heiligen Abend besuchen wollte und wer mit ihr in der Silvesternacht anzustoßen hatte. Um Weihnachten bestimmte sie, welches Enkelkind am Ostermorgen mit ihr in den Park gehen würde, um Schokoladenhasen im ersten Frühlingsgrün zu suchen. In Mutters geplantem Leben gab es wenig Platz für spontane Einfälle, für Aufwachen und Denken: Ach, fahr mal nach Hamburg zu Sabine! Oder halb elf abends zum Telefon greifen und sagen: Morgen bin ich da, hol mich bitte vom Bahnhof ab.

Ich bestellte den Babysitter ab, den wir für den nächsten Tag engagiert hatten, weil Fred mit mir einen Professor des Instituts besuchen wollte. Mutter wäre beleidigt, wenn wir ihr nicht den kleinen Markus überließen, ihr jüngstes Enkelkind, das Kind ihrer jüngsten Tochter, die ein Friedenskind war, wie sie immer sagte. Meine drei Geschwister, die Kriegskinder, waren zwischen 1941 und 1945 auf die Welt gekommen, ich aber 1947 in einer schlimmen Zeit, wie Mutter zu sagen pflegte, in einer Zeit, in der es fast nichts gab, nur eben Frieden.

Am nächsten Tag fuhr ich mit dem Auto in die Stadt, parkte auf der Moorweide, kaufte einen Veilchenstrauß und wartete auf Mutter. Mit einem kleinen Köfferchen stieg sie aus dem Erster-Klasse-Abteil des Intercity. Mutter reiste nur noch erster Klasse, seitdem sie einmal in einem Zweiter-Klasse-Abteil eine Schlägerei erlebt hatte. Sie war über sechzig, sah aber jünger aus, eigentlich sogar hübsch. Mutter gehörte zu den Frauen, die mit dem Alter schöner werden. In meiner Kinderzeit in Düsseldorf kannte ich Mutter nur als eine blasse, verhärmte Frau, die wenig lachte, die sich nicht schminkte, auch nicht kleidete wie andere Frauen ihres Alters. Später, als die Kinder aus dem Haus gingen, wurde sie anders. Sie kaufte hübsche Kleider, ging öfter zum Friseur und wurde, während ihre Altersgenossinnen in Grau versanken, immer ansehnlicher. Niemand wußte recht zu sagen, warum das geschah. Beate Zarnekow heißt sie, Beate, die Glückliche. Mutter behauptet von sich, nie eine Glückliche gewesen zu sein, aber wenn ich es recht bedenke, wie sie lebt, wie sie interessiert teilnimmt, wie sie herumreist und wie sie aussieht – kein graues Haar, immer noch einen elastischen zierlichen Körper, kaum Falten im Gesicht und gut zu

Fuß, meine ich doch, daß sie glücklich ist. In Pontresina, so erzählt sie Jahr für Jahr voller Stolz, steige sie zu Fuß zum Höhenwanderweg hinauf, marschiere dort drei Stunden und fahre mit dem Lift auf der anderen Seite ins Tal. Wie Mutter möchten viele leben und aussehen im Alter, sie ist doch eine Glückliche, eine Beneidete.

Sie brachte nur den kleinen Koffer mit, wollte also nicht lange bleiben. Noch auf dem Bahnhof entschuldigte sie sich wegen des plötzlichen Überfalls. »Wenn es euch nicht paßt, gehe ich ins Hotel«, sagte sie. Fahrig wischte sie mit der Hand über das Haar, Mutter sah aus, als hätte sie schlecht geschlafen. Sie war enttäuscht, weil ich Markus nicht mitgebracht hatte.

»Fred ist bei ihm, die beiden warten auf uns«, sagte ich.

An der Fußgängerampel zur Moorweide blieb sie plötzlich stehen. »Könntest du mich in die Universitätsklinik Eppendorf fahren?« fragte sie.

»Was willst du denn im Krankenhaus, Mutter?«

»Ich habe dort jemand zu besuchen.«

»Aber noch ist keine Besuchszeit, sagte ich.«

»Trotzdem, fahre mich bitte nach Eppendorf.«

Also gut. Wir sprachen nicht weiter darüber, aber während ich die Rothenbaumchaussee hinabfuhr, fragte ich mich, wer das sein könnte. Mutter hatte doch niemand außer ihrer großen Familie. Nach ihrer Scheidung 1948 hatte sie nicht mehr geheiratet. Ich erinnerte mich nicht, daß sie in den vielen Jahren einen Freund gehabt, daß jemals ein Mann unser Haus in Düsseldorf betreten hätte. Es gab in meiner Erinnerung keine Verabredung fürs Theater, Kino oder Konzert. Alles unternahm sie allein oder mit ihren Kindern. Vier Kinder hatte sie geboren, danach 35 Jahre ohne einen Mann gelebt. Ob das vielen so gegangen ist? Ja, den Kriegerwitwen, die der Krieg mit einer Stube voller Kinder zurückgelassen hatte, aber Mutter war keine Witwe, Mutter war geschieden. Hatte sie Geheimnisse vor uns? Gab es doch einen Mann, der nun im Krankenhaus Eppendorf lag und auf Mutters Besuch wartete?

Auf dem Weg zur Klinik sprach sie nur über unseren Markus, fragte nach den Zähnen und wie es mit dem Laufen sei. Was er am liebsten esse, wollte sie wissen. Doch es klang so oberflächlich, so unbeteiligt, wie sie sprach, als rede sie nur, damit es nicht still werde. In Wahrheit beschäftigte sie sich wohl mit dem Besuch im Krankenhaus, der sie aufzuregen schien, dem sie entgegenzitterte.

»Soll ich mitkommen?« fragte ich, als wir hielten.

»Lieber nicht«, meinte sie und versprach, in einer halben Stunde zurück zu sein.

Ich sah ihr nach. Wie sie ging. Sehr aufrecht, sehr gerade, kein Zeichen von Unsicherheit, festen Schrittes, Mutter war das personifizierte Selbstbewußtsein. Ihr dunkles Haar lag geordnet auf der Schulter, am rechten Arm baumelte ein schwarzes Täschchen, den linken preßte sie fest an ihren Körper. Am Eingang blieb sie stehen, sprach mit dem Pförtner. Der trat vor sein Häuschen, zeigte ihr den Weg. Mutter trippelte weiter, verschwand in einer Gruppe weißgekleideter Schwestern, ein dunkler Fleck im strahlenden Weiß. Sie blickte sich nicht um, ging zielstrebig auf ein graues Gebäude zu, wurde endgültig verdeckt von einem Ambulanzwagen, der mit offener Klappe im Hof stand und wartete. Sie trug nichts bei sich, keinen Blumenstrauß, kein Geschenk. Auch das war nicht Mutters Art, mit leeren Händen ein Krankenhaus zu betreten. Meinen Veilchenstrauß, der auf dem Ablagebrett des Autos lag und vor sich hinduftete, hätte sie wenigstens mitnehmen sollen.

Ich spazierte durch den Park, traf Patienten, die an Krükken umherwanderten oder auf Bänken saßen und verbotene Zigaretten rauchten. Als Mutter nach einer halben Stunde nicht kam, ging ich zum Pförtner. Ja, er erinnere sich der kleinen resoluten Frau, die nach der Chirurgie gefragt habe. Dort drüben sei der Eingang.

Resolute Frau, so empfanden Außenstehende meine Mutter. Tatkräftig, selbstbewußt, eine Frau, die weiß, was sie will. Ich ging den Korridor mit den vielen Türen entlang, hoffte, ihr zu begegnen. Aber Mutter kam nicht. Im Vorbeigehen las ich die Namensschilder an den Türen. Nur Frauen. Zweimal Müller, ein türkischer Name, eine Eva Wittorf, plötzlich ein Name, der mich stocken ließ: Marlene Zarnekow. So häufig kam Zarnekow doch gar nicht vor. Lag hinter jener Tür eine entfernte Verwandte der Mutter? Von einer Marlene hatte sie nie gesprochen. Überhaupt, das fiel mir ein, als ich vor der Tür stand, hatte sie wenig von früher erzählt. Ihre praktische Vitalität richtete sich allein auf Gegenwart und Zukunft. Die alten Geschichten kann ich erzählen, wenn ich im Lehnstuhl sitze, pflegte Mutter zu sagen.

Marlene Zarnekow. Hatte Mutter noch ein fünftes Kind, eine mißratene Tochter namens Marlene, die hinter dieser Tür lag und mit dem Tode rang? Ich bekam Angst, die Tür könnte aufspringen und Mutter mir entgegentreten zusammen mit dieser geheimnisvollen Marlene. War ich nicht schon viel zu weit gegangen? Was hatte ich mit Mutters Krankenhausbesuch zu schaffen?

Rasch verließ ich das Gebäude und setzte mich wieder ins Auto. Bald kam sie. Schon vom Pförtnerhaus her winkte sie mir zu. Sie schien gelöst, die Anspannung war gewichen, ruhig kam sie über die Straße.

»Ich mußte auf den Arzt warten, deshalb dauerte es ein bißchen länger«, entschuldigte sie sich.

Als wir im Auto saßen, fügte sie hinzu: »Heute klappte es nicht mit meinem Besuch. Sie ist gerade aus der Narkose aufgewacht. Aber morgen geht es vielleicht, sagte mir der Arzt.«

Wir verließen die Stadt in südöstlicher Richtung. Mutter erzählte von den Enkelkindern, erzählte vom Krefelder Kindergarten und nach welcher Methode die Kinder in der Schweiz lesen lernten. Als wir den Sachsenwald erreichten, fragte ich: »Wer ist Marlene Zarnekow?«

Die Frage brachte sie nicht aus der Fassung.

»Du hast mir also nachspioniert«, sagte sie nur und schwieg danach, bis wir unser Haus jenseits des Sachsenwaldes erreichten.

Bevor wir ausstiegen, sagte ich: »Ist das die Frau, die Vater nach der Scheidung geheiratet hat?«

»Ja, das ist sie.«

»Und die besuchst du im Krankenhaus.«

Das Gespräch brach ab, weil Fred vor die Tür trat mit Markus auf dem Arm. Mutter war nun ganz mit Begrüßen, Drücken und Umarmen beschäftigt. Ich stand daneben und beobachtete, wie sie sich ihren Gefühlen hingab, die Hand des Jungen gegen den Mund patschen ließ, ihre Nase an der seinen rieb und erzählte, daß sie das von den Eskimos gelernt habe.

Das habe ich dir nicht zugetraut, Mutter. Du bringst es fertig, die Frau deines geschiedenen Mannes im Krankenhaus zu besuchen. Kommst von Düsseldorf angereist, um diese Person zu sehen, die deine Nachfolgerin geworden ist, vielleicht war sie sogar der Anlaß zur Scheidung.

Mutter ging mir aus dem Weg. Sie beschäftigte sich viel mit dem Kind und sprach mit Fred über seine Arbeit am Institut. Als wir in der Küche zusammentrafen, konnte sie mir nicht ausweichen. Mutter hantierte geräuschvoll mit dem Geschirr, wollte irgend etwas über wertvolles Porzellan und wo man es beziehen könne erzählen. Aber ich kam ihr zuvor.

»Das ist ja eine sonderbare Geschichte«, sagte ich.

Sie blickte nicht auf, wischte immer wieder dieselbe Stelle am Herd, ließ das karierte Tuch auf der weißen Fläche kreisen, schließlich raffte sie sich zu einem Satz auf, der mich sprachlos machte.

»Sie ist nicht nur die zweite Frau deines Vaters«, sagte Mutter, »sie ist auch meine Schwester.«

Darüber ist nie ein Wort gefallen. Eine Tante Marlene hat es in unserer Familie nicht gegeben. Nun taucht sie plötzlich auf, liegt in der Universitätsklinik Eppendorf und wartet auf Mutters Besuch. Beate, die Glückliche, und Marlene, die Kranke, zwei Schwestern, die sich nach langer Zeit begegnen.

»Warum hast du nie von ihr erzählt?« fragte ich.

»Ich habe mich geschämt.«

Mutter ließ das karierte Tuch fallen, verschwand im Badezimmer, drehte den Schlüssel von innen zu. Danach lief Wasser, viel Wasser. Als Mutter wiederkehrte, wunderte ich mich über ihre geröteten Augen. Mutter und Tränen? Wann ist das schon mal vorgekommen? Sie war doch immer so gelassen und überlegen, sie weinte höchstens beim Zwiebelschälen.

»Wenn du willst, sprechen wir nicht mehr über deine

Schwester«, sagte ich. »Du besuchst sie morgen im Krankenhaus, und ich vergesse, daß es eine Marlene gibt.«
Sie zögerte, schien zu überlegen, ob das nicht tatsächlich der beste Ausweg sei. Sie fuhr sich mit beiden Händen durchs Haar, rieb die geröteten Augen.
»Ich wollte die Geschichte eigentlich mit ins Grab nehmen«, begann sie. »Aber nun weißt du schon das Ende und sollst auch den Anfang erfahren, denn ohne den Anfang ist das Ende nichts wert. Ich werde dir von Marlene erzählen, wenn wir allein sind, heute nacht vielleicht. Ich werde Marlenes Geschichte nur dir erzählen, denn ein wenig ist es auch deine Geschichte, und ich bitte dich, mit niemandem darüber zu sprechen, denn ich schäme mich so.

Unsere Familie besaß eines jener Güter im Osten, die 1945 verlorengingen wie so vieles damals. Das Gut hieß Lankheim, lag an einem masurischen See und besaß eine Eichenallee, die vom Herrenhaus zum Wasser führte und sich jenseits des Sees fortsetzte. Wir waren drei Kinder: Joachim, Marlene und ich, die Jüngste. Ja, ich war die Jüngste, so wie du meine Jüngste bist, Sabine.
Joachim hast du nie gesehen, er ist im Krieg gefallen. Aber Marlene hat dich auf dem Arm getragen. Acht Wochen warst du alt, als sie aus Rußland heimkehrte im heißen Sommer 1947. Sie hat dich im Kinderwagen durch den Park geschoben, denn zu Kindern war sie gut, ja, Marlene mochte Kinder.
Marlene ist drei Jahre älter als ich. Sie war immer viel tatkräftiger, Marlene konnte alles, es flog ihr nur so zu. Reiten, Tanzen, Klavierspielen lernte sie im Vorbeigehen, während ich mich abmühen mußte. Und hübsch sah sie

aus. Ich galt immer als die Kleine, Stille, Bescheidene, nicht gerade Aschenputtel, aber neben Marlene ein unscheinbares Mädchen, das zu kurz gekommen ist. Es lag nicht an unseren Eltern, sie haben uns gerecht behandelt, Marlene nicht bevorzugt und mich nicht benachteiligt, er war einfach da, dieser Unterschied. Heute weiß ich nicht mehr, was Ursache und Wirkung gewesen ist. Wurde ich immer stiller und zurückhaltender, weil Marlene alles beherrschte und wie von selbst in ihre Hand nahm? Oder wuchs sie an meiner Unscheinbarkeit? In Lankheim sagten die Gutsarbeiter, so unterschiedliche Schwestern wie die Töchter des Rittmeisters Todenhaupt habe es noch nie gegeben. Seht, da kommt der alte Todenhaupt mit seinen Töchtern, tuschelten sie auf den Dorffesten. Er hat einen stolzen Schwan und ein häßliches Entlein.«

»Auf deinen Kinderbildern siehst du doch ganz hübsch aus«, unterbrach ich die Mutter.

Sie winkte ab. »Nein, nein, Marlene war die Schönste, jeder im Dorf sprach von Marlenes Schönheit. Ich hatte Sommersprossen und viel zu kurze Beine, Marlene dagegen war groß und schlank und sportlich. Ich lief immer weg, wenn ich zusammen mit Marlene fotografiert werden sollte; es gab nur wenige Bilder, die uns beide zeigten, und die habe ich später auch vernichtet. Wenn auf den Dorffesten der Tanz begann, stürzten sich die Tänzer auf Marlene. Ich blieb meistens sitzen, bis Vater sich meiner erbarmte, damit es nicht auffiel vor den Leuten, wie das häßliche Entlein dasaß und sich langweilte.«

»Das ist nicht wahr, Mutter«, sagte ich. »Für mich bist du eine gutaussehende Frau, auch auf den Jugendbildern siehst du gut aus.«

»Vielleicht ist der Kontrast mit den Jahren geringer geworden«, fuhr sie fort. »Aber damals war er ungeheuerlich. Das mag ein Trost sein für alle, denen es ähnlich geht. Wir ändern uns im Laufe eines Lebens, wir ändern uns pausenlos. Die Extreme schleifen sich ab, die Schönen verlieren ihre bunten Federn und werden unansehnlicher, bei ihnen schlägt jede Veränderung ins Negative. Aber die häßlichen Entlein, wenn die sich verändern, werden sie schöner. Und noch etwas habe ich im Lauf der vielen Jahre erfahren, was du nicht für möglich halten wirst: Wir können anders sein wollen, wir können gegen unsere Häßlichkeit ankämpfen und sie besiegen. Es ist möglich, wenn du nur willst.

Das gesellschaftliche Leben auf den östlichen Gütern erschöpfte sich in gegenseitigen Besuchen und gemeinsamen Festen. Im Gedächtnis geblieben ist mir eine Kutschfahrt nach Königsberg. Wir sahen Sudermanns »Ehre«, aber nachhaltiger in Erinnerung blieb mir das Schneetreiben, das uns auf dem Heimweg überraschte. Zwei Kilometer vor Lankheim blieb die Kutsche im Schnee stecken, wir stapften zu Fuß weiter. Marlene sang gegen den Nordoststurm: Mein Papagei frißt keine rohen Eier... Ja, singen konnte sie auch.

Als sie fünfzehn Jahre alt war, veranstalteten meine Eltern Klavierabende. Marlene, das Wunderkind, spielte Chopin. Ich saß in der Ofenecke, hörte nichts, beobachtete nur die Gäste und die leuchtenden Augen der Eltern. Nach dem Klavierspiel durfte Marlene Champagner trinken, während ich Himbeersaft bekam und ins Bett mußte. Na klar, einer Pianistin konnte man unmöglich Himbeersaft geben. Und sie war ja auch drei Jahre älter.

Einmal bereiste ein Klavierspieler aus Berlin die Güter, gab Musikabende gegen gute Verpflegung und Erstattung der Reisekosten. Es war die Zeit der Wirtschaftskrise, als die Kunst betteln ging und die Wunderkinder sich für ein Abendessen hergaben. Während er mit geschlossenen Augen bei Kerzenschein spielte, lehnte Marlene am schwarzen Holz des Flügels und himmelte ihn an. Am nächsten Morgen hörte ich Vater sagen: Den Musikanten können wir nicht mehr einladen, sonst brennt sie mit ihm durch!

Ich weiß nicht, wie meine Eltern die Zarnekows kennengelernt haben. Plötzlich tauchten sie im Osten auf. Sie besaßen ein Gut im Holsteinischen, ein richtiges Zuckerrübengut mit schwerer Lehmerde, und galten als reich, was sich von den ostpreußischen Gutsbesitzern damals nicht sagen ließ. Mutter erwähnte mal, der alte Zarnekow sei an der Jagd auf Rotwild interessiert gewesen. Auf seinem Zuckerrübengut habe es diese Tiere nicht gegeben. Er hätte die beschwerliche Eisenbahnfahrt von Hamburg über Berlin nach Ostpreußen auf sich genommen, nur um Hirsche zu jagen. Meistens blieben sie mehrere Wochen. Mutter ließ für die Zarnekows im ersten Stock drei Besuchszimmer herrichten. Ein Diener wurde abgestellt, der sich nur um sie kümmerte. Sie ritten viel über Land, bei schlechtem Wetter fuhren sie mit der Kutsche aus. Oft begleitete Marlene sie. In den Nächten gingen Vater und der alte Zarnekow auf die Jagd, meine Mutter und die Frau saßen am Kamin und warteten auf die Heimkehr der großen Jäger. Oft lag ich wach und hörte, was sie sprachen. Über ihre Kinder sprachen sie viel und die Umstände mit dem Gutspersonal und über gelegentliche Besuche in der Großstadt. Frau Zarnekow erzählte von Hamburg und meine Mutter von Königsberg.

Es war wohl 1938, bei ihrem dritten Besuch, als die Zarnekows ihren Sohn mitbrachten. Er hieß Wilfried, war damals 22 Jahre alt, etwas scheu und schweigsam, aber ein großer Reiter vor dem Herrn. Vater meldete ihn zu einem Springturnier in Insterburg an, Marlene gab ihm ihr Pferd Freyja, und es geschah das Unerhörte: Wilfried Zarnekow gewann. Ein unbekannter Reiter aus dem Reich leiht sich ein Pferd, springt über den Parcours und gewinnt! Der gewinnt nur, weil er so schmächtig ist und das Pferd nicht so schwer zu tragen hat, behauptete Vater, aber Wilfried Zarnekow war die Sensation des Ostens und der Held der Insterburger Turnierwoche. Marlene bewunderte ihn und ritt, wenn immer sich Gelegenheit bot, mit Wilfried Zarnekow über die Felder.

Eines Tages sagte meine Mutter, Marlene werde Wilfried Zarnekow heiraten. Sie sagte es ganz ruhig, als wäre das doch eine Selbstverständlichkeit. Ich konnte es nicht fassen. Du hast doch immer von hochgewachsenen Offizieren geschwärmt, sagte ich zu Marlene, und jetzt heiratest du diesen kleinen, untersetzten Wilfried Zarnekow!

Davon verstehst du nichts, Nesthäkchen! lachte sie mich aus.

Unsere Eltern freuten sich natürlich. Durch die Heirat kamen zwei respektable Güter zusammen, das reiche Zuckerrübengut der Zarnekows und das mit Hypotheken belastete Gut meines Vaters. Ja, die ostelbischen Güter waren damals fast alle verschuldet. Schon vor dem Ersten Weltkrieg ging es mit ihnen bergab, und später, als die Wirtschaftskrise kam, wurde es noch schlimmer. Wer gab denn Geld aus dem Reich zu jener fernen Insel Ostpreußen? Bis heute weiß ich nicht, wie meine Eltern Marlenes Mitgift aufgebracht haben, denn natürlich mußte eine ordentliche Mitgift her, das verlangten Ehre und Anstand.

Im November 1939 die große Hochzeit. Es war schon

Krieg, aber Wilfried Zarnekow wurde vom Wehrdienst zurückgestellt.

Für die Soldaten ist er zu klein geraten, sagte mein Vater, aber unsere Marlene heiraten, das kann er.

Nach siegreichem Ende des Polenkrieges durfte wieder gefeiert werden. Eine Königsberger Kapelle wurde engagiert, eine Opernsängerin aus Berlin sollte anreisen und Schubertlieder vortragen. Als Hochzeitsgäste luden die Eltern nicht nur die Gutsbesitzer der Umgebung ein, sondern auch Verwandte und gute Bekannte aus dem Reich. Ein Onkel, der als Professor an der Universität Heidelberg lehrte, kam sogar aus Deutschlands Süden.

Zwei Tage vor der Hochzeit der Eklat. Beim Abendessen sagte Marlene: Ich kann den Wilfried Zarnekow nicht heiraten. Einfach so sagte sie das, wie der Suppenkaspar sagt: Ich mag diese Suppe nicht! Sie vergoß keine Tränen, gab keine Begründung. Ich kann nicht, ich will nicht, ich mag nicht..., so war Marlene. Vater zerschlug an jenem Abend gutes Porzellan, Mutter weinte, und mich schickten sie schnell aufs Zimmer, denn ich war für so schlimme Dinge noch viel zu jung. Ich lag wach und hörte, was sie besprachen, erfuhr auch den wahren Grund. Marlene hatte in Königsberg einen Medizinstudenten kennengelernt und war mit ihm ein paar Nächte durch die Hotels der Stadt gezogen. Unsere Eltern hatten davon erfahren, drängten deshalb auf eine schnelle Heirat, nicht mit dem Medizinstudenten, sondern mit Wilfried Zarnekow. Wäre Marlene erst einmal verheiratet, ließe sich ihre Wildheit in geordnete Bahnen lenken, dachten sie, wie viele Eltern denken, die eine wilde Tochter haben. Nur schnell einen Ehering an den Finger, dann vermag sich die Leichtlebigkeit gesitteter auszutoben.

Aber Marlene wollte nicht. Weder den Medizinstudenten noch Wilfried Zarnekow, sie wollte überhaupt nicht mehr. Den Umgang mit dem Medizinstudenten hätten sie ihr wohl verziehen, aber daß sie zwei Tage vor der aufwendigsten Hochzeitsfeier, die auf Gut Lankheim jemals vorbereitet worden war, als viele Gäste schon anreisten, daß sie dann noch nein sagte, das beleidigte die Eltern tief. In jener Nacht verstießen sie Marlene. So nannte man das, wenn Mädchen nach einem Fehltritt in eine ferne Stadt geschickt wurden. Marlene zog nach Berlin. Sie arbeitete als Krankenschwester in der berühmten Charité, während des Krieges kam sie in die Lazarette an der Ostfront. Im Sommer 1944, als die Heeresgruppe Mitte zusammenbrach, geriet sie bei Baranowicze in russische Gefangenschaft. Ich habe Marlene während des Krieges nicht mehr gesehen. Vater besuchte sie anfangs ein paarmal, wenn er in Berlin zu tun hatte. Mutter schickte ihr, als die Lebensmittel knapper wurden, zu den Festen regelmäßig Pakete. In Lankheim ist sie während des Krieges nicht mehr gewesen.

Damit wäre die Geschichte zu Ende, aber der Rittmeister Todenhaupt besaß ja noch eine zweite Tochter. Die Zarnekows waren wegen der geplatzten Hochzeit schrecklich beleidigt und brachen jeden Kontakt zu uns ab. Nach einem Jahr lud Vater den alten Zarnekow wieder zur Jagd ein. Was niemand für möglich gehalten hatte, geschah: Sie kamen. Wilfried war auch dabei. Er gab sich vor allem mit den Pferden ab, durfte Marlenes Stute Freyja ausreiten, nahm auch an Reitturnieren teil, ohne allerdings zu gewinnen. Während der zehn Tage, die sie bei uns waren, wechselte ich nur wenige Worte mit Wilfried Zarnekow. Das geschah meistens bei Tisch, wenn meine Eltern mich neben ihn setzten und wir uns notgedrungen unterhalten mußten. Als er mich einmal fragte, ob ich mit ihm ausreiten wolle, schüttelte ich den Kopf. Mir bedeuteten Pferde nicht viel.

Nach zehn Tagen brachte unser Kutscher die Zarnekows zur Bahn. Als sie abgefahren waren, kam Mutter abends in mein Zimmer. Sie setzte sich auf den Rand meines Bettes, strich mir über das Haar und fragte plötzlich: Würdest du Wilfried Zarnekow heiraten, wenn er um deine Hand anhält?

Ich weiß bis heute nicht, warum ich spontan ja sagte. Achtzehn Jahre war ich alt, hatte ans Heiraten noch nie gedacht, und Marlenes Männergeschichten hatten mir einen ziemlichen Schrecken eingejagt. Vielleicht sagte ich ja, weil Marlene nein gesagt hatte. Aus Trotz, um anders zu sein. Oder ich wollte meinen Eltern gefallen, ihnen eine Freude bereiten und wiedergutmachen, was Marlene angerichtet hatte. Ich sagte ja, und als er drei Wochen später kam, um offiziell seinen Antrag zu machen, sagte ich immer noch ja.

Erst später begriff ich, daß meine Eltern mich verkauft hatten. Die Tochter Beate war das Opferlamm, das die beleidigten Zarnekows versöhnen sollte. Vater hatte von dem alten Zarnekow eine größere Hypothek für Gut Lankheim erhalten. Nach dem Eklat mit Marlene kündigte Zarnekow die Hypothek, aber Vater konnte das Geld nicht aufbringen. Also mußte ich die Schuld tilgen.

Wir feierten eine bescheidene Hochzeit im engsten Kreise. Meine Eltern sagten, das müsse so sein wegen des Krieges. Ich wußte es natürlich besser. Marlenes wegen feierte ich still und zurückgezogen. Es sollte nicht wieder eine Peinlichkeit vorkommen wie vor einem Jahr, als den

Hochzeitsgästen, die schon unterwegs waren, abtelefoniert werden mußte. Der Onkel aus Heidelberg, telefonisch nicht mehr erreichbar, war am Hochzeitsmorgen in Lankheim eingetroffen mit einem veritablen Geschenk unter dem Arm. Vater zog sich mit ihm in die Bibliothek zurück, mittags waren die beiden betrunken. Das Geschenk für Marlene mußte er wieder mitnehmen. Zu meiner Hochzeit ist der Onkel aus Heidelberg nicht mehr gekommen. Er schützte die schwierigen Verkehrsverhältnisse im andauernden Krieg vor. Per Expreß schickte er ein Geschenk, jenes Geschenk, das für Marlene bestimmt gewesen war. Du siehst, ich war immer zweite Wahl, bekam immer, was andere übrigließen. Marlene wurde nicht eingeladen, die Begegnung mit den Zarnekows wäre zu peinlich gewesen. Aus Furcht, sie könnte uneingeladen erscheinen, schrieb Mutter ihr erst nach der Feier, daß ich Wilfried Zarnekow geheiratet hätte. Sie schickte keinen Glückwunsch, keinen Blumenstrauß, Marlene vergaß die Hochzeit ihrer jüngeren Schwester.

Gleich nach der Feier reisten wir nach Berlin in die Flitterwochen. Sie bestanden darin, daß wir am Tage stundenlang mit der U-Bahn spazierenfuhren und die Nächte im Luftschutzbunker zubrachten. Von Berlin ging es zu dem Zuckerrübengut der Zarnekows nach Ostholstein. In Hamburg holte uns eine Kutsche ab, das heißt, mich holte sie ab. Für Wilfried hatte der Kutscher ein Reitpferd mitgebracht. Er ritt neben der Kutsche her, ich saß allein in dem Coupé und war ein wenig traurig, ein achtzehnjähriges Mädchen, das sich durch die Glasscheiben die Landschaft anschaute. Ostholstein kam mir gar nicht fremd vor. Die Seen und weiten Schläge, die sanften Hügel und Baumalleen erinnerten mich an Masuren. Viel-

leicht war ich deshalb so traurig, weil mir alles so vertraut
schien. Ich habe in der Kutsche still vor mich hingeweint,
ohne zu wissen, warum. Seitdem habe ich nie wieder geweint.
Wir haben uns recht gut verstanden, dein Vater und ich.
Wir glaubten beide, zu kurz gekommen zu sein. Auch das
ist eine Gemeinsamkeit, die Menschen verbindet. Wenn
Kinder ein Zeichen für gutes Verstehen sind, haben wir
uns gut verstanden. Vier Kinder habe ich geboren, drei
während des Krieges und dich, Sabine, im Sommer 1947,
einem der schönsten Sommer, die es je in Mitteleuropa
gegeben hat. Die Menschen hungerten, aber sie bräunten
wenigstens in der Sonne. Und Frieden war. Du kannst dir
nicht vorstellen, was das bedeutete. Auf unserem Gut
lebten über hundert Flüchtlinge in den Scheunen und
Ställen. Ihre Kinder spielten im Park, und manchmal stah-
len sie Äpfel aus unserem Garten. Zum erstenmal in meinem Leben hatte ich Glück gehabt. Während des ganzen
Krieges lebte ich auf dem Gut der Zarnekows in Ostholstein ohne Furcht vor Bombenangriffen, ohne hungern zu
müssen. Unsere Kinder wuchsen auf wie im Frieden.
Über die Flucht im Osten erfuhr ich nur vom Hörensa-
gen. Glück war es wohl auch, daß mein Mann nicht zu
den Soldaten mußte. Ich gehörte nicht zu den Frauen, die
jeden Morgen ängstlich auf den Briefträger warteten.
In dem schönen Sommer, in dem du geboren wurdest,
kehrte Marlene aus russischer Gefangenschaft heim. Sie
schaffte es, den Zug in Ostpreußen zu verlassen und unser altes Gut Lankheim zu besuchen, weil sie dachte, unsere Eltern lebten dort noch. Aber sie waren längst tot.
Im Herbst 1944 hatten wir sie gebeten, ins sichere Hol-
stein zu kommen, aber sie blieben in Lankheim, bis es zu

spät war. Als Marlene im Sommer 1947 dort ankam, fehlten nicht nur die Eltern, es gab überhaupt keine Menschen mehr in Lankheim.

Da muß sich Marlene ihrer Schwester Beate erinnert haben, einer verheirateten Zarnekow auf einem Gut im Westen. Sie machte sich auf den Weg, kam zu Fuß, mit Güterzügen und Militärlastwagen bis Mecklenburg, überquerte nachts bei Ratzeburg die Zonengrenze und stand morgens, als die Gutsarbeiter die Gespanne ausführten, vor unserer Tür. Du glaubst nicht, wie sie aussah, die schöne, stolze Marlene! Der Kopf kahlgeschoren, das Gesicht aufgeschwemmt, die Beine voller Wasser, Schorf an den Armen und blaue Beulen im Nacken. Wir kauften literweise Tinktur zur Ungezieservernichtung, denn Marlene hatte Läuse. Ich sehe noch, wie sie vor dem Spiegel stand und sich einrieb. Ganz nackt. Die Schamhaare, diese Brutstätte der Läuse, hatte sie abrasiert. Marlene sah aus wie eine demolierte Schaufensterpuppe.«

»Hat sie dir damals nicht leid getan?« fragte ich.

»Doch, ein wenig schon. Wir nahmen sie natürlich auf, sie war ja meine Schwester. Auch dein Vater trug ihr nicht nach, was sie ihm angetan hatte. Vielleicht verspürte er sogar Genugtuung. Damals wolltest du mich nicht haben, heute kommst du klein und elend zurück und brauchst meine Hilfe. Siehst du, so trifft man sich wieder im Leben! Vielleicht hat er so gedacht, ich weiß es nicht, wir haben nie darüber gesprochen.

Was dann folgte, wollte ich ins Grab tragen. Es treibt mir noch heute die Schamröte ins Gesicht.

Marlene erholte sich schnell. Das Wasser wich aus den Beinen, der Schorf heilte, die Haare wuchsen, sie bekam blondes lockiges Haar wie in ihrer Jugend. Sie spielte mit meinen Kindern im Park, als ich nicht mehr genug Milch für dich hatte, durfte sie dir die Flasche geben. Sie tat es gern, denn sie mochte Kinder. Bald nahm sie sich eines unserer Pferde und ritt über die Felder, galoppierte auf den staubigen Wegen wie früher in Lankheim. Marlene bekam wieder Brust und diesen herausfordernden Gang, mit dem sie schon in ihrer Schulzeit aufgefallen war. Eines Abends überraschte ich sie mit deinem Vater in der Wagenremise. Stell dir das mal vor, Sabine! Sie haben es in der alten Kutsche mit den lederbezogenen Sitzen getan. Ich stillte dich noch, da schlief sie schon mit deinem Vater in jenem wunderschönen Jahr 1947.

Na gut, das kann vorkommen! Das ist kein Weltuntergang, dachte ich. Wir werden Marlene wegschicken, so wie die Eltern sie damals nach Berlin geschickt haben. Dann hat die Geschichte ein Ende…«

Mutter machte eine Pause, schien nach Worten zu suchen, um das, was folgen sollte, verständlich zu machen.

»Heute weiß ich, daß es Marlene nicht darum ging, mal wieder mit einem Mann zu schlafen, sie wollte mehr als nur heimliche Treffen in der Wagenremise. Sie konnte es nicht ertragen, die zweite Geige zu spielen, Marlene mußte wieder die größte, die schönste und anziehendste sein. Und was macht dein Vater, dieser Trottel von einem Mann, den sie zehn Jahre zuvor gedemütigt hatte, wie man einen Mann nur demütigen kann? Ich hätte es verstanden, wenn er ein paarmal seinen Spaß mit ihr gehabt und sie dann zum Teufel gejagt hätte. Das wäre normal gewesen. Aber nein, dein Vater fährt in die Stadt und beantragt die Scheidung von mir, um Marlene zu heiraten. Er verkauft, um Scheidung und Abfindung bezahlen zu können, zehn Hektar Zuckerrübenland, erwirbt ein Haus in Düsseldorf, schickt uns fünf, mich, dich und deine Geschwister, im D-Zug nach Düsseldorf, erster Klasse natürlich, und Marlene besteigt den Thron auf dem Zuckerrübengut der Zarnekows. Wenn ihn einer auf die Ungeheuerlichkeit ansprach, sagte er nur: Die Liebe weht, wohin sie will. So einfach ist das. Mit Liebe kannst du alles entschuldigen, auch die größte Grausamkeit und Gemeinheit. Sie weht halt, wohin sie will.

Nach sieben Jahren Ehe fahre ich mit vier kleinen Kindern, das älteste sechs Jahre, das jüngste sechs Monate alt, nach Düsseldorf.

Es war deine erste Eisenbahnfahrt, Sabine, du kannst dich daran gewiß nicht mehr erinnern. Im Februar kamen wir in Düsseldorf an. In den Straßen tanzte der Karneval, in den Kneipen dudelten die Caprifischer. Du lagst im Kinderwagen, die anderen drei liefen nebenher. Wie die Sternsinger zogen wir durch die lärmende Stadt. Ein verkleideter Mann steckte deinen Geschwistern eine rote Zuckerstange in den Mund, für dich warf er die Stange einfach in den Kinderwagen. Zum erstenmal sahen wir den Rhein. Er wälzte sich, mit Eisschollen bedeckt, unter einer Brücke hindurch. Ein scharfer Wind kam den Fluß herauf. Auf den Schollen saßen Möwen und ließen sich nach Holland treiben, einige umkreisten uns schreiend, als wir auf der Rheinbrücke standen. Sollte ich in die Tiefe springen, oder sollten wir alle in die Tiefe springen? Euch mitzunehmen, wäre verantwortungslos, euch allein zu lassen, wäre auch verantwortungslos. Also schob ich den Kinderwagen weiter, immer dem Wind entgegen, begleitet von den kreischenden Möwen. Mein Gesicht war heiß, die eine Hand schob den Kinderwagen, die andere ballte ich zur Faust. Ich werde es euch zeigen! schrie ich den Fluß an. Ich werde diese vier Kinder zu großen, tüchtigen Menschen machen. Und ich will schön werden! Ja, glaubt es nur, ich werde eines Tages schön sein. Unterschätzt die häßlichen Entlein nicht, sie haben die größere Kraft, sie haben viel Kraft.«

Am nächsten Morgen sagte Mutter: »Ich möchte gern, daß du mitkommst. Du sollst sie sehen, deine Tante Marlene.«
Ich wollte nicht und sagte, daß ich bei Markus bleiben müßte.
»Ach, den nehmen wir mit«, entschied Mutter. »Du bleibst mit ihm im Auto, vielleicht darf er auch ins Krankenhaus.«
Ich ging in den Garten, um einen Strauß zu pflücken.
»Bitte nicht!« rief Mutter mir nach. »Schwerkranke dürfen keine Blumen im Zimmer haben.«
Sie ordnete sorgfältig ihr Haar, legte sogar Rouge auf und zog die Augenbrauen nach, betupfte das Gesicht mit wohlriechender Flüssigkeit und hängte eine Goldbrosche um den Hals, die ich noch nie an ihr gesehen hatte.
»Die Brosche ist ein Geschenk meiner Eltern«, sagte sie.
»Als ich Wilfried Zarnekow heiratete, bekam ich sie. Marlene weiß das. Sie kennt die Brosche genau. Als Kind hat Marlene sie aus Mutters Schmuckkästchen gestohlen und einen Tag in der Schule getragen.«
Ich weckte Markus. Mutter fütterte ihn, zog ihn an, staffierte ihn aus, als ginge es zu einem großen Fest.
Du müßtest auch die andere Seite hören, dachte ich, als wir im Auto saßen, Markus hinten im Kindersitz, Mutter neben mir.
»Hat Vater dir wenigstens Geld geschickt?« fragte ich.

»Dazu war er gesetzlich verpflichtet, aber was ist Geld, wenn eine Frau vier kleine Kinder allein großziehen muß?«

»Du machst der Frau mehr Vorwürfe als dem Mann«, sagte ich. »Das finde ich nicht gerecht. Vater war schließlich auch da, ihn trifft die gleiche Schuld.«

Das wollte sie nicht gelten lassen. »Männer sind anders«, behauptete sie. »Was sollen sie tun, wenn ihnen eine Frau in der Wagenremise auflauert und die Brust freimacht? Das ist wie ein Naturgesetz, Männer können da nicht widerstehen. Die Frauen sind es, die sich zurückhalten müssen.«

»Es gibt auch Frauen, die nicht widerstehen können«, sagte ich.

Mutter lachte bitter.

»Wenn es nur darum gegangen wäre, nur um die Befriedigung dieses Triebes, dann hätte sie ja einen unserer Gutsknechte nehmen können. Aber sie wollte meinen Mann, sie wollte mich demütigen. Du glaubst nicht, wieviel Kampf, Machtstreben und Bösartigkeit in diesen Dingen steckt. Es geht nicht nur um schöne Gefühle und Liebe, es geht um Herrschen und Unterdrücken.«

»Aber die Scheidung, Mutter, die hat Vater doch mit klarem Verstand betrieben. Dafür ist er verantwortlich.«

»Auch das war ihr Werk«, behauptete sie. »Marlene konnte alles, sie beherrschte jeden. Was Marlene wollte, mußte geschehen, und dein Vater, entschuldige, daß ich es so sagen muß, war in diesen Dingen ein Trottel.«

Ich erschrak über die Härte in ihrer Stimme, schwieg, bis wir die Stadt erreichten und der Regen einsetzte, der die Windschutzscheibe verschmierte.

»Hat deine Schwester Kinder?« fragte ich.

»Das ist das einzige, was Marlene nicht bekommen hat!«
rief Mutter triumphierend. »Sie bekam alles, was sie wollte, nur keine Kinder! Das kommt häufig vor. Haltlose
Frauen bleiben kinderlos, weil schon früh etwas zerstört
wird. Damals war die Technik der Abtreibung noch nicht
so gut entwickelt, es gab immer wieder Fehler, die den
Unterleib der Frau zerstörten.«
»Woher weißt du, daß sie abgetrieben hat?«
»Natürlich hat sie abgetrieben! Ohne Abtreibung hätte
sie ein Dutzend Kinder haben müssen.«
Die Scheibenwischer kratzten monoton über das Glas.
Zum ersten Mal kam sie mir fremd vor, diese Frau neben
mir.
»Wie hast du erfahren, daß sie im Krankenhaus Eppen-
dorf liegt?« fragte ich.
»Sie hat mir einen Brief geschrieben, nach mehr als dreißig
Jahren. Einen Tag vor der Operation schrieb sie ihn.«
Sie holte das kleine Stück Papier aus der Handtasche. Ich
bat sie, mir den Brief vorzulesen.
»Nun, da sich unser Leben dem Ende zuneigt und die Lei-
denschaften abgeklungen sind, sollten wir uns wieder ver-
söhnen«, las sie. »Du bist doch meine liebe Schwester.«
Ein schöner Brief, dachte ich, aber Mutter knudelte ihn
zusammen.
»Was sagst du dazu?« rief sie empört. »Die Leidenschaf-
ten sind abgeklungen, und ich soll wieder eine liebe
Schwester sein. Vielleicht erinnert man sich auch vorher
mal daran, daß man eine Schwester hat.«
Mutter wollte unbedingt Markus ins Krankenhaus mitnehmen.
»Sie soll ihn sehen«, sagte sie, »sie soll sehen, wie hübsch
er ist. Und dich soll sie auch sehen, Sabine!«

Auf dem Weg zur Chirurgie ertappte ich mich bei dem Wunsch, Marlene möge tot sein, nicht mehr aus der Narkose aufgewacht, damit ihr die Begegnung mit ihrer Schwester erspart bliebe.

Die Oberschwester wollte uns nicht ins Krankenzimmer lassen. Die Patientin sei zu geschwächt.

»Na hören Sie mal!« rief Mutter. »Ich komme aus Düsseldorf, um meine Schwester zu besuchen, und Sie wollen mich nicht ins Zimmer lassen!«

»Eine Viertelstunde«, räumte die Schwester ein, »aber das Kind darf nicht mit.«

Ich nahm Markus auf den Arm, ging mit ihm auf dem Korridor spazieren. Mutter verschwand im Waschraum, kehrte mit stark geröteten Lippen wieder, auch die Wangen waren leicht gebräunt. Das Haar fiel locker in den Nacken. Mutter sah schön aus.

»Wenn die Oberschwester weg ist, kommst du einfach mit«, sagte sie und klopfte an die Tür. Als niemand antwortete, trat sie ein. Auf der Schwelle blieb sie stehen und winkte mir zu, ihr zu folgen.

Ein großer Raum, sehr hoch und weiß voller Licht. In der Mitte ein Bett, auch das weißleuchtend. Über dem Bett Schnüre und Leitungen, aus einem Tropf lief es beharrlich abwärts. Auf dem Nachtschrank eine Tasse mit braunem Innenrand und schwarzem Grund, war wohl Tee. Außerdem ein Papiertaschentuch. In den Kissen ein Mensch, kaum erkennbar. Die Augen geschlossen, ein eingefallenes Gesicht, graues, brüchiges Haar, das in wirren Strähnen ausgebreitet auf dem Bettzeug lag. Die Lippen dünn wie eine Messerschneide, am Ohrläppchen Spuren trockenen Blutes. Eine Hand hing welk aus dem Bett. Wir standen da und standen und standen, bis Marlene die

Augen aufschlug. Aus dunklen Höhlen blickten große, graue Spiegel. »Du bist Beate!« hauchte sie.

Sie versuchte sich aufzurichten, fiel jedoch zurück. Mutter reichte ihr die Hand, Marlene ließ sie nicht mehr los, wollte sich an der Hand hochziehen, aber auch das mißlang. Ich stand, Markus auf dem Arm, am Fußende des Bettes, von der Kranken noch nicht wahrgenommen.

Mutter entzog ihr die Hand.

»Setz dich auf die Bettkante«, flüsterte Marlene.

Mutter holte einen Stuhl, stellte ihn neben das Bett, nahm darauf steif und förmlich Platz.

»Daß ich das noch erlebe! Nach allem, was vorgefallen ist, besucht mich meine Schwester im Krankenhaus.«

Wenn schon keine Blumen, dann hätten wir Obst oder Süßigkeiten mitbringen sollen, fiel mir in diesem Augenblick ein.

»Ich habe oft über uns nachgedacht, Beate, seitdem ich Zeit habe zum Nachdenken. Wilfried ist tot, ich lebe in einem Altersheim in Eutin und habe keinen Menschen, der mir nahesteht. Da bleibt nur das Nachdenken. Jetzt, da alles so fern liegt, kommt es mir vor, als hätte mich damals ein böser Geist überfallen. Ob es das gibt, Menschen, die von einem bösen Geist getrieben werden?«

Mutter schüttelte unmerklich den Kopf.

»Wann warst du zuletzt auf unserem Gut, Beate?«

»Im Februar 1948.«

»So lange ist das schon her?«

Marlene wollte lächeln, aber ein plötzlicher Schmerz hinderte sie daran. Sie schloß die Augen.

»Du würdest das Gut nicht wiedererkennen«, sagte sie nach einer Weile. »Wilfried hat zu seinen Lebzeiten die meisten Ländereien verkauft, weil er Geld brauchte für seine

Krankheit. Der Rest des Hofes ist verpachtet. Die Gebäude sind verfallen, der hintere Teil der Scheune ist zusammengebrochen, vor drei Jahren brannte unsere Wagenremise ab mit allen schönen Kutschen und Schlitten.«

Mutter fuhr nervös mit der Hand über die Stirn.

»Deine Kinder haben gern in der Wagenremise gespielt, weißt du das noch, Beate?«

»Ja, ich erinnere mich gut daran«, antwortete Mutter stokkend. »Wenn ich sie zu den Mahlzeiten suchte, fand ich sie meistens in der Wagenremise. Einmal betrat ich die Wagenremise mit Sabine auf dem Arm, die damals noch ein Säugling war...«

Hoffentlich spricht sie nicht weiter, dachte ich. Die kranke Frau in den Kissen weiß längst nicht mehr, was damals in der Wagenremise geschehen ist.

Mutter schwieg tatsächlich, und Marlene flüsterte: »Ja, für Kinder war es ein schöner Platz.«

Sie verloren kein Wort über die Krankheit. Warum zeigte Mutter keine Anteilnahme, sprach sie nichts Tröstliches zu dieser hilflosen Person?

»Lebst du immer noch in Düsseldorf?« fragte Marlene.

Mutter nickte, um gleich hinzuzufügen, daß sie viel unterwegs sei. In einer Woche fahre sie nach Lugano. Ingrid, die älteste Tochter, sei mit einem Schweizer Bankier verheiratet und habe ein Ferienhaus am Luganer See. Einen Monat später werde sie nach Meran reisen und einmal in jedem Jahr nach Abano Terme zur Kur.

»Das hält frisch und elastisch«, sagte sie.

»Wie jung und schön du noch aussiehst, Beate. Laß mich mal überlegen, du mußt doch auch schon über sechzig sein. Im letzten Mai bist du zweiundsechzig geworden, stimmt's?«

»Ja, du warst immer drei Jahre älter als ich«, bestätigte Mutter.

»Was machen deine Kinder?«

»Sabine habe ich mitgebracht, da steht sie.«

Die kranke Frau wandte den Kopf zu mir. Mutter sprang auf, nahm das Kind und trug es an das Bett.

»Das ist mein jüngster Enkel, der Markus. Sieht er nicht hübsch aus?«

»Ach, deine Kinder haben selbst schon Kinder«, wunderte sich Marlene.

»Sabine ist meine Jüngste«, erklärte Mutter. »Sie wurde in dem heißen Sommer geboren, als du aus Rußland kamst. An den heißen Sommer erinnerst du dich doch, nicht wahr? Wir nahmen dich damals auf, als du Wasser hattest und keine Haare am Körper und Läuse in den Kleidern. Sabine ist mit einem Dozenten der Universität Hamburg verheiratet, und Markus ist ihr Sohn.«

Die Mutter sprach von nun an nur noch über die Kinder. Alle hätten die höhere Schule besucht und anschließend studiert. Rüdiger sei Abteilungsleiter bei den Bayer-Werken, Bernhard Vorstandsmitglied einer Versicherungsgesellschaft. Sie holte Fotos aus ihrer Handtasche. Die Hochzeitsfotos ihrer Kinder. Eins nach dem anderen legte sie auf die weiße Bettdecke.

»Schön, schön«, flüsterte Marlene nur.

Danach die Häuser. Die Ferienvilla am Luganer See. Unser Haus am Rande des Sachsenwaldes, Mutters Haus in Düsseldorf, frisch gestrichen mit großen modernen Fenstern, alles mit schönen Hochglanzfotos belegt.

»Schön, schön«, flüsterte Marlene. Auch zu den sieben Enkelkindern, die Mutter im Bild präsentierte, wußte sie nur diese Worte zu sagen: Schön, schön, schön.

Plötzlich glitten ihr die Bilder aus der welken Hand, klatschten auf den Fußboden. Mutter reichte mir das Kind, um die Fotos aufzuheben. In diesem Augenblick betrat die Oberschwester den Raum.

»Sie müssen gehen, es wird zuviel für die Kranke«, befahl sie. »Außerdem hatte ich Ihnen verboten, mit dem Kind das Krankenzimmer zu betreten.«

Ich ging rasch hinaus, ohne mich zu verabschieden. Durch die Tür sah ich, wie Marlene die Hand nach Mutter ausstreckte.

»Ich freue mich so, daß wir Schwestern uns im Alter noch einmal gefunden haben«, sagte sie. »Du bist mir doch nicht mehr böse, nicht wahr? Natürlich bist du nicht böse, sonst wärst du ja nicht gekommen. Besuche mich mal in Eutin. Wir lassen uns zu unserem Gut fahren und wandern die alten Wege ab, auf denen deine Kinder gespielt haben. Wenn du willst, fahren wir auch nach Lankheim in Ostpreußen. Ich habe mich erkundigt, Lankheim ist erreichbar, es liegt auf der polnischen Seite der Grenze.«

Ob sie spürte, daß Mutter mit ihr weder zum Gut der Zarnekows noch nach Lankheim fahren wollte? Jedenfalls sagte sie zum Schluß: »Schreibe mir wenigstens mal einen Brief. Ich habe noch ein Jahr zu leben, da wäre es schön, wenn wir beide ein bißchen zusammenkämen. Außer dir habe ich keinen Menschen, der mir nahesteht, du bist doch meine Schwester.«

Der Schublade des Nachtschranks entnahm sie Papier und Kugelschreiber und bat Mutter, die Adresse des Altersheims in Eutin zu notieren. Widerwillig kritzelte Mutter etwas auf den Zettel, steckte ihn rasch ein.

Die Oberschwester zog die Bettdecke glatt.

»Gehen Sie bitte, gehen Sie!«

Auf dem Korridor blieb Mutter stehen und atmete tief durch. »Hast du gesehen, wie alt und elend sie ist, die schöne Marlene!« Mutter betrachtete sich im Handspiegel, strich ihr Haar zurück, lächelte in den beschlagenen Spiegel. In diesem Augenblick begriff ich, daß dieser traurige Tag im Krankenhaus den größten Triumph in Mutters Leben bedeutete.

»Warum willst du dich nicht mit ihr versöhnen?« fragte ich, als wir draußen standen.

Mutter schüttelte heftig den Kopf.

»Wir dürfen nicht alles verzeihen. Es gibt Menschen, die wie Dampfwalzen durchs Leben gehen und keinen Gedanken daran verschwenden, was sie mit ihren Rädern anrichten. Sie verletzen und knicken, was ihnen in den Weg kommt, und nachher drehen sie sich lächelnd um und sagen: Ach, hab' ich dir weh getan? Verzeih bitte! Mag der Himmel ihnen verzeihen, aber auf Erden sollen sie bezahlen. Sie sollen aufhören weh zu tun, dann braucht man ihnen nicht zu verzeihen. Sie sollen vorher daran denken, nicht erst, wenn sie schwach und alt und einsam sind wie sie. Jeder muß für sein Tun einstehen, daran darf sich nichts ändern, dieses Gesetz darf nicht durch ständiges Verzeihen außer Kraft gesetzt werden. Ich wünsche allen, die rücksichtslos ihren Neigungen leben und um sich Traurigkeit und Schmerzen verbreiten, daß sie im Alter einsam werden und viel, viel leiden.«

»Mein Gott, Mutter, wie bist du hart geworden!«

»Das brauchte ich zum Überleben, Kind. Ohne Härte hätte ich euch nicht durchgebracht, wäre wohl wirklich in den Rhein gesprungen an jenem naßkalten Februartag. Ich habe sie gehaßt wie keinen anderen Menschen, ja, das ist wahr. Der wirst du es zeigen! habe ich jede Nacht gebetet. Nicht nur die Liebe kann Berge versetzen, auch der Haß vermag es.«

»Sprich nicht weiter, Mutter«, bat ich und legte meinen Arm um ihre Schulter. »Das ist ja eine biblische Geschichte, und du bist die Größte in dieser Geschichte.«

Draußen hakte ich mich bei ihr ein. Während Markus vorauslief, gingen wir eng nebeneinander, jeder konnte sehen, daß wir Mutter und Tochter waren.

»Wovon wirst du leben, wenn Marlene tot ist?« fragte ich, als wir im Auto saßen.

Sie blickte mich verwundert an. »Ich habe doch euch«, sagte sie. »Ich habe vier Kinder und sieben Enkelkinder, ist das nicht genug zum Leben?«

Magdalena vom Schloß

Er hing in allen Straßen aus. Sogar aus Apotheken und Friseurläden blickten seine ernsten Augen, ebenso von der Rundung der Litfaßsäulen. Der Erfolgsschriftsteller G.D. Weidenbach besuchte die Kreisstadt, um in der größten Buchhandlung am Ort zu lesen. Die Plakate zeigten einen Mann in den besten Jahren mit vollem, leicht angegrautem Haar und kurzgehaltenem Kinnbart. Ein Rollkragenpullover verriet Großmut, eine nie ausgehende Pfeife im Mundwinkel ließ G.D. väterlich erscheinen. So sehen Märchenerzähler aus, denen man gern zuhört, die Weisheit verströmen und guten Geruch.

Er traf mit dem Mittagszug in der Kreisstadt ein. Der Buchhändler, begleitet von seiner Frau und der ersten Sortimenterin, empfing ihn auf dem Bahnsteig. Ohne Blumen, denn G.D. war ein Mann. Nein, er wünsche nicht zu speisen, er wolle ausruhen. Daraufhin fuhr ihn der Buchhändler ins Hotel, in dem ein ruhiges Zimmer mit Blick über das Städtchen reserviert war. Vor dem Hotel überreichte er Weidenbach einen Brief. Der sei am Morgen abgegeben worden. Eine ältere Dame habe ihn gebracht. Sie sei verhindert, der abendlichen Lesung beizuwohnen, deshalb wolle sie, was sie zu sagen habe, dem Erfolgsschriftsteller brieflich mitteilen.

G. D. steckte das Kuvert ungeöffnet in die Jackentasche. Dergleichen kam oft vor, daß Leser Briefe übergaben. Sie enthielten ehrliche Bekenntnisse oder eigene literarische Versuche, die er beurteilen und möglichst empfehlen sollte. Es kamen auch mäßig verhüllte Liebeserklärungen vor, einmal die Bitte um ein Kind, natürlich nicht im Wege künstlicher Befruchtung, sondern nach herkömmlicher Methode. Die meisten Briefe reichte er weiter ans Lektorat seines Verlages, das sich liebevolle, nicht verletzende, aber abschlägige Antworten einfallen ließ.

Als er mit ausgestreckten Beinen, das Städtchen zu Füßen, im Sessel lag, seine Pfeife rauchend und nachdenkend, fiel ihm der Brief ein. Er griff in die Tasche, er fühlte sofort das wertvolle, weiche Papier, warf einen Blick auf den Absender und wunderte sich gar nicht, daß er von einer Frau kam: Magdalena von Küritz.

Sehr geehrter Herr Weidenbach!
Als alleinstehende Dame denkt man nicht nur an die Vergangenheit, nein, die Gedanken kreisen auch über das eigene Sein hinaus.
Kurz gesagt, ich habe ein beträchtliches Vermögen. Seit Jahren schon bin ich ein Bewunderer Ihrer literarischen Einfälle und möchte Sie nun gern testamentarisch zu meinem Alleinerben machen. Würden Sie mir die Freude bereiten, dieses Erbe nach meinem Ableben anzunehmen?
Ich könnte mir auch vorstellen, daß Sie sich dann noch intensiver um Ihre schriftstellerische Arbeit kümmern würden.
Hochachtungsvoll
Magdalena von Küritz

G. D. ließ das Papier fallen und lachte laut. Das hatte es noch nie gegeben. Ein Novum in seiner Sammlung von Leserzuschriften. Ein beträchtliches Vermögen. Ein fremder Mensch trug ihm ein beträchtliches Vermögen an. Einfach so. Ohne Gegenleistung. Er hielt den Brief gegen das Licht, entdeckte als Wasserzeichen ein Wappen: Drei Türme, auf dem mittleren ein Greifvogel. Ein altes Adelsgeschlecht, dachte er. Und ein beträchtliches Vermögen.

Spontan wollte er den Buchhändler anrufen, ihm den sonderbaren Brief vorlesen und fragen, was denn das für eine sei, diese Magdalena von Küritz. Doch besann er sich. Der Dame wäre es womöglich peinlich, wenn der Brief bekannt würde. Erbschaftsangelegenheiten gehören in die zwischenmenschliche Intimsphäre und sind kein Thema für Außenstehende.

Nun erst entdeckte G. D., daß Magdalena von Küritz nicht am Ort wohnte. Gadow lautete die Adresse. Die Hotelrezeption wußte nur, daß Gadow ein kleines Dorf sei, etwa zehn Kilometer entfernt, mit dem Auto in einer Viertelstunde erreichbar. Ob man ein Taxi bestellen solle? fragte die Rezeption.

Weidenbach zögerte. Zeit genug hatte er, sie zu besuchen. Guten Tag, gnädige Frau, würde er sagen, ich bin der, dem Sie diesen sonderbaren Brief geschrieben haben. Selbstverständlich nehme ich Ihr Angebot an. Herzlichen Dank.

Wäre das nicht zu aufdringlich? Nein, kein Taxi! Sie müßte den Eindruck gewinnen, er wolle schnell zugreifen, bevor sie es sich anders überlegte. Wenn schon hinfahren, dann inkognito. Heimlich den Ort anschauen und das Haus, in dem sie lebte. Vielleicht war es ein Schloß, ein alter Adelssitz, umgeben von einem Park und weiten Ländereien. Nein, doch kein Taxi. Sie würde ihn erkennen. Von den Plakaten her war ihr sein Bild vertraut und natürlich von seinen Büchern. Jeder Schutzumschlag trug auf der Innenseite sein Konterfei. Aufmunternd lachte G.D. seine Leser an, sobald sie eines seiner Bücher aufschlugen.

Auf keinen Fall sofort hinfahren, entschied G.D. Es müßte einen schlechten Eindruck machen. Nun schleicht er um mein Schloß, würde sie denken. Er kann es nicht abwarten und taxiert den Wert seiner Erbschaft.

G.D. Weidenbach ärgerte sich über seine schnelle Bereitschaft, den Brief für ernst zu halten. Wenn es nun ein Scherz wäre? Jemand will herausfinden, wie der Erfolgsschriftsteller G.D. Weidenbach auf das ungewöhnliche Angebot reagiert. Vier Wochen später kommt ein zweiter Brief: April! April! Herr Weidenbach! So könnte es sein, aber auch anders. Es gab die absonderlichsten Leserbriefe, warum nicht das ernstgemeinte Versprechen einer Erbschaft?

Im Grunde hatte er dieses Wenn und Aber nicht nötig. G.D. gehörte zu jenen Schriftstellern, die von ihrer Arbeit leben konnten. Er litt keine Not, besaß nicht einmal, was Künstler so gern besitzen: Schulden. Wozu also eine Erbschaft? Zumal er das beträchtliche Vermögen nicht bedingungslos bekäme. Magdalena von Küritz erwartete eine Gegenleistung. Eine einsame betagte Dame will sich mit dem Versprechen einer Erbschaft Geselligkeit erkaufen. G.D. müßte Händchen halten, sie auf Spaziergängen im Park begleiten, wenn nicht gar noch mehr. Sie wird, bevor sie den Brief schrieb, Erkundigungen über ihn eingezogen haben. Sie weiß, daß G.D. unverheiratet ist. Sie

wird erwarten, daß er sie ehelicht, was beiläufig Erspar-
nisse an Erbschaftssteuer brächte. G. D. fuhr der Schreck
in die Glieder, als er sich vorstellte, sie sei eine bettlägeri-
ge Frau, an deren Lager er zu sitzen habe, bis sie endlich
starb, Jahre um Jahre.

Nein, er wollte mit der Geschichte nichts zu tun haben.
Aus und vorbei! Nicht nachforschen, was es mit der Person auf sich hat, in welchen Verhältnissen sie lebt, ob sie
wirklich ein beträchtliches Vermögen besitzt oder nur gei-
steskrank ist. Kühl und zurückhaltend wird er ihren Brief
beantworten, ohne jede Eile mit angemessenem zeitli-
chem Abstand, vielleicht in drei Wochen.

Nachdem er sich entschieden hatte, las G. D. die Tages-
zeitung, fand darin sein Bild, vorteilhaft plaziert im Kul-
turteil. Daneben ein Bericht über Leben und Werk des
Erfolgsschriftstellers Weidenbach. Er vergaß Magdalena
von Küritz, erst beim Abendessen mit dem Buchhändler-
ehepaar fiel sie ihm wieder ein. Er fragte, es klang so be-
langlos wie Fragen nach Wetter und Gesundheit, er fragte
also: »Kennen Sie eine Magdalena von Küritz?« Dem
Buchhändler war der Name nicht bekannt. G. D. hätte
weiter nach Gadow fragen können. Was das für ein Ort
sei? Ob es dort ein Herrenhaus oder Schloß gebe? Doch
unterließ er es, weil es nun endgültig war, daß die Sache
ihn nichts mehr angehen sollte.

Abends während der Lesung kam es ihm vor, als beob-
achte ihn jemand durch die Schaufensterscheibe. Er
stockte, blickte nach draußen, konnte aber niemanden
entdecken. Daraufhin trank er einen Schluck Mineralwasser und fuhr fort zu lesen. Vielleicht saß sie doch unter
den Zuhörern. Könnte es die Dame in der dritten Reihe
sein, die ihn so kritisch musterte? Sah sie nicht aus wie

alter Adel, dem das blaue Blut durch die immer dünner werdende Haut schimmerte? Nun saß sie da in der dritten Reihe und war enttäuscht von G.D., von der Art seines Vortrags, möglicherweise auch vom Inhalt. Ach, er hätte etwas Heiteres lesen sollen! Sie saß da und überlegte, ob G.D. wirklich die rechte Wahl sei für die beträchtliche Erbschaft. Morgen schreibt sie einem anderen, denn sie hat die freie Auswahl, kann bedenken, wen sie will, ohne sich rechtfertigen zu müssen.

Zwei Wochen ließ er sich Zeit. Dann schrieb er einen, wie er meinte, ausgewogenen Antwortbrief, der auch literarischen Ansprüchen genügen sollte, was er seiner Schriftstellerehre schuldig war.

Sehr geehrte Frau von Küritz!
Von den vielen Leserzuschriften, die ich bisher erhalten habe, war Ihr Brief der ungewöhnlichste. Ich habe mich staunend gefragt, ob so etwas denn überhaupt möglich sei, ob es nicht Schwierigkeiten und rechtliche Probleme geben könnte. Sicher ist die Zahl der Menschen nicht so klein, die allein geblieben sind und sich nun Gedanken über das eigene Sein hinaus machen, wie Sie es schreiben. Meistens entschließt man sich dann zur Stiftung für einen guten Zweck. Die Förderung der Literatur in der höchst individuellen Weise, in der Sie sie beabsichtigen, mag wohl auch als guter Zweck verstanden werden. Allerdings ist Vorsicht geboten, denn es gibt auch Schriftsteller, die durch zu große materielle Sicherheit ihre Schaffenskraft einbüßen. Ich habe in meinem Leben große Mühe und Sparsamkeit darauf verwandt, finanziell unabhängig zu

werden, und bin ein bißchen stolz darauf, zu den wenigen Schriftstellern zu gehören, die sich mit Schreiben ernähren können. Ein armer Poet im Spitzwegschen Sinne bin ich also nicht. Wenn es Ihnen trotzdem gefällt, mich in Ihrem Testament zu bedenken, mag das so geschehen. Ich werde es gern und dankbar annehmen.

Ihr G. D. Weidenbach

Er sprach mit keinem Menschen darüber. Nur seinen Steuerberater fragte er beiläufig, wie hoch die Erbschaftssteuer sei, wenn eine fremde, nicht verwandte Person erbe. Als er erfuhr, daß bei einer Erbschaft von sagen wir mal zwei Millionen Mark die Hälfte, bei höheren Beträgen noch mehr, an den Fiskus abzuführen sei, verschlug es ihm doch die Sprache. Da der Steuerberater annahm, Weidenbach wolle seinen eigenen Nachlaß regeln, gab er zu bedenken, ob er die Person, die ihn beerben solle, nicht adoptieren wolle. In solchen Fällen erhalte der Fiskus elf Prozent.

Adoption käme unter keinen Umständen in Frage. Sie hätte G. D. wohl das adelige Von eingebracht, aber berühmt war er als G. D. Weidenbach, nicht als G. D. von Küritz. Nein, das mit der Adoption sollte sie sich aus dem Kopf schlagen! Lächelnd würde er die fünfzig Prozent Steuer zahlen, wenn es denn sein muß, aber niemals Adoption!

Er erwartete eine Antwort auf seinen Brief. Besuchen Sie mich in Gadow, damit wir die Einzelheiten besprechen können, wird sie schreiben. Die Abschrift des Testaments, in dem sie ihn bedacht hat, wird sie schicken. Aber Magdalena von Küritz meldete sich nicht. Ein halbes Jahr ohne ein Lebenszeichen. Hatte er zu schroff reagiert? Der Hinweis, er brauche ihr beträchtliches Vermögen eigentlich nicht, kam ihm nun doch ein wenig überheblich vor. Das mit dem armen Poeten hätte er nicht schreiben sollen.

Oder war Magdalena von Küritz längst tot, gestorben, bervor sie ihn zum Erben einsetzen konnte? Jedenfalls schwieg sie aus unbekannten Gründen, und G.D. entschied nun endgültig, an diese Sache keinen Gedanken mehr zu verschwenden. Er hatte das nicht nötig. Noch immer schrieb er Romane und Erzählungen, die Leser kauften seine Bücher, die Honorare füllten das Konto und erlaubten ihm ein sorgloses Leben ohne das beträchtliche Vermögen der Magdalena von Küritz.

Immerhin, die Kritiker wurden kritischer, was sie gern werden, wenn einer schreibt und schreibt und nicht aufhören kann. Einer meinte, G.D. drehe sich im Kreise. Immer das gleiche Muster, die gleichen Konflikte, ein sicheres Indiz dafür, daß er sich ausgeschrieben habe. Na ja, solche Leute sagen viel, wenn der Tag lang ist. Davon wollte er sich nicht beirren lassen. Auch ein Mißerfolg wird G.D. nicht umwerfen, nicht einmal der totale Flop des Jahres.

Er kam tatsächlich, dieser Flop. Überraschend zu einer Zeit, als Weidenbach ihn am wenigsten erwartete. Es war die vom Verlag mit dem hochtrabenden Etikett Novelle herausgegebene Geschichte »Bitterer Frühling«, eine Erzählung aus den unruhigen sechziger Jahren, mit der er zwischen alle Stühle geriet. Seiner Lesergemeinde war der Stoff um die Studentenunruhen zu widerwärtig, die betroffenen Teilnehmer jener europäischen Kulturrevoluitiion lehnten das Buch ab, weil ihrer Meinung nach G.D.

weder Zielrichtung und Stimmung noch das kulturgeschichtliche Umfeld jener Bewegung richtig wiedergegeben hatte. Auf einer Lesung stand jemand auf und fragte mokant, wie G.D. sich anmaßen könne, über die Studentenbewegung zu schreiben. Er habe nicht teilgenommen und keine Ahnung von den Vorgängen, er sei schon damals ein alter Mann gewesen.

Der Verlag tröstete ihn. Na ja, das komme mal vor. Sein Lektor listete die grandiosen Fehlschläge vergangener Größen auf, vergaß nicht zu erwähnen, daß viele der durchgefallenen Werke später Anerkennung gefunden hatten. Schreiben Sie weiter, empfahl der Verlag. Schreiben Sie über die herrlichen Themen, die Sie berühmt gemacht haben. Lassen Sie sich nicht abdrängen auf Nebenkriegsschauplätze, und vor allem: Lassen Sie sich nicht zu Experimenten verführen!

Ach, sie hatten ja so recht. Aber G.D. spürte innere Widerstände. Nach dem Reinfall mit »Bitterer Frühling« konnte er nicht mehr so unbekümmert schreiben wie früher. Die alten Themen, für die der Verlag ihm wahre Meisterschaft bescheinigte, schienen ihm schal und abgegriffen.

Es kam der Tag, als G.D. Weidenbach, ziellos durch die Straßen schlendernd, plötzlich vor dem Türschild eines Detektivbüros stand. Nach kurzem Erschrecken stieg er die Treppe hinauf, trat ein und hörte sich den Satz sagen:

»Ich möchte nähere Informationen über eine Magdalena von Küritz einholen.«

Nichts leichter als das. Geschäftig legte die Person im Detektivbüro eine Akte an, ließ sich von ihm eine Unterschrift geben, auch hundert Mark Vorschuß. Man wird herausfinden, wie alt die Dame ist, ob sie noch lebt und wie sich ihre Vermögensverhältnisse stellen. Was versteht sie unter beträchtlichem Vermögen? Dem armen Teufel mögen hunderttausend wie ein Vermögen vorkommen, dem Reichen fängt Reichtum erst in den Millionen an. Sollte es sich erweisen, daß sie mehr Schulden als Vermögen besaß, müßte G. D. die Erbschaft schnell ausschlagen, um nicht mit ihren Verbindlichkeiten belastet zu werden.

Dem Besuch im Detektivbüro folgte eine Stunde des Katzenjammers und des schlechten Gewissens. Er redete sich ein, das Unternehmen sei nur ein Spaß, allein die schriftstellerische Neugier reize hin, herauszufinden, was das für eine sonderbare Frau sei. Das Detektivbüro sollte auch ermitteln, wie Magdalena von Küritz zu so viel Reichtum gekommen war. Hat sie das beträchtliche Vermögen von den Eltern geerbt oder von einem früh verstorbenen Ehemann? G. D. dachte, während er heimwärts ging, an ein Landgut, ein Schloß im Park, umgeben von einem Wassergraben. Magdalena von Küritz ein altes Schloßfräulein, das sich einen Jugendtraum erfüllte und einen Prinzen mit Reichtum überschüttete. Er spielte die wenigen Möglichkeiten des Reichwerdens durch, schloß die Lotterien nicht aus und wagte sich sogar an den verwegenen Gedanken, seine Magdalena habe als Prostituierte begonnen und sei in diesem Gewerbe zu Reichtum gekommen, eine romanhafte Möglichkeit, zugegeben.

In jenen Tagen, als das Detektivbüro eifrig recherchierte, brachte er das Manuskript seines neuen Romans in den Verlag. Höchstpersönlich, denn solche Wertsachen darf man nicht der Post anvertrauen. G. D. war in guter Stimmung, wie immer, wenn er ein Neugeborenes der Öffentlichkeit übergab. Das änderte sich erst, als die Leute vom Verlag sagten, es habe keine Eile. Sein Buch könne im Herbstprogramm nicht mehr erscheinen, sondern müsse aus technischen Gründen ins nächste Frühjahr gegeben werden. Das Herbstprogramm sei verstopft, es sei unverantwortlich, es mit einem so guten Werk zusätzlich zu belasten. Übrigens habe ein Erscheinungstermin im Frühling große Vorteile. Im Herbst schickten die Verlage die geballte Ladung ihrer Produktion auf den Markt. Da erwürgen sie sich gegenseitig, und selbst gute Werke verkümmern im Dickicht der Waschzettel. Im Frühjahr aber stehe man allein im Scheinwerferlicht.

Also gut, Frühjahr. G. D. litt keine Not. Aus den alten Werken und ihren Nebenrechten floß, wenn auch spärlicher werdend, immer noch Geld. Es wäre gut, mal ein Jahr weniger zu verdienen, um endlich aus der verdammten Steuerprogression herauszukommen. An jenem Tag, als der Verlag den Schriftsteller G. D. Weidenbach auf das Frühjahr vertröstete, kam ihm der Einfall, der alles auf den Kopf stellte. »Das ist der Stoff des Lebens!« rief G. D. in seinem Arbeitszimmer und notierte hastig auf einem Block:

Reiche, alte Dame setzt Künstler zum künftigen Erben ein. Beider Leben verändert sich augenblicklich. Hier eine bestimmte Erwartung, da eine bestimmte Erwartung. Auch wenn die Erbschaft keinen Pfennig hergibt, wird es in den Köpfen der Beteiligten anders. Vielleicht ein Krimi.

»G. D. macht aus diesem Stoff einen Bestseller. Verlaßt euch drauf!«

Die Idee faszinierte ihn so, daß er stundenlang unruhig

umherlief. Das sind Einfälle, die einem per Post ins Haus geliefert werden! Was ließe sich aus dem kleinen Brieflein der Magdalena von Küritz nicht alles machen? Ärgerlich nur, daß der Brief schon zwei Jahre in seinem Schreibtisch schlummerte, G. D. erst jetzt den großartigen Stoff erkannte.

Er wollte gleich beginnen, verschob es aber doch, um ja keinen Fehler zu machen, bis zum Eintreffen des Detektivberichts. Dieser Auftrag, Recherchen über Magdalena von Küritz anzustellen, entpuppte sich im nachhinein schon als Arbeit an dem großen Werk, deren Kosten sogar steuerlich absetzbar waren. Alles, was er von nun an in dieser Sache unternahm, geriet ihm zur Vorarbeit. Das erleichterte vieles. So setzte er unbekümmert einen Brief auf:

> Sehr geehrte Frau von Küritz!
> Vor zwei Jahren schrieben Sie mir, und ich antwortete Ihnen. Seitdem haben wir nichts mehr voneinander gehört. Ich bedaure das sehr und möchte eigentlich...

Na, was möchtest du denn, G. D? Sie besuchen, um sie zu erwürgen, damit du endlich Erbe wirst und reich, so reich, daß du deine Herbst- und Frühjahrsprogramme machen kannst, wie du willst?

Er zerriß das Papier. Ein solcher Brief wäre mißverständlich. Magdalena von Küritz könnte darin eine unverschämte Anfrage sehen, warum sie denn immer noch lebe. Da stand unsichtbar zwischen den Zeilen: Es wird höchste Zeit, die Augen zu schließen und sich davonzustehlen, damit das beträchtliche Vermögen in die richtigen Hände kommt.

Endlich meldete sich das Detektivbüro:

> Magdalena von Küritz, wohnhaft in Gadow, ist 81
> Jahre alt, kinderlose Witwe eines Industriellen, Ver-
> mögen soll vorhanden sein. Sie lebt in einem Her-
> renhaus, das ihr im Erbwege von der Familie ihres
> Vaters zugefallen ist. Belastungen sind nicht be-
> kannt, aus dem Grundbuch nicht ersichtlich. Die
> dazugehörigen Ländereien sollen verpachtet sein bis
> auf den Park und den Fischteich. M. v. K. lebt äu-
> ßerst zurückgezogen, genießt aber einen guten Ruf
> in der Umgebung. Ihren Verpflichtungen kommt sie
> pünktlich nach, von geschäftlichen Beziehungen ist
> nicht abzuraten. M. v. K. erfreut sich trotz des ho-
> hen Alters bester Gesundheit.

Welch ein Stoff! Herrenhaus, Park, alte Dame, vermö-
gend, äußerst zurückgezogen lebend. G. D. fiel der Titel
seiner Geschichte ein: Magdalena vom Schloß. So sollte
der nächste Bestseller des G. D. Weidenbach heißen.
Es stand nun fest, daß er Gadow besuchen mußte. Die
Örtlichkeiten erfahren, die Landschaft und den Park sehen, die Luft riechen, die Leute im Dorf befragen nach
den Details, die er für seine Geschichte brauchte. Nicht
zu ihr, nein, nicht zu Magdalena von Küritz. Sie könnte
es mißverstehen, wenn er zu ihr käme, sie könnte denken:
Er will mich umbringen. Dabei wollte er nur eine große
Geschichte schreiben. Kein Geld, keine Erbschaft, nur eine Geschichte.
Gadow an einem Sommertag. G. D. ließ das Auto vor
dem Ortsschild stehen und wanderte zu Fuß in das Dorf.
Er brauchte diese Unmittelbarkeit, den Gesang der Vögel, das Lärmen der Kinder, die Gerüche aus Häusern

und Stallungen. Auf einem Zettel notierte er, was ihm wichtig erschien: Bauerndorf, viel Reetdach und altes Fachwerk, ein Runddorf, Kirche aus Feldsteinen auf einer Anhöhe, altmodischer Kaufmannsladen, daneben ein Gasthaus.

G. D. betrat es, fand sich allein im Schankraum mit einer dicken Fliege, die gegen das Fensterglas anrannte, benommen abstürzte, sich aufrappelte und erneut gegen die Scheibe stürmte. Ein Mädchen kam, blickte ihn verwundert an.

»Ein Bier«, bestellte er.

Als es vor ihm auf dem Tisch stand, fragte er:

»Wohnt in Gadow eine Frau von Küritz?«

Das Mädchen zog die Schultern hoch. »Ich bin noch nicht lange hier«, sagte es. »Vielleicht meinen Sie die Frau, die einsam im Schloß am Waldrand wohnt? Es soll eine V o n sein.«

Das Mädchen trat ans Fenster, zeigte zu einer Baumgruppe hinter den Kornfeldern. Da ungefähr.

G. D. trank sein Bier. Dämlich genug hatte er sich schon verhalten. In jedem ordentlichen Krimi wäre er längst als Täter entlarvt und verloren. Ein Fremder kommt ins Dorf, bestellt in der Kneipe ein Bier, erkundigt sich nach einer Frau, und am nächsten Tag ist die Dame tot. Da weiß doch jeder Kommissar, wo er zu suchen hat…

Aber G. D. wollte sie nicht töten, er wollte nur eine Geschichte schreiben, eine gute Geschichte.

Ein Feldweg führte zu Magdalena von Küritz. Birken zu beiden Seiten und reifendes Korn. In trockenen Jahren mußte es hier mächtig stauben, aber nun standen Pfützen auf dem Weg. Einundachtzig Jahre alt. Sie hat Kaisers Zeiten erlebt, ist diesen Weg in der Kutsche gefahren.

Oder zu Pferde ins Dorf geritten. Eine Schönheit wird sie gewesen sein, zweifellos. Als der Kaiser ging, verarmte der Adel, sie mußte sich mit der Industrie vermählen und erwarb so ihr beträchtliches Vermögen, das nun zur Disposition stand.

Diese Felder, so weit er sehen konnte, würden eines Tages ihm gehören, ein Gedanke, der ihn einigermaßen verblüffte. Grundbesitz hatte ihm nie etwas bedeutet, in seinen Werken hatte er sich über erdverbundene Menschen, die an selbst gepflanzten Bäumen und eigenhändig umgegrabenen Gärten hingen, eher lustig gemacht. Doch nun berauschte ihn die Vorstellung, das Land bis zu der Baumgruppe am Horizont und der Lindenallee, die nach Gadow führte, werde ihm gehören.

Im Park hohe Platanen, älter als die Frau. Eine Mauer aus altem Ziegelstein umgab das Wäldchen. Grünes Moos hatte den Ziegeln die Farbe genommen. Hinter der Mauer quoll Buschwerk. G.D. rechnete mit Hunden und bewaffnete sich mit einem Knüppel, den er aus dem Gebüsch brach. Er fotografierte. Die Birkenallee, die bewachsene Ziegelmauer, den Eingang des Parks, der früher sicher ein verziertes Eisentor besessen hatte, jetzt aber nur einen ordinären hölzernen Schlagbaum. Er brauchte realistische Bilder für seine Geschichte. Vergrößert wollte er sie in sein Arbeitszimmer hängen, sich von ihnen inspirieren lassen. Er maß die Höhe der Ziegelmauer. Ein Meter sechzig, notierte er. Gelber Lehmacker, schrieb er. Wilder Flieder, schrieb er, verblühter Holunder.

Noch immer keine Spur von dem Haus, das ein Schloß sein sollte. Es lag wohl versteckt hinter den Laubbäumen des Parks. Daß sie sich nicht ängstigte, allein in dem einsamen Park zu leben. Vielleicht hat sie einen Gärtner. In englischen Kriminalromanen kommt stets ein Gärtner vor. Sie wird auch ein Telefon besitzen. Damit hält sie Verbindung zur Außenwelt, bestellt im Gadower Kaufmannsladen Lebensmittel, ruft ein Taxi, wenn sie in die Stadt muß, oder spricht mit dem Arzt, den man haben sollte, wenn man 81 Jahre alt ist. Er hätte vorher anrufen sollen, um ihre Stimme zu hören.

Jenseits der Mauer entdeckte er ein verkrautetes Gewässer, umgeben von haushohen Rhododendronbüschen. Das wäre also der Fischteich, der in dem Bericht des Detektivbüros erwähnt wurde. Ob er tief genug war, um eine alte Frau darin zu ertränken? Für seine Geschichte war diese Frage wichtig, denn natürlich wird es eine Geschichte mit einem bösen Ende. Ein armer Teufel wird von einer reichen Frau zum Erben eingesetzt und kann es nicht abwarten, bis der Reichtum über ihn kommt. Eine Geschichte, deren letztes Kapitel in diesem Fischteich geschrieben wird.

Sehr gepflegt war der Park nicht. Vertrocknetes Holz lag herum. Das Gras mußte endlich wieder gemäht werden. Er wagte es nicht, den Park zu betreten. Wenn sie ihn im Park erblickt, ruft sie die Polizei. Das wäre eine Schlagzeile: Bekannter Schriftsteller streunend im Park aufgegriffen! Aber meine Herren, ich wollte doch nur recherchieren.

G.D. wanderte außerhalb des Parks an der Ziegelmauer entlang, bis er das Haus sah. Auf einer Lichtung ein dreistöckiges, graues Gebäude, der Westflügel berankt von wildem Wein. Dreimal fünf Fenster übereinander, notierte er. Auf einer Terrasse zu ebener Erde ein roter Sonnenschirm, vor dem Haus ein Blumenmeer. Dahlien, schrieb G.D. auf seinen Block, rosa blühende Dahlien. Er fotografierte das Haus, zählte durch das Teleobjektiv die Stufen der Eingangstreppe. Im Sucher entdeckte er eine Gestalt, unbeweglich in den Blumen stehend. Eine Vogelscheuche? Mit dem Teleobjektiv holte er sie heran. Eine Frau kehrte ihm den Rücken zu, bewegte sich kaum. Während er auf das Gesicht wartete, das er durch sein Teleobjektiv sehen wollte, schlug ein Hund an. Im zweiten Stock wurde ein Fenster aufgestoßen. Eine schrille Stimme rief in den Blumengarten.

G.D. sprang von der Mauer, versteckte sich hinter den Steinen, bis das Kläffen verstummte. Als er wieder vorsichtig über die Mauer blickte, war die Frau aus dem Blumenmeer verschwunden. Er entdeckte sie auf der Terrasse unter dem roten Sonnenschirm, eine große, hagere Gestalt in Grau. Das mußte sie sein. So hatte er sich Magdalena von Küritz immer vorgestellt. Neben ihr eine schwarze Dogge, deren Kopf die Frau streichelte. Und wieder die schrille Stimme aus dem Haus. Der Hund sprang mit einem gewaltigen Satz in den Garten und stürmte auf die Mauer zu.

G.D. rannte ins Kornfeld. Wenn das Biest die Mauer überspringt, bist du verloren! schoß es ihm durch den Schädel. Der bekannte Autor G.D. Weidenbach wird von einem Hund zerrissen. Das wäre auch eine Geschichte.

Er fiel, raffte sich auf. Plötzlich hatte er nur noch die Kamera im Sinn, die er retten mußte, weil er die Bilder brauchte für sein großes Werk. An die hundert Meter rannte er durch reifenden Roggen, der ihm bis zu den Schultern reichte. Dann ließ er sich fallen, hörte seinen heftigen Atem und aus der Ferne die Stimme der Frau, die den Hund rief. Über ihm raschelten Ähren.

Soweit ist es nun gekommen. Der Herr Dichter wollte

nur mal kurz recherchieren, nun liegt er auf dem Bauch im Kornfeld, völlig durchnäßt und außer Atem. Von wegen eine phantastische Geschichte. Nichts da mit »Personen und Ort der Handlung sind frei erfunden«. Du bist mittendrin in der Geschichte, sie ist so real, wie es die nassen Schuhe, Strümpfe und Hosen sind, vom Tau aufgeweicht, der sich lange hält in diesen Ährenfeldern. Um ein Haar hätte dir die Dogge die Hose vom Hintern gerissen. Lehmige Erde klebte an den Sohlen, das rechte Bein schmerzte, der Mund voller Grannen, die Hände schmutzig, als hätte G.D. Kohlen getragen.

Der Hund gab keinen Laut mehr. G.D. vernahm nur das Wispern der Ähren und sein Herz, das hörbar schlug, er dachte an die Frau jenseits der Ziegelmauer, die ihm eines Tages ein »beträchtliches Vermögen« hinterlassen wollte. In diesem Zustand war ihm das völlig gleichgültig. Wenn sie ihn so sähe, so elend auf dem Acker liegend, wäre es ohnehin vorbei mit dem beträchtlichen Vermögen.

Zögernd erhob er sich und sah sie. Sie stand hinter der Mauer, blickte durch einen Feldstecher, suchte das Kornfeld ab. Eine weißhaarige Frau mit funkelnden Brillengläsern und einem schmalen, strengen Gesicht. Sofort tauchte er unter, schämte sich, kam sich vor wie ein Voyeur, der heimlich Liebespaare beobachtet.

Aus der Ferne wieder die schrille Stimme. Eine Irrsinnige mußte in dem Haus leben. Wer es erbt, muß die kranke Person mit übernehmen und pflegen bis zum Ende, begleitet von diesen schrillen Lauten.

Auf allen vieren kroch er weiter durch das nicht enden wollende Kornfeld, bis er den Birkenweg erreichte. Dort warf er sich ins Gras, säuberte die Kleidung, wischte mit Grasbüscheln den Schmutz von den Schuhen und kam sich lächerlich vor. Man hatte den großen G.D. gedemütigt. Das heißt, er hatte sich selbst gedemütigt. Was zum Teufel hatte er hier zu suchen? Was ging ihn dieses Gespenst in seinen überwucherten Mauern an? Er verspürte eine mächtige Sehnsucht nach dem reinigenden Wasser seiner Dusche, nach flauschigen Handtüchern und dem weichen Plüsch seiner Couch. Als er im Auto saß, schwor er sich, nie wieder nach Gadow zu fahren. Er wollte die Geschichte schreiben, jawohl. Aber eine Geschichte nach seiner Phantasie, nicht die Geschichte dieser wunderlichen Frau, die mit einer Irren und einer schwarzen Dogge in diesem einsamen Herrenhaus lebte.

Als er heimkehrte, fand er im Briefkasten den Umschlag mit seinem Manuskript. Nicht etwa eine Ablehnung, nein, der Verlag schickte die Korrekturabzüge für das Frühjahrsprogramm. Ein Begleitbrief teilte mit, sein Werk werde mit einer Auflage von 10000 herauskommen. Nur 10000? Er rief sofort an und sagte, daß er sich darüber doch einigermaßen wundere. Seine früheren Werke seien stets mit einer Auflage von 25000 erschienen. »Im Frühjahrsprogramm ist das so«, meinte die Stimme des Verlages. »Wer verkauft im Frühling 25000 Bücher? Da müßte man kleiner anfangen. Aber Sie können ganz beruhigt sein, bei Bedarf wird sofort nachgedruckt.«

»Es geht um die Signalwirkung!« schrie G.D. ins Telefon. »Wird ein Buch mit 25000 aufgelegt, bestellt der Buchhändler 20 Exemplare, fängt der Verlag mit 10000 an, bestellt er höchstens zehn.«

In seinem Zorn plapperte er das Geheimnis aus. Er schreibe an einem großen Stoff, dem Bestseller des nächsten Jahres. Aber nicht für diesen Verlag.

Nach diesem Satz knallte er den Hörer auf den Apparat.

Das große Werk sollten die nicht haben. Er wird sich einen anderen Verlag suchen oder es im Selbstverlag erscheinen lassen. Denen wird er es zeigen. Eines Tages wird G.D. reich sein und seine Geschichte mit einer Startauflage von 100000 in die Buchläden bringen. Eine halbe Million für die Werbung wäre ihm nicht zu schade, wenn er das beträchtliche Vermögen der Magdalena von Küritz besäße.

Bevor er zu schreiben begann, ließ er den Film entwickeln, hängte großformatige Abzüge an die Wände seines Arbeitszimmers. Gadow an einem Sommertag. Der Birkenweg zum Herrenhaus, die verwitterte Ziegelmauer, die schwarze Dogge, die große hagere Frau, der Park, der Fischteich, in dem sie eines Tages die Leiche finden werden, natürlich nur in seiner Geschichte. Er kaufte eine Lupe und entdeckte damit Erstaunliches. Magdalena von Küritz trug ein goldenes Kreuz als Halsschmuck. Der rechten Hand, die eine Haarsträhne aus dem Gesicht wischte, fehlte ein Finger. Wie kommt eine vornehme Dame dazu, einen Finger einzubüßen? Die ist doch nicht im Krieg gewesen, hat nicht an Kreissägen gearbeitet, von Holzhacken ganz zu schweigen.

Wochenlang studierte er die Bilder, entdeckte immer wieder Neues. Am offenen Fenster im dritten Stock glaubte er eine Gestalt zu erkennen, etwas verschleiert, halb von der Gardine verdeckt. War das die Person, die so schrill geschrien hatte? Ein geisteskrankes Kind der Magdalena von Küritz? So wird es gewesen sein: Die Person blickt aus dem Fenster, sieht G.D. auf der Ziegelmauer, fängt an zu schreien. Darauf schlägt der Hund an... Nein, erst schlägt der Hund an, dann schreit die Person... Auch G.D. wußte es nicht mehr genau. Im Grunde war es auch gleichgültig. Er war der Herr dieser Geschichte, er bestimmte, was zu sein hatte und was nicht.

Weil ihm die Frau nicht vertraut genug war, konnte er nicht beginnen. Eigentlich müßte er das Haus von innen sehen. Welche Ausstattung liebte sie? Hingen Bilder an den Wänden? Gewiß, es sind Kleinigkeiten, aber sie geben der Geschichte Atmosphäre. Es ist keineswegs gleichgültig, ob in dem Schlafzimmer der Magdalena von Küritz Bilder des Erlösers hängen oder bayerische Berglandschaften oder untergegangene Segelschiffe. G. D. entschied sich – vorläufig – für Berglandschaften.

Sein Verlag schickte ihm zehntausend Mark Vorschuß für sein im Frühjahr erscheinendes Werk. Das ermöglichte ihm ein ungestörtes Arbeiten. Im November begann er, schrieb in einer Woche fünfzehn Seiten, bis ein neuer Gedanke ihn lähmte: Er durfte die Geschichte noch gar nicht schreiben. Schreiben schon, aber nicht veröffentlichen. Magdalena von Küritz wird ungehalten sein, wenn er zu ihren Lebzeiten aus ihrem Stoff ein Erfolgsbuch macht. Sie wird G. D. enterben und auf ihre Weise die Geschichte zu Ende bringen. Er beschloß, die Geschichte mit Bedacht zu Ende zu schreiben, größte Sorgfalt auf die Details zu legen, aber mit der Veröffentlichung bis zu ihrem Tode zu warten.

Es quälte ihn der Gedanke, sie habe ihn bei seinem unwürdigen Besuch in Gadow erkannt und darauf ihr Testament widerrufen. Möglich auch, daß sie ihn von vornherein nicht bedachte, weil sein hochnäsiger Antwortbrief ihr ein Ärgernis war. Vielleicht hat sie an seinen späteren Veröffentlichungen keinen Gefallen mehr gefunden; er war zu politisch geworden, alte Damen mögen das nicht. »Bitterer Frühling« war bestimmt nicht in ihrem Sinne.

G.D. suchte einen Notar auf. Er sei Schriftsteller, sagte er und benötige für eine zu schreibende Geschichte Kenntnisse im Erbrecht.

»Selbstverständlich kann jeder sein Testament widerrufen«, erklärte der Notar. »Ohne Angabe von Gründen. Er ist nicht einmal verpflichtet, dem Erben den Widerruf mitzuteilen.«

»Es ist also möglich, daß jemand in dem Glauben lebt, zum Erben eingesetzt zu sein, und erst im Erbfall die Täuschung entdeckt?«

»Ja, das kommt häufiger vor. Schon das Errichten eines neuen Testaments ist der Widerruf des alten. Es gibt Menschen, die jeden Monat ein neues Testament schreiben. Sie lieben es, wie die Feldherrn über ihr Vermögen zu verfügen, es einmal hier und einmal dorthin zu beordern.«

Berauschend war die Resonanz nicht. Der Verlag verkaufte von seinem Frühjahrsroman nicht einmal die bescheidene Erstauflage. Der Grund lag klar auf der Hand. Diese Herrschaften in den Verlagen setzten sich für das Frühjahrsprogramm kaum ein. Sie konzentrierten alle Kräfte auf den Herbst, im Frühjahr beschäftigten sie sich nur widerwillig.

Wie doch ein kleiner Mißerfolg gleich eine Spirale in Bewegung setzt. Die Einkünfte aus Nebenrechten flossen spärlicher. Die alten Werke, die von einer erfolgreichen Neuerscheinung stets mitgezogen werden, rührten sich nicht. Ein paar treue Buchhandlungen baten um eine Lesung, boten honorig das gleiche Honorar wie vor fünf Jahren; andere, sofern sie überhaupt interessiert waren, akzeptierten nur den halben Preis, wofür sich wiederum G.D. zu schade war.

Oh, ihr werdet euch wundern!

Als sein Auto einer größeren Reparatur bedurfte, verkaufte er es kurzerhand. Was braucht ein Schriftsteller ein Auto? Kugelschreiber und Papier genügen ihm. Sein Arbeitsplatz ist der Schreibtisch, fünf Schritte von der Schlafstelle entfernt. Die wenigen Lesungen erledigte er per Bahn. Er sagte jedem, daß er das gute alte Dampfroß über alles liebe. Außerdem lasse ihm eine Bahnfahrt Zeit zum Arbeiten. Er sitze im Zuge und schreibe, wie es einem Dichter gebührt.

Unverdrossen schrieb er an seiner Geschichte, doch stellte sich etwas ein, das er von früheren Arbeiten nicht kannte: Er konnte kein vernünftiges Ende finden. Zu viele Lösungen boten sich an. Ein Mord, nun ja, aber was käme danach? Beerbt der Mörder sein Opfer und wird zum Lohn für die Tat reich? Ein solcher Schluß spottete jeder Beschreibung. Kommt der Mörder zu seiner Erbschaft, aber bringt man ihn gleichzeitig ins Gefängnis, so daß ihm der ganze Reichtum nichts wert ist? Oder erweist sich die Erbschaft als Bluff und der Mord als unnötig?

Sein Verlag fragte, ob er etwas Neues in Arbeit habe. Immerhin, sie fragten!

Ja, er arbeite an einem größeren Werk, ließ er von oben herab ausrichten. Doch das könne aus Gründen, über die er nicht sprechen dürfe, zur Zeit nicht erscheinen.

Wenn es so sei, müsse er etwas anderes schreiben, antwortete der Verlag. Schließlich stehe auf seinem Konto ein größerer Betrag offen, der nur durch eine neue Veröffentlichung ausgeglichen werden könne.

Also so weit ist es mit dir gekommen, G. D.! Du hast dein Konto überzogen, schuldest dem Verlag Geld, der verlangt von dir, daß du etwas zu Papier bringst, das sich verkaufen läßt und den negativen Saldo ausgleicht. Wenn er das Vermögen seiner Magdalena hätte, würde er den Halsabschneidern den geschuldeten Betrag in einer Plastiktüte ins Haus tragen, gestückelt in kleinen Scheinen. Aber er besaß es nicht, das Vermögen der Magdalena. Deshalb mußte er die Arbeit an seinem großen Werk unterbrechen, um denen etwas zu schreiben, das das Programm füllte und das Konto ausglich. Er schrieb es in kurzer Zeit, nur um das Ärgernis aus der Welt zu bringen. Danach geschah das Unfaßbare: Der Verlag lehnte sein Manuskript ab!

Erst überredeten sie ihn, seine Magdalena im Stich zu lassen. Er tat ihnen den Gefallen, sie aber schickten ihm das Manuskript mit freundlichen Grüßen zurück. Sie haben keine Ahnung. Einen Autor mit dem Bekanntheitsgrad eines G. D. nimmt jeder Verlag mit offenen Armen, selbst wenn er ein mittelmäßiges Manuskript abliefert. Es stand nun fest, daß seine »Magdalena vom Schloß« in einen anderen Verlag gehörte.

Sie könnte nun eigentlich sterben, seine Magdalena. Sterben, um ihm aus der Verlegenheit zu helfen. Es ergab sich nämlich, daß G. D. seine Appartementwohnung am Stadtrand, die 900 Mark Miete verschlang, räumen mußte. Er zog ins Stadtinnere, in den siebenten Stock eines alten Hauses, genoß den Blick über die Dächer und erzählte gern, daß er sich dem Olymp um einiges näher fühle. Im Knarren der alten Dielen fand er willkommene Anregung für unheimliche Gedanken. Nötig war der Umzug, weil er in die Nähe der Bibliotheken, Museen und Theater wollte, die er als geistig schaffender Mensch dringend brauchte, wie ein Fisch das frische Wasser. Überdies zahlte ihm die Behörde für seine neue Unterkunft Wohngeld.

Es belastete ihn nur noch eins: Magdalena von Küritz

kannte seine neue Adresse nicht. Auch das Erbschaftsgericht, wenn sie nun stürbe, könnte den glücklichen Erben nicht erreichen. Die schreiben an die alte Adresse, aber der Brief kommt zurück. Einfach lächerlich. Eine so große Geschichte sollte an der Kleinigkeit einer falschen Adresse scheitern? Ein halbes Jahr ließ er verstreichen, dann schrieb er an Magdalena von Küritz. Er gab sich große Mühe, den Vorgang herunterzuspielen, redete sich ein, es sei ein Brief wie tausend andere, die er im Laufe der Jahre an treue Leser geschrieben hatte. Aber es schlich sich doch eine gewisse Feierlichkeit ein, als er am Schreibtisch Platz nahm, ihr Foto betrachtete und endlich zu schreiben begann:

> Liebe Magdalena von Küritz,
> viele Jahre ist es her, daß Sie mir schrieben… (und Sie leben immer noch, fügte er in Gedanken hinzu.) Ich habe Ihnen damals geantwortet, hielt es aber für angemessen, unsere Kontakte nicht zu vertiefen… (Daß du ein Detektivbüro beauftragt hast, verschweigst du lieber, G. D.) Es hätte vielleicht zu falschen Schlüssen Anlaß geben können, wäre ich unverzüglich zu Ihnen gekommen… (aber hinter der Ziegelmauer hast du gestanden, und im Kornfeld hast du gelegen.) Nach mehr als vier Jahren scheint es mir an der Zeit, wieder mit Ihnen in Verbindung zu treten, um ein Lebenszeichen (jawohl ein Lebenszeichen!) von Ihnen zu erhalten. Gibt es etwas, das ich für Sie tun kann? Im Rahmen meiner Kräfte und Möglichkeiten werde ich es ausrichten…

Dick unterstrichen notierte er die neue Adresse und brachte die Botschaft in guter Laune zum Postamt.

Sie wird ihn einladen. Damit rechnete er fest. Und G.D. wird nach Gadow reisen. Mit ihr abends am Kamin sitzen, über Literatur plaudern und die schönen Künste und über das Geschlecht derer von Küritz, das im Begriff stand, auszusterben.

G.D. Weidenbach träumte nun ausgiebig den Traum vom großen Reichtum. Gewiß, der Fiskus wird die Hälfte fressen. Das sei geschenkt. G.D. wird den Verlag kaufen, jawohl! Eine Million Mark Werbung für seine »Magdalena vom Schloß«. Ein halbes Jahr soll sein Werk die Bestsellerlisten rauf und runter wandern. Die Hauptdarstellerin allerdings wird den großen Erfolg ihrer Geschichte leider nicht mehr erleben.

Sie antwortete ihm nicht. Hatte sie die neue Anschrift übersehen oder empfand sie den Brief als eine Zumutung? Warum schreibst du nicht, Magdalena von Küritz? G.D. geht es nur um ein paar wichtige Details, die er braucht, um die Geschichte zu Ende zu schreiben.

War sie schon tot, verarmt gestorben? Das beträchtliche Vermögen in den Händen einer wunderlichen Sekte? Oder sie hatte es wirklich für einen guten Zweck gestiftet, wie G.D. es großspurig in seinem ersten Brief anzudeuten beliebte. Jedenfalls schrieb sie nicht.

Er suchte Trost in dem Gedanken, daß er schon reichlich von ihr beschenkt sei. Selbst wenn sie arm stürbe, wenn es diese Magdalena von Küritz gar nicht gäbe, ihm war ein großartiger Stoff zugefallen. Eine Novelle im alten Stil wollte er schreiben, etwas wahrhaft Großes, das in die Lesebücher Eingang finden sollte.

Oder besaß er den Stoff gar nicht allein? Hatte sie ihren Brief in ein paar hundert Exemplaren versandt, und saßen nun überall in den Poetenstuben die Männer und Frauen der Feder, um in einer Art Wettbewerb die Geschichte der Magdalena von Küritz zu Papier zu bringen? Auch so können Menschen berühmt werden, indem sie den besten Schriftstellern des Landes Anlaß zu einer Geschichte geben.

Wie sollte er sie enden lassen? Ein heiterer Schluß wäre noch möglich. Magdalena vom Schloß ist nicht reich, ist es nie gewesen, hat sich nur einen Spaß daraus gemacht, mit G.D. und vielen anderen. Sie hat geholfen, Luftschlösser zu bauen, hat schöne Träume verschenkt und Hoffnungen für eine lange Zukunft. Eine Art Lebenshilfe. Wie leicht läßt sich jede Bitternis ertragen, wenn du die Gewißheit hast, eines Tages reich zu sein. Das wäre ein philosophisch milder Schluß, jedoch dem großen Werk nicht angemessen. G.D. hatte sich anders entschieden. Blut mußte fließen.

Sie wird einen anderen zum Erben bestimmt haben. Das schien ihm einigermaßen wahrscheinlich. Einen, der nicht so stolz war wie G.D., der nach Erhalt des Briefes sofort nach Gadow fuhr, um die alte Dame zu betreuen und ihre Hand zu halten. Denn natürlich wird eine Gegenleistung gefordert. Für nichts gibt es nichts. Das hieße, G.D. wäre längst aus ihren Büchern gestrichen.

Aber sie könnte wenigstens antworten. Ich habe es mir anders überlegt, könnte sie schreiben. Ich habe mein Vermögen für einen guten Zweck gestiftet, dem Tierschutzverein für die Betreuung der schwarzen Dogge oder dem Roten Kreuz für die Betreuung jenes irrsinnigen Geschöpfes, das so markerschütternd schrie.

Herrgott, er konnte keinen Schluß finden. Er saß vor ihrem Bild, befragte es täglich, erhielt aber keine Antwort. Er verstieg sich zu dem kuriosen Ende: den Erben früher sterben zu lassen als die reiche Frau, und übte sich im Schreiben seines eigenen Testaments.

Mein letzter Wille, schrieb er. Hiermit setze ich Magdalena von Küritz, wohnhaft in Gadow, zur alleinigen Erbin ein. Sie erhält alle Rechte an meinen schriftstellerischen Werken, auch an der unveröffentlichten Novelle »Magdalena vom Schloß«.

Die Angestellte des Sozialamtes fragte ihn, ob er Ansprüche gegen dritte Personen habe.

Er arbeite an einem Manuskript, das ein Bestseller zu werden verspreche, antwortete G. D. Außerdem erwarte er eine größere Erbschaft. Mit Leichtigkeit könne er dann zurückzahlen, was das Sozialamt jetzt verauslage.

Warum mußte sie nur so lange leben? Und warum antwortete sie nicht?

Er ließ es Herbst werden in seiner Geschichte. Im Herbst mußte sie ein Ende finden, so oder so. Wenn aus den Platanen die Blätter ins trockene Gras taumeln und den Teich zudecken. Die Birken an der Ausfahrt kahl gerissen vom Herbstwind. Weite Sicht. Aus dem Fenster ihres Schlosses erkennt sie längst den Spaziergänger, der von Gadow herüberkommt. Kein Kornfeld bietet Schutz. In den Gräben steht das Wasser. Auf dem Acker bricht der Pflug die lehmige Erde.

Sie weiß, daß er es ist. Seit Jahren weiß sie, daß er kommen wird. Irgendwann erträgt er es nicht mehr und kommt, um sein Geld einzufordern. Den Hut ins Gesicht gedrückt, wandert der Mann auf die Ziegelmauer zu, sich dem Wind entgegenstemmend, ab und zu nach der Hutkrempe greifend. Des Hundes wegen hat er sich bewaffnet, mit einem Handstock. Er wird die schwarze Dogge erschlagen, wenn sie ihn anspringt. Am Parkeingang bleibt er stehen und blickt sich um. Niemand ist ihm gefolgt, es gibt keine Zeugen. Über Gadow steht eine Regenwolke, in der Ferne wühlt ein Traktor auf dem Acker.

Du hättest deinen Besuch ankündigen müssen, denkt er. Eine Magdalena vom Schloß überfällt man nicht unangemeldet an einem Mittwoch im November. Ungebetene Gäste läßt sie nicht ins Haus.

Der Park angefüllt mit farbigem Herbstlaub. Nur Sterben, und doch so schön. Er wandert um den Teich, in den Blätter fallen, auf den Grund sinken und neuen Blättern Platz geben. Wenn sie nun käme!

Eine Holzbrücke mit brüchigem Geländer führt über den Ablauf des Teiches. In einem Kasten gluckert Wasser, sonst kein Geräusch, nur dieses tiefe Plätschern in der Erde. Er nimmt im Laub Platz und raucht eine Zigarette. Die Asche stippt er ins Wasser, sie liegt auf den Blättern und schwimmt spazieren.

Sie kommt den schmalen Weg abwärts. Er sieht sie nicht, hört aber das Rascheln der Blätter. Plötzlich steht sie hinter ihm. Noch immer die aufrechte, schlanke Person, weißes Haar und schwarz gekleidet. Warum dieses traurige Schwarz?

Was haben Sie in meinem Park zu suchen? fragt sie.

Das muß ein Irrtum sein, antwortet er. Der Park gehört mir, und das schon seit Jahren.

Auf der Brücke bleibt sie stehen. Er sieht ihr altes, weißes Gesicht mit den grauen Augen, in denen sich nichts mehr regt.

Sie sind Magdalena, nicht wahr?

Als sie nicht antwortet, steht er auf und geht zu ihr. Sie weicht zurück ans Geländer.

Haben Sie noch irgendwelche Wünsche?
Sie schüttelt den Kopf.
Wenn Sie schweigen, kann ich Ihnen nicht helfen.
Sie versucht zu lächeln.
Vielleicht ist sie stumm, denkt er.
Keine kreischende Stimme aus dem Haus. Wo bleibt das
schwarze Ungeheuer von Dogge?
Wir sollten über die Formalitäten des Übergangs spre-
chen, sagt der Mann. Gibt es Vermächtnisse zu erfüllen?
Der Hund, was soll mit dem Hund geschehen? Ich könn-
te ihn in ein Tierheim geben oder ihn ebenfalls ertränken
in diesem Teich.
Es hat sich erübrigt, sagt sie.
Jemand sollte meine kranke Tochter bis zu ihrem Tode
pflegen und zum Dank mein Vermögen erben. Es hat sich
erübrigt, weil meine Tochter vor einem Jahr gestorben ist.
Nun, da ich niemand mehr habe, ist es wohl angebracht,
mein Vermögen einem wirklich guten Zweck zuzuführen.
Rotes Kreuz oder Brot für die Welt, finden Sie nicht
auch?
Er tritt auf sie zu. Er spürt plötzlich dieses verdammte
Brennen im Schädel. Er streckt seine Hand aus, eigentlich
nur, um sie zu begrüßen. Er will seinen Namen nennen.
Rotes Kreuz wäre wohl richtig, will er sagen. Sie weicht
zurück. Das Geländerholz bricht. Die Blätter geben
nach, schwarzes Wasser wird sichtbar, es klatscht laut.
Er steht auf der Brücke, naßgespritzt bis zu den Knien.
Er rechnet fest mit ihrem Auftauchen. Wenn das ge-
schieht, wird er sich niederknien, sie rausziehen und ins
Schloß tragen. Er wird sie in Decken hüllen, neben den
Kamin setzen und heißen Tee aufbrühen. Aber sie weigert
sich, aufzutauchen. Die Blätter schließen sich wieder über

dem kalten Wasser. Im November ist es schon empfindlich kühl.

Das also wäre das Ende seiner Geschichte. Während er die letzten Seiten ins reine schrieb, erschienen zwei Männer in Zivil in seiner Stadtwohnung, um ihm mitzuteilen, daß eine gewisse Magdalena von Küritz verschwunden sei. Sie wollten wissen, ob er ein Alibi habe für jenen fraglichen Mittwoch im November? Natürlich hatte er das.

Seit Wochen saß er nur an seinem Schreibtisch und schrieb, Tag und Nacht.

Was das Verschwinden der ihm dem Namen nach bekannten Magdalena von Küritz angehe, so könne er mit einer Version dienen, die er sich für sein großes Werk ausgedacht habe. Dort werde die alte Dame in einen Teich gestoßen, wo sie jämmerlich umkomme.

Sie ließen sich den Schluß vorlesen, danach baten sie ihn, zur weiteren Vernehmung mitzukommen.

G. D. wies darauf hin, daß über allen seinen Werken, so auch bei »Magdalena vom Schloß«, der Vermerk stehe, die Geschichte sei frei erfunden, Ähnlichkeiten mit lebenden oder nicht mehr lebenden Personen seien rein zufällig und nicht beabsichtigt. Man könne ihn doch nicht für einen Mord in seiner Phantasie zur Rechenschaft ziehen.

Die beiden blickten sich vielsagend an. Es sei nun endlich ein Gesetz ergangen, meinte der eine, wonach auch Schriftsteller verantworten müßten, was sie mit ihrer Feder anrichteten. Er rate allen Schreibern dringend, das scheußliche Morden in den Romanen zu unterlassen, denn Töten im Geiste sei nicht minder böse als Töten mit dem Messer.

Irina Korschunow

Glück hat seinen Preis
Roman. 288 Seiten, gebunden.

Irgendwann muß die Verkümmerung von Lebensträumen doch begonnen haben, fragt die Chronistin und begibt sich auf Spurensuche in die eigene Vergangenheit. Ein mit Phantasie und Humor erzählter Familienroman von der Jahrhundertwende bis heute, in dem sich die vorgegebene Zuteilung von Glück und Opfer fortsetzt von Generation zu Generation und schließlich zur Befreiung von überkommenen Zwängen führt.

»Ein Roman, der beweist, daß Literatur auch spannend und unterhaltsam sein darf.«
Augsburger Allgemeine Zeitung

Der Eulenruf
Roman. 304 Seiten, gebunden.

Ein Haus, ein Bett, ein Herd zum Grützekochen, das ist alles, was die Menschen in Süderwinnersen, dem Dorf in der Heide, vom Leben erwarten. Aber Lene will raus aus dem Dunkel. Diese Geschichte einer Frau, die sich aus ihrem sozialen Umfeld befreit, ist zugleich die Geschichte eines Dorfes zwischen den Kriegen. Ein neuer, schön erzählter Roman der engagierten Erfolgsautorin.

»Diese Autorin hat ein Gespür für Atmosphäre, sie skizziert Menschen mit wenigen Strichen, und man sieht sie.«
Saarbrücker Zeitung

Hoffmann und Campe

Arno Surminski

»Arno Surminski glückt es, ein Stück Zeitgeschichte zu schildern, auf dessen Tableau sich Leser der Kriegs- und Nachkriegsgeneration als gleichsam Mitwirkende wiedererkennen.«

K. H. Kramberg in der Süddeutschen Zeitung

Kudenow
oder An fremden Wassern weinen

Roman. Sonderausgabe.
372 Seiten, gebunden.

Jokehnen
oder Wie lange fährt man von Ostpreußen nach Deutschland?

426 Seiten, gebunden.

Fremdes Land
oder Als die Freiheit noch zu haben war

Roman.
506 Seiten, gebunden.

Wie Königsberg im Winter

Geschichten gegen den Strom.
222 Seiten, gebunden.

Polninken
oder Eine deutsche Liebe

Roman.
368 Seiten, gebunden.

Hoffmann und Campe